dtv

Erwin Caldwell ist Konkursrichter in Austin/Texas und führt mit seiner Frau Claire ein geregeltes Leben: Cocktailpartys, Ausflüge, hier und da ein Seitensprung – alles hat seine Ordnung. Bis plötzlich die Sache mit dem Hund geschieht: Diese gelbe Promenadenmischung hat immer wieder den Müll aus seiner Abfalltonne gezerrt und im Garten verteilt. Eines Tages macht der Richter dem Übeltäter brutal den Garaus. Doch seither wird er das Gefühl nicht los, daß etwas Ungreifbares, Unheimliches hinter dem ansonsten beschaulichen Alltag lauert ...

Lars Gustafsson, Lyriker, Philosoph und Romancier, wurde am 17. Mai 1936 in Västerås/Mittelschweden geboren. Nach dem Studium in Oxford und Uppsala promovierte er 1961 zum Dr. phil., 1979 Habilitation. Gustafsson lebt heute in Austin/Texas.

Lars Gustafsson

Die Sache mit dem Hund

Aus den Tagebüchern
und Briefen eines
texanischen Konkursrichters

Roman

Aus dem Schwedischen von
Verena Reichel

Deutscher Taschenbuch Verlag

Neuausgabe Mai 2006
Veröffentlicht im Januar 1999 im
Deutschen Taschenbuch Verlag GmbH & Co. KG,
München
www.dtv.de

Titel der schwedischen Originalausgabe:
›Historien med hunden‹ (Natur och Kultur, Stockholm 1993)
Lizenzausgabe mit Genehmigung des Carl Hanser Verlags

Umschlagkonzept: Balk & Brumshagen
Umschlagbild: ›Swimming Dog and Canoe‹ (1979) von Alex Colville
Acrylic on hardboard (A. C. Fine Art Inc.)
Gesamtherstellung: Druckerei C. H. Beck, Nördlingen
Gedruckt auf säurefreiem, chlorfrei gebleichtem Papier
Printed in Germany
ISBN-13: 978-3-423-13463-7
ISBN-10: 3-423-13463-1

»Denn der Nichtigkeit wurde das Geschaffene unterworfen«
Römerbrief 8,20

»Was ist doch ein Mensch, daß du ihn groß achtest«
Hiob 7,17

Prolog

Am Morgen des Mittsommertags, übrigens einem glühend heißen Morgen, rief ich meinen alten Freund Tony an, der Staatsanwalt in Travis County ist. Als es mir gelungen war, ihn an den Apparat zu bekommen – keine einfache Sache, da der Mann aus triftigen Gründen vielbeschäftigt ist wie sonst keiner, den ich kenne –, bekannte ich mich schuldig an einem äußerst brutalen Mord, der sich vor kurzem in dieser Gegend ereignet hat.

Tony hörte mir sehr aufmerksam zu und erklärte dann, in der Mordsache, von der ich sprach, habe er bereits alle Verdächtigen, die er brauche. Ein bekannter Massenmörder aus dem Norden sei gerade ausgeliefert worden, und man verhöre ihn nun auch wegen dieses Verbrechens sowie einiger anderer ungeklärter Fälle von vermißten Personen. Er trug mir Grüße an Claire, meine Frau, auf und versicherte, er werde selbstverständlich auf mich zurückkommen, falls sich zeigen sollte, daß er bei den Ermittlungen meine Hilfe brauchte.

Einstweilen jedoch wolle er mein Bekenntnis als eines der in letzter Zeit wohl häufiger auftretenden Anzeichen meiner Depression betrachten, von der er gehört habe. Wie ihm zu Ohren gekommen sei, hätte ich den Tod des alten Professors van de Rouwers überraschend schwergenommen, und ganz besonders gewisse Enthüllungen über dessen Aktivitäten als junger Mann in Holland während des Krieges. Aber ich wolle doch nicht behaupten, fragte er – zum erstenmal während dieses bizarren Telefongesprächs mit leichter Neugier in der

Stimme –, ich hätte auch Professor Jan van de Rouwers ermordet?

Nein, sagte ich. Mit seinem Tod hätte ich nichts zu tun.

Brief an
die Ertrinkenden

1.
Der Geburtsfilm

Mein Vater, Baumeister in San Saba County, hatte verschiedene Hobbys, denen er sich mit solcher Leidenschaft widmete, daß es an Fanatismus grenzte.

Eines davon war der Schmalfilm.

Ich weiß nicht, wie viele Kameras und Projektoren und Schneidetische wir nach seinem Tod fanden. Das meiste davon haben wir verkauft oder an Bekannte verschenkt. Die Filme und einen Projektor jedoch habe ich behalten. Die Filme füllen in der Kleiderkammer hinter dem Schlafzimmer einen ganzen Karton. Es müssen mindestens hundert sein, von allen möglichen Anlässen; ich als Siebenjähriger und mein – augenscheinlich – glücklicher drei Jahre alter Bruder beim Geburtstagsfest. Mein Bruder auf dem Pony, im Kinderkarussell, und ich auf dem Weg zum ersten Schultag.

Ich muß sagen, die Filme sind zum Teil ziemlich albern. Sie wiederholen sich bis zum Überdruß, etwa so, als sei das Filmen eine Art Ritual, der Versuch, ein glückliches Familienleben in all seinen eigentlich nicht sehr persönlich wirkenden Einzelheiten zu dokumentieren. Aber dann gibt es einige Filme, die etwas ganz anderes vermitteln. So kommt es, daß ich tatsächlich im Besitz eines Films über meine eigene Geburt bin. Der Geburtsfilm ist mir besonders wichtig. Ich verwahre ihn in dem großen Karton in einer gesonderten kleinen Schachtel. Es kommt vor, daß ich ihn in meinen schlaflosen Stunden zwischen drei und fünf Uhr morgens in der Küche unten laufen lasse. Das ist viel unterhaltsamer, als den Fernseher einzuschalten (die Horrorfilme, die einige Kanäle zwischen drei und fünf Uhr zeigen, machen mich nur überreizt und deprimiert) oder im Haus auf und ab zu gehen, ein Buch hier und ein Buch da aufzuschlagen oder an einem wirklichen oder eingebildeten Fleck im Mahagoni des Wohnzimmertisches herumzureiben.

Der Film über meine Geburt ist ganz kurz und hat einige technische Mängel. Es ist überhaupt erstaunlich, daß ein werdender Vater 1936 Scheinwerfer und Stativ und die dazugehörige Ausrüstung in ein Entbindungszimmer schleppen durfte. Mit Sicherheit waren damals Väter bei der Entbindung nicht besonders willkommen. Wahrscheinlich war es so, daß Papa mit den Ärzten des *Fredricksburg Centennial Hospital* befreundet war: mit einigen von ihnen ging er oft zum Angeln. Das Angeln war ein anderes von seinen vielen Hobbys.

Der Geburtsfilm ist eine ziemlich flimmerige Angelegenheit in diffusem Licht; alles Interessante wird immer wieder vom Rücken der Hebamme verdeckt. Man sieht den weißen Kittel von hinten, mit Gürtel und Schleife, alles ein wenig überbelichtet. Schließlich aber doch noch Mamas gespreizte Beine, man sieht, wie plötzlich mein Kopf hervorkommt. Und dann, wie die Hebamme mich meiner Mutter hinhält, ich bin noch an der Nabelschnur. Und dann, wie anonyme Hände sie abschneiden.

Das alles ist obszön, erschreckend und merkwürdig faszinierend. Ich vermeide es, den Film allzuoft zu sehen, weil ich Angst habe, ihn zu verschleißen. Er ist kostbar für mich.

Weil er genaugenommen die einzige Antwort auf die

Frage ist: Wer bin ich? Oder irre ich mich? Vielleicht erzählt er nur, woher ich komme, aber nicht, wer ich bin? Manchmal frage ich mich, ob er überhaupt von mir handelt. Man sieht sich selbst nie so sehr von außen, wie wenn man seine eigene Geburt sieht. (Manchmal frage ich mich sogar, ob ich es bin, von dem mein Leben handelt, und das hat, wie ihr wohl merken werdet, in meiner Erzählung seine Spuren hinterlassen; diese Sache mit dem Hund beispielsweise handelt eigentlich überhaupt nicht von mir. Und es gibt noch vieles andere in der Erzählung, die gleich folgt, das nicht das geringste mit mir zu tun hat.)

Es würde mir nicht im Traum einfallen, den Geburtsfilm jemandem zu zeigen; weder meiner Frau Claire (die von seiner Existenz nichts weiß) noch meinen Kindern (die bestimmt darüber lachen würden: über ihre eigene Geburt gibt es kein entsprechendes Dokument). An sich ist er ja vollständig trivial: ständig werden überall massenhaft Kinder geboren, genaugenommen jede Sekunde. Aber dieser Film ist etwas Besonderes. Er behauptet etwas von mir. Daß es mich gibt? Vielleicht.

Nein. Es ist etwas anderes, wovon er handelt, eine Mischung aus Abscheu und Faszination, dem Abscheu, der nur jenem gleicht, den man als Junge vor der Sexualität empfunden hat. Etwas hat entschieden, daß es mich geben soll, etwas, das vielleicht nur ein Zufall war, etwas hat mir den Zwang auferlegt, der zu sein, der ich bin, jemand Besonderes. Wären meine Eltern sich nicht begegnet, hätte auch dieser Zwang nicht existiert.

Wie gewissenhaft versuche ich doch, diesen Auftrag auszuführen, um den ich nicht gebeten habe! Und wie bizarr, daß ich mich damit identifiziere! Es ist nicht so, daß ich es vorziehen würde, tot zu sein, das meine ich nicht.

Aber ich würde es vorziehen, kein Besonderer sein zu müssen.

Merkwürdig, trotz alledem kann mich dieser alte Geburtsfilm oft beruhigen. Ich gehe wieder hinauf, schaue auf dem Weg zu meinem Bett ins Schlafzimmer meiner Frau und sehe im zunehmenden Morgengrauen ihren mittlerweile ziemlich schweren Körper (der aber mir gehört) als kompakten Schatten. Wieder unter der wärmenden Decke, drehe ich mich auf die Seite und schlafe wie ein Kind.

2.
Die Dame in der Buchhandlung

Theresa ist jetzt da, sagte der mürrische Student.

Er schien darüber nicht besonders glücklich zu sein. Ich hörte die kleine Glocke an der Tür bimmeln. Sie wechselten einige Worte. Der Student war schon auf dem Weg hinaus und offensichtlich ungeduldig, rechtzeitig irgendwo hinzukommen, vielleicht zu einer Vorlesung. Ich beeilte mich, das Buch zurückzustellen (es handelte vom Einfluß der Planeten auf unsere Geburtsstunde) und hinter dem Regal hervorzukommen, das den Blick auf die Theke verstellte.

Die Frau, an deren Verschwinden ich später ohne eigenes Verschulden offenbar beteiligt war, sah ich zum erstenmal an einem Donnerstag im April. Es war ungefähr zwei Uhr, ich hatte meine Mittagspause bei Gericht eigens verlängert, um mit ihr zu sprechen. Albernerweise über einen Hund.

Sie sah genauso aus, wie ich sie mir vorgestellt hatte: eine kleine drahtige Frau Ende Dreißig in Pullover und Wollrock, viel zu warm für die Jahreszeit, würde ich sagen, mit glatten, dunklen Haaren, in denen sich über der Stirn eine weiße Strähne zeigte. Sie trug kein Make-up, ihre Lippen waren voll, wirkten aber kühl. Unter Pullover und Rock ahnte man einen schlanken, muskulösen Körper. Vielleicht joggte sie oder spielte Tennis?

Ihre Augen waren von kaltem Blau und vielleicht amüsiert von dem, was sie sahen. Der Buchladen liegt in dem ziemlich verwilderten, aber gemütlichen Areal, das wir hier Westcampus nennen, westlich vom großen Universitätsgelände, eingeklemmt zwischen zwei großen, langsam vermodernden Villen. Sie werden an Studenten-Wohngemeinschaften vermietet, wie die vielen Fahrräder, die am Geländer der Veranden angekettet sind, zeigen. Weiß der Teufel, ob die Buchhandlung nicht ursprünglich eine große Garage war. Als ich die Universität besuchte, gab es in der Stadt viel mehr kleine Buchläden und Antiquariate als heute. Ich habe keine Ahnung, warum so viele verschwunden sind.

Der Laden war vollgestopft mit Büchern, und man hatte ständig das Gefühl, im nächsten Moment eines der Regale umzustoßen, so wacklig, hoch und überladen wirkten sie. Es mußte eine Buchhandlung mit einer ehrlichen Kundschaft sein, da es unmöglich war, zu sehen, was die Kunden zwischen den Regalen trieben. Zuerst fand ich kaum den Ladentisch. Er tauchte hinter einer Ecke auf.

Es war wirklich ein ulkiger Buchladen. Gleich neben der Tür, vermutlich als Lockware, standen die üblichen Bestsellerromane, alle natürlich schon ein paar Jahre alt und aus zweiter Hand. Was ist so tot wie ein zwei oder drei Jahre alter Bestseller? Drang man jedoch tiefer in den Laden vor, änderte sich der Charakter vollständig. Eine sehr große Science-fiction-Abteilung, größer als üblich in einer Campusbuchhandlung. Sie hatte sogar eine Rarität wie Norman Spinrads *The Iron Dream* in der Originalausgabe, ein bizarrer Roman, der von einer Welt handelt, in der Hitler als junger Mann nach dem Fiasko an der Wiener Kunstakademie nach New York emigriert, Science-fiction-Autor wird und den Roman *The Iron Dream* schreibt, der den deutschen Nationalsozialismus als Science-fiction schildert. Das Buch war nicht besonders erfolgreich, da es mehrere Kritiker als nazistisch mißverstanden. Ein fast zerlesenes Exemplar. Viele Bücher von einem Autor, den ich nicht kannte, Anthony T. Winnicott, der aber interessant zu sein schien. Einer seiner Romane hieß *Ist der letzte Mensch gestorben, wird das ganze Sonnensystem sehr viel sicherer als Versteck*. Überhaupt hatte dieser Schriftsteller offenbar einen Hang zu langen Titeln.

Heute ist das anscheinend eine aussterbende Kunstart, Science-fiction. Als Student hatte ich eine Vorliebe dafür. Wie meine Kommilitonen auch. Nicht daß wir uns besonders für Technik interessiert hätten, sondern weil es in einer nicht sehr theologiefreundlichen Zeit eine spekulative Literatur war. Sie gehörte sozusagen zu den Vorlesungen von Jan van de Rouwers. Die beiden Bücher des alten Professors Hartshorne über Anselm von Canterburys ontologischen Beweis für die Existenz Gottes standen ebenfalls da, bemerkenswerte Schriften, weil sie den Beweis verteidigen.

Der alte Mann – Jan van de Rouwers, ich werde nach und nach auf ihn kommen, aber versteht bitte, daß ich unmöglich alles auf einmal erzählen kann – prüfte uns oft in seinem Philosophieseminar darauf, was damals als ziemlich exzentrisch galt. Bücher, die sich mit der Existenz Gottes befaßten, waren Anfang der sechziger Jahre nicht so populär. Wie? Wie heute? Ich habe keinen Schimmer, wie es heute ist!

Eine sehr bunte Mischung aus Theologie, lutherisch und katholisch durcheinander, jüdischen Mystikern und den gnostischen Evangelien, die heute mit wachsender Geschwindigkeit aus dem Wüstensand aufzutauchen scheinen, zusammengewürfelt mit sonderbaren Büchern über heilsame Kristalle und den Einfluß der Planeten. Fast hätte man meinen können, jemand habe die interessanten Bücher zwischen den uninteressanten verstecken wollen.

Und alles hatte den leichten Schimmelduft, den Bücher im mittleren Texas fast immer haben. Zuviel Feuchtigkeit. Zuviel Wärme. Ein Land, das niemals imstande sein wird, Bücher längere Zeit aufzubewahren. Bücher halten sich hier nicht. Sie schimmeln.

3.
Whole Foods

Meistens kaufe ich draußen bei mir ein, auf der anderen Seite des Flusses: in einem alten Laden, der sich jetzt *Tom Thumb* nennt und schon viele andere Namen gehabt hat. Ich wohne in einem Haus direkt am Town Lake, oder, wenn ihr so wollt, am Colorado River.

Dort kenne ich praktisch das gesamte Personal. Ein paar Jahre lang, ja, bis zu diesem Sommer, saß dort jeden Sonntagabend eine sehr hübsche Studentin an der Kasse, ein kleinwüchsiges dunkles Mädchen, deren Gang etwas düster Vorgebeugtes und Eigensinniges hatte. Jennifer. Ich mochte sie. Wir haben uns oft unterhalten. Ich habe immer an ihrer Kasse gezahlt. Sie behauptete, an der Universität Werbung zu studieren, und half mir immer, meine Tüten zum Auto zu tragen. Keine Frage, zwischen uns bestand eine nie ausgesprochene Sympathie. Sie verschwand im Frühjahr, nach dem Ende des Wintersemesters. Ja, es muß dieses Frühjahr gewesen sein. Ich vermute, sie hat ihr Studium beendet.

Den ganzen Sommer über war sie der hauptsächliche Grund dafür, daß ich am Sonntagabend dort einkaufen ging, was sonst gewöhnlich Claire erledigt. Seit sie nicht mehr da ist, habe ich den Laden gewechselt. *Mutatio delectat*, wie der Römer sagt. Statt dessen kaufe ich in Clarksville ein. Es liegt auf meinem nachmittäglichen oder abendlichen Heimweg vom Gericht. Ich fahre ohnehin immer die Siebte Straße und die Exposition Road bis zum

Damm, den ich überqueren muß, es ist also kein großer Umweg. Er schenkt mir eine willkommene Zeit der Entspannung zwischen Arbeit und Zuhause. So habe ich mir angewöhnt, an manchen Nachmittagen auf dem Heimweg vom Gericht bei *Whole Foods* vorbeizuschauen. Ja, so heißt der Bioladen am Lamar Boulevard. Er liegt gleich unterhalb von Clarksville, einem Stadtteil auf einer Hügelkuppe, in den kleinen, weißgestrichenen Holzhäusern haben früher angenehme kleinbürgerliche Schwarze gewohnt (mit der Waschmaschine draußen auf der Veranda; einige wohnen bis heute dort, der *kleine* Lebensmittelladen auf dem Hügel führt noch immer Petroleum – ist es tatsächlich möglich, daß es dort Häuser gibt, die noch keinen Strom haben?). Anfang der achtziger, ja, eigentlich schon in den siebziger Jahren, begann sich Clarksville zu verändern. Es fing damit an, daß die jüngeren Akademiker entdeckten, wie niedrig hier die Preise für Einfamilienhäuser waren. Sie siedelten sich hier und da zwischen den schwarzen Familien an. Jüngere Professoren. Associates.

Haschisch und Kooperativen und Klavierlehrerinnen und Herbalisten, lesbische Damen, die paarweise in seidenen Strumpfhosen joggten, die für diese Zeit typische Mischung aus gesunden und ungesunden Aktivitäten. Ein Anwalt, dem ich ein paarmal in meinem eigenen Gerichtssaal begegnet bin, wurde in der Garage eines dieser eleganten Kondominien, dieser Wohnpaläste, die nach und nach wie große, exotische Pilze aus den alten verwilderten Gärten emporwuchsen, im Kofferraum seines Jaguars ermordet aufgefunden. Ich glaube, es ging um Kokain. Aber das ist nur meine ganz persönliche Vermutung. Die Kokainbranche kennt kein Konkursverfahren für Leute, die nicht bezahlen wollen. Ich sage manchmal im Scherz, daß das gesamte Geschäftsleben wie die Kokainbranche aussehen würde, wenn wir keine geregelten Formen für die Einstellung der Zahlungen und den Zwangsvergleich hätten. Auf die Hippies folgten die Yuppies, jüngere wohlhabende Selbständige, und Wohnblocks mit teuren Eigentumswohnungen schossen wie gesagt massenhaft aus dem Boden. Als Bauherren die mächtigen und eleganten Gebäude Anfang der achtziger Jahre hinstellten, zogen in Clarksville Anwälte, Ärzte, Künstler und die koketten Homosexuellen verschiedenster Berufe in Samthosen und Cowboystiefeln ein. Spanische Paläste und Türme im Bauhausstil. Und *Whole Foods* hat natürlich immer gut daran verdient. Ich habe mindestens drei Umbauten erlebt. In den siebziger Jahren war es eine schlampige kleine Kooperative mit Freilandtomaten und garantiert giftfreien Kartoffeln in der Auslage und blassen rothaarigen Damen als Kundschaft (die immer große Hunde im Wagen warten hatten), mit Ziegenmilch und Ginseng und sehr ernsthaften jungen Verkäuferinnen an den Kassen, Mädchen mit seidenweichen Ballettschuhen in einem Netz neben der Handtasche. (Ich habe, wie ich gestehen muß, ein ans Hobby grenzendes Interesse für Mädchen an Supermarktkassen, das ist schon immer so gewesen. Die meisten davon sind allerdings dumm wie Kühe, picklige, dicke, langweilige Frauen aus der Unterschicht. Aber man stößt eben immer auch auf diese interessanten Ausnahmen. Allein die Flüchtigkeit der Begegnung hat ihren Reiz. Ja, ich weiß wohl, was Claire über mein nie erlöschendes Interesse an Kassiererinnen im Supermarkt und den Mädchen beim Herrenfriseur zu sagen pflegt, diesen *sanften Priesterinnen des rasch entgleitenden Augenblicks*, wie ich sie für den privaten Gebrauch nenne.)

In letzter Zeit hat sich *Whole Foods* vergrößert und ist fröhlicher und merklich teurer geworden. Aber das Ideelle ist natürlich erhalten geblieben. Zwischen die bleichen, statistisch gesehen ungewöhnlich schlanken Damen, die endlos in den Regalen mit den Vitaminen herumstöbern und unter den Teedosen mit exotischen Sorten lange auswählen, haben sich die Samttypen eingeschlichen. Aber sie kaufen vor allem französische Weine, laden – gottlob mit der Hilfe der behandschuhten Verkäufer – an der Fisch- und Fleischtheke delikate Grainfedsteaks und Lachsscheiben in ihre Wagen und schwatzen in den langen Schlangen über Gott und die Welt. Und dann gibt es die wirklich tollen Mädchen in Trikots; nirgendwo sonst in der Stadt sieht man so viele gute Figuren wie bei *Whole Foods*.

Wie machen sie das bloß? Jazztanz? Was Aerobic ist, habe ich nie so recht begriffen, obwohl ich in Griechisch ziemlich gut war. Es ist wohl anzunehmen, daß auch *Veuve Cliquot* und die gut marmorierten Steaks auf irgendeine mysteriöse Art biodynamisch sind. Da sie hier angeboten werden, zusammen mit der Ziegenmilch. Wegen der Ziegenmilch hat es irgendwelchen Ärger mit den Behörden gegeben, den ich aber nicht verfolgt habe, weil ich – wie meines Wissens jeder aus meinem Bekanntenkreis – keine Ziegenmilch trinke.

Mit den Jahren ist der Laden sündhaft teuer geworden, aber das hat die Gesundheitsfanatiker offenbar nicht abgeschreckt und die Samttypen eher angezogen. Dabei fällt auf, daß dieser Ort ein Treffpunkt für zwei verschiedene Sorten von Menschen geworden ist.

Die Ängstlichen, die über Vitamine und biodynamische Ernährung und Cholesterin nachdenken, und die Snobs. Die ersteren, die man am leichtesten erkennt, kommen her, weil sie fürchten, dieses Zeitalter würde sie langsam vergiften. Wahrscheinlich lesen sie auch all die sonderbaren Zeitschriften, vegetarische und okkultistische, die an den Kassen ausliegen. Die Snobs, etwas schwerer zu erkennen, kommen aus Interesse am Kochen. Und an guten Weinen, die es hier reichlich gibt. Und sie kommen auch, weil der Laden mittlerweile eine Art Club geworden ist. Man nennt die Kassiererinnen und Kassierer beim Vornamen, und Zärtlichkeiten wie Wangenküsse und Umarmungen zwischen Kunde und Kasse sind nicht ungewöhnlich. Ich frage mich, ob die Kontakte hier nicht wichtiger sind, als sie zunächst erscheinen. Aber das ist nur meine eigene, höchst subjektive Vermutung.

Außerdem gibt es hier natürlich auch gewöhnliche Leute wie mich. Wir kommen, weil das Gemüse einfach gut ist. Die Tomaten haben einen kräftigen Geschmack. Die Äpfel sind köstlich. Das Weinsortiment ist wie gesagt nicht übel. Professor Dehlen, mein deutschstämmiger Nachbar, der letztes Jahr vom Flußufer nach Cherry Lane gezogen ist, weil er vom Wohnen am Wasser Rheuma bekam, ein feiner, weißhaariger alter Universitätsdozent, den ich freitags manchmal hier treffe, hat mir versichert, bei der Preiskalkulation der Weine würden mitunter interessante Fehler gemacht. Hin und wieder sei hier eine Trockenspätlese, die in Berlin sechzig Mark kosten würde, für acht Dollar zu haben.

Ein unterhaltsamer Laden also. (Er ersetzt jedoch nicht den Kontakt, den ich in meinem alten Laden mit dieser dunklen kleinen Studentin hatte.)

Was mich immer am meisten fasziniert hat, ist das Schwarze Brett. Es hängt gleich neben dem Ausgang und ist mit Mitteilungen gespickt: entlaufene Katzen, orientalische Massagen (ich frage mich, wie es bei einer orientalischen Massage zugeht), eine Lesbe, die eine Freundin mit Interesse fürs Paddeln sucht. Diese bunten Zettel, oft mit einer Telefonnummer auf kleinen Streifen zum Abreißen und Mitnehmen, öffnen einen Spaltbreit eine Tür in eine andere Welt als die, in der ich mich normalerweise aufhalte.

Kürzlich habe ich etwas Neues entdeckt, einen winzigen Zettel, am unteren Rand mit einer Reißzwecke befestigt, die den Fingern der Verfasserin etliche Schwierigkeiten verursacht haben muß. Sie war unsicher und schief eingedrückt:

> WER HAT MEINEN HUND GESEHEN?
>
> Wer hat am letzten Samstag meinen Hund, einen Drahthaar-Foxterrier namens Willie, vor der Buchhandlung Garner & Smith in der Guadeloupe Street mitgenommen, während ich drinnen bei der Arbeit war? Anruf dringend erbeten! Der Hund braucht seine Medizin, und ich brauche unbedingt den Hund.
>
> Theresa Biancino, Tel. 512-4776859 oder (dienstlich) 512-4779725

Beim Hinausgehen mit meinen beiden großen Tüten – von denen die eine Probleme machte, sie enthielt genaugenommen zu viele Weinflaschen – sah ich mich vorsichtig um. Dann riß ich einen der Streifen von dem schief hängenden Zettel mit Theresa Biancinos Telefonnummer ab und steckte ihn in die Westentasche meines Anzugs. Ich hatte es ziemlich eilig, nach Hause zu kommen.

4. Wie ein sehr aufmerksamer Vogel

Theresa ist jetzt da, sagte der mürrische Student.

Ich hörte die kleine Glocke an der Tür bimmeln. Ja, sie sah genauso aus, wie ich sie mir vorgestellt hatte.

– Ich bin Theresa. Was kann ich für Sie tun?

Sie sprach schnell, nicht ohne eine gewisse Besorgnis in der Stimme. Vermutlich lag es an meinem dunklen Anzug, der sehr offiziell wirkte. Ich mochte ihre dunkle Stimme. Überhaupt gefiel sie mir. Ohne daß ich genau sagen könnte, warum.

– Ich habe wegen des verschwundenen Hundes angerufen.

– Ach, tatsächlich. Ja, ich erinnere mich. Nun, das ist ja schon ein paar Wochen her.

– Ein Drahthaar-Foxterrier, der Willie heißt?

– Ja.

– Der seine Medizin braucht. Theresa, ich glaube, ich kann über einen Hund Auskunft geben.

– Das ist nicht möglich. Der Hund ist tot.

– Ich weiß, sagte ich. Leider bin vermutlich ich es gewesen, der ihn getötet hat. Ich habe ihn vor einer Mülltonne totgeschlagen, die er umgeworfen hatte. Ein dicker gelber Mischling.

Sie sah auf, erstaunt. Ihre Augen waren sehr ungewöhnlich. Graugrün, interessiert und scheu. Falls etwas in ihnen vorging, konnte ich es nicht entschlüsseln. Ich beschloß, ihr die Details zu ersparen.

– Totgeschlagen?

– Ja, es war ein ganz widerwärtiger Hund. Er hat den gesamten Inhalt aus meinem Mülleimer gezerrt, und das Tag für Tag. Ich habe es nicht mehr ertragen. Ich habe einen Nachbarn, der sehr pedantisch mit seinem Rasen ist.

– Aber mein Hund war doch ein Foxterrier. Mein Hund wurde überfahren. Ein paar Tage später kam die Fahrerin vorbei. Eine ältere Dame mit verzögerten Reflexen. Es hat ihr sehr leid getan. Ich hätte es schlimmer gefunden, wenn es ein fahrlässiger Student gewesen wäre.

– Ich habe Telefone noch nie gemocht, sagte ich. Es ist so schwer, etwas Wichtiges zu einer Person zu sagen, die man nicht sieht. Sonst hätte ich mich am Telefon etwas präziser ausgedrückt.

– Ich glaube Ihnen. Sie wirken zwar nicht wie der Typ, der imstande ist, einen armseligen, hungrigen, streunenden Hund totzuschlagen. Aber was immer Sie mit ihm gemacht haben, mein Hund war es auf keinen Fall. Mein Hund war ein Drahthaar-Foxterrier, kein gelber Mischling. Und er wurde, wie gesagt, überfahren.

Sie betrachtete mich weiterhin auf diese halb neutrale, halb neugierige Art. Ihr schneller, ungeduldiger und zugleich sehr direkter Umgang mit Menschen gefiel mir immer besser. Sie hatte etwas Stolzes, fast Abweisendes, wie jemand, der wirklich entschlossen ist, für sich selbst zu sorgen und niemanden um Hilfe zu bitten.

Ich sah mich um, auf der Jagd nach einer Möglichkeit, eine Konversation fortzusetzen, die logischerweise bereits beendet war.

– Einen fabelhaften Buchladen haben Sie da. Ich habe selten so viel gute Science-fiction auf einem Fleck gesehen.

– Eigentlich fühle ich mich hier nicht besonders wohl.

Mein Mann hat den Buchladen gegründet. Es ist seine Science-fiction, die ich zu verkaufen versuche. Aber ich kann nicht behaupten, daß sich zur Zeit viel rühren würde.

– Ist er tot?

– Ich weiß nicht, ehrlich gesagt. Ich habe ihn seit über drei Jahren nicht gesehen. Ich glaube, er ist in Kalifornien. Aber er hat aufgehört, mir zu schreiben. Er war, wie soll ich sagen, ziemlich originell.

– Und sehr an Science-fiction interessiert.

– Das kann man wohl sagen. Jedenfalls an seiner eigenen. Die er der übrigen Literatur in diesem Genre für haushoch überlegen hielt. Er hat jede Menge Science-fiction geschrieben. Aber es hat viele Jahre gedauert, bis es sich für ihn ausgezahlt hat. Zeitweise hat er durchschnittlich ein Buch pro Monat verfaßt. Um die Miete zu bezahlen.

Nachdem sie einen Augenblick nachdenklich ihre makellosen Schneidezähne auf der Unterlippe hatte ruhen lassen, fügte sie hinzu:

– Nun ja, gut war er bestimmt, aber nicht sehr erfolgreich.

– Wie hieß er? Auch Biancino?

– Nein. Ganz anders. Er schrieb unter dem Pseudonym Anthony Travis Winnicott.

Irgend etwas hielt mich zurück, weitere Fragen über diesen interessanten Mann zu stellen. War er für immer verschwunden? Oder war jeden Moment mit seinem Erscheinen zu rechnen?

– Ich glaube, ich habe nie etwas von ihm gelesen.

– Ich mache jetzt Tee. Mögen Sie eine Tasse?

– Gern, danke. Ich habe noch ein paar Minuten Zeit, bevor ich zurück in mein Büro muß.

Mir fiel auf, daß sie nicht fragte: Und wo liegt dieses Büro? Sie war nicht im geringsten neugierig, oder wenn sie es war, galt es in ihren Kreisen als unfein, es zu zeigen. Ihr Fuß, in einem sehr kleinen Schuh mit einer nachlässig angezogenen, verrutschten weißen Socke, wippte energisch auf und nieder.

– Wollen Sie mir nicht einen Titel sagen?

– Was für einen Titel?

– Von einem Buch Ihres ehemaligen Mannes.

– Er ist noch immer mein Mann, sagte sie energisch. Er ist nicht wie der Hund. Er ist nicht tot.

Sie schwieg einen Augenblick. Der Fuß, der aus irgendeinem Grund meine Aufmerksamkeit gefesselt hatte, bewegte sich immer unruhiger auf und nieder – als versuchte er, irgendwas zu beweisen.

– Auf seine Art bestimmt ein guter Schriftsteller, sagte sie. Aber als Ehemann nicht ganz unproblematisch. Wissen Sie, wie das Buch hieß, an dem er schrieb, bevor er auf und davon ist?

– Das kann ich nicht erraten.

– *Geh leise! Sprich nicht mit den Fliegen!*

– Donnerwetter, kein schlechter Titel. So etwas habe ich noch nie gehört.

Auch dies schien bei ihr anzukommen wie ein völlig neuer Gedanke. Ihr Gesicht war eher klein, mit großen, klugen, aber irgendwie auch erschreckten Augen. In manchen Momenten erinnerte sie an einen hellwachen, sehr aufmerksamen Vogel. Dieses aufmerksame, feine Gesicht wandte sich jetzt für einen Augenblick von mir ab (zum Fenster hin, zur winterfeuchten Straße draußen, mit dem leichten Nieselregen, den Tropfen aus dem Louisianamoos in den Eichen an ihrem Parkplatz, den vereinzelt vorüberfahrenden Autos), ja, sie wandte sich wirklich ab.

Und als dieses Gesicht sich mir wieder zuwandte, war es, als sei die Musik wieder zurückgekehrt:

– Na ja. Seine Buchtitel sind oft recht sonderbar. Einer hieß *Die Wiederkehr des Anaxagoras*, ein anderer *Die Uhr auf dem Berg*. Und ein Buch, das übrigens von Anthropoiden handelt, die selbst nicht wissen, daß sie Anthropoiden sind, heißt *Der schlechte Wächter des streng geheimen Gewissens*. Ja, es gibt Unmengen davon. Wie ich schon sagte, war es für ihn eine Zeitlang die einzige Möglichkeit, sich zu versorgen. Wie versorgen Sie sich? Eigentlich?

Bei diesem »eigentlich« lächelte sie ihr säuerliches, eine Spur boshaftes Lächeln.

– Ich bin Konkursrichter hier in der Stadt.

– Fein. Ich überlege schon ernsthaft, wann es Zeit wird, für diesen Laden Konkurs anzumelden. Wenn es soweit ist, bekomme ich eine besonders freundliche Behandlung, nicht wahr?

– Ich bin zu jedem freundlich, der ein Anliegen bei Gericht hat, sagte ich kurz. Das entspricht tatsächlich der Wahrheit, durchfuhr es mich, kaum daß ich es ausgesprochen hatte.

– Übrigens habe ich natürlich gewußt, daß es nicht Ihr Hund war, den ich totgeschlagen habe.

– Wollen Sie wirklich sagen, Sie haben Ihren Hund *totgeschlagen*?

– Es war nicht mein Hund. Ich weiß nicht einmal, ob er irgend jemandem gehörte.

– Er war bestimmt hungrig. Armer Hund! Aber wieso haben Sie mich dann angerufen?

– Weil mir Ihre Anzeige gefiel. Sie schienen eine interessante Person zu sein. Ich wollte wissen, wie Sie aussehen.

– Na – und *bin* ich interessant?

Ich sah ihr lange in die Augen, die grünlich-grau waren und mich ganz in ihren Bann zogen. Ich konnte nicht entschlüsseln, was ich darin sah.

5.
Der Brand

Der alte Mann ist tot. Professor Jan van de Rouwers, mein alter Lehrer, der große Philosoph und Semantiker, oder anders gesagt, mein Nachbar an diesem Flußufer, ist gestorben. Gleich zu Anfang des Herbstes. Ich glaube, es war am 15. September.

Vermutlich fand er, es sei an der Zeit. Seine Zeit sei gekommen. Der alte Mann starb und trieb flußabwärts. Die Grausamkeit hat, das habe ich gelernt, sehr große Reserven.

Ja. Der Leichnam, im Pyjama, wurde unten am Wehr entdeckt. Das Gitter hatte ihn aufgehalten. Ein glücklicher Zufall. Ohne den Brand hätte man ihn nie gefunden. Er konnte ja nicht wissen, daß ausgerechnet in jener Nacht das gesamte Areal am Tom-Miller-Damm unten von Feuerwehrbooten, Männern mit Scheinwerfern, Privatbooten jeder Art und den brennenden, umhertreibenden Rümpfen der Motorboote von Boat Town wimmeln würde. Glück oder Pech, wie man will.

Er wäre unentdeckt geblieben, wäre nicht in derselben Nacht dieser kriminell verwahrloste und verfallene Komplex von Bootshäusern und Landungsbrücken am anderen Ufer abgebrannt. Das führte die Rettungsmannschaft mit ihren Booten und Scheinwerfern direkt zu dem Leichnam, der sonst nichts als ein unsichtbares Stück Treibgut im herbstlichen dunklen Fluß gewesen wäre. Und bald durch die geöffneten Stauklappen in den nächsten Stausee hinabgeglitten wäre.

Eine sonderbare Vorstellung. Was hätte man vermutet? Daß er einem Verbrechen zum Opfer gefallen sei? Oder daß ihn vielleicht seine eigene Vergangenheit eingeholt hätte? Aber Schluß jetzt, ich will nicht vorgreifen!

Einer meiner Nachbarn, der junge Cliff Jones, der eine Art Computer-Wunderkind ist und daher ebenfalls in der Lage, eins der alten Häuser unten am Ufer zu kaufen – obwohl er spät dran war –, rief um zehn Uhr abends an und erzählte hochbegeistert, die Flammen schlügen lichterloh zum Himmel empor und man höre die teuren, schnellen Motorboote der Reihe nach explodieren, vom hochoktanhaltigen Benzin der Tanks in Brand gesetzt. Er haßte diese Boote genauso wie ich. Es gibt keinen Menschen mit Ufergrundstück, der sie nicht haßte. Ihr Geräusch ist nervtötend, ihre Bugwellen zerfressen langsam, aber unerbittlich die Stege und unterhöhlen die Steinpakkung, und sie haben es uns unmöglich gemacht, zu den herrlichen, steilen, zedernbewachsenen Marmorklippen gegenüber zu schwimmen, was Claire und ich als junge, glückliche, frischgebackene Uferbewohner oft getan haben.

Zusammen mit meiner Frau trat ich hinaus auf die Terrasse, und es war in der Tat ein großartiges Schauspiel. Man sah die Flammen mindestens zwanzig Meter hoch in den Nachthimmel lodern, die Scheinwerfer der Feuerwehr schwenkten über das Wasser, die Serie von dumpfen Explosionen hallte an den Hängen auf unserer Seite wider. Laut *The Austin-American Statesman*, der in der Morgenausgabe des nächsten Tages bereits eine Meldung brachte, sind etwa vierzig Boote draufgegangen. Die Feuerwehrleute hätten ein paar wenige, die am Außenrand lagen, retten können, indem sie sie rechtzeitig ins offene Wasser bugsierten. Auch einige von den brennenden Booten habe man hinausbugsiert. Der Feuerwehrhauptmann habe ökologische Schäden an der Vegetation des Sees durch die gesunkenen Wracks ausgeschlossen. Es bestehe kein Verdacht auf Brandstiftung – das Feuer sei an einer Helling ausgebrochen, wo man die gerade reparierten Boote zu Wasser ließ.

Für jeden, der diesen Ort kannte, war es kein Wunder. Kein anderer Bootshafen in der Stadt war so schändlich verwahrlost. Alte Kisten mit Leergut, ölgetränktem Werg, ausrangierten Trossen auf den schmalen Anlegebrücken zwischen den Booten. Und erst der Besitzer, dieser ständig grinsende Mann mit seiner eiskalten Blondine im Büro – das mußte natürlich mit einer Katastrophe enden. Noch Anfang der achtziger Jahre habe ich sie wegen meines alten Kajütboots konsultiert, ich weiß also, wovon ich rede.

Was den Brand verursacht hat, ist schwer zu sagen. Vielleicht ein Penner, der achtlos eine Kippe in eine Tonne mit altem Werg geworfen hat. Oder jemand, der etwas gegen Motorboote hat? Es gibt genug davon. Hier an unserem Ufer war Cliff nicht der einzige, der sich freute. Unsere kleinen Stege und altmodischen Bootshäuser haben es nicht leicht im Sommer, wenn die Wasserskifahrer reihenweise mit fünfunddreißig, vierzig Knoten vorbeiziehen. Die Stützpfähle verlieren den Halt, weil der Bodenschlamm von den Bugwellen aufgewirbelt und umgesetzt wird, die Boote nehmen Schaden, und man kann kaum mehr mit der *New York Times* und einer Tasse Tee draußen auf dem Steg sitzen (mein altes Sonntagsvergnügen).

Mit Fug und Recht läßt sich also behaupten, daß der Brand auch Gutes gebracht hat. Wie der Prophet Jesaja über Gott sagt: Er hat Böses und Gutes hervorgebracht.

Erstens wird es nächsten Sommer vierzig Motorboote weniger geben, falls die Leute sich nicht schon wieder neue angeschafft haben. Man wird den Morgenkaffee wieder auf dem Steg einnehmen können, unter den großen, schattenspendenden Weiden. Schwarze Reiher, Enten und Pelikane werden in der Brutzeit mehr Ruhe haben, die Stege werden länger halten. Zweitens hat man im Licht der brennenden Wracks Jan van de Rouwers' Leichnam entdeckt, bevor er in die Kraftwerksturbinen geflutscht ist. (Pearl Harbor in klein, hat Cliff am Telefon gesagt. Es ist wirklich unfaßbar, wie zynisch junge Menschen manchmal klingen.)

Das Verschwinden von Prof. Jan van de Rouwers hatte nichts mit dem Brand zu tun. Nicht mit dem Brand als solchem. Sein letztes Element war das Wasser. Vielleicht ist das Wasser schon immer sein Element gewesen. Er ist offenbar einige Nächte zuvor von seinem Steg gesprungen und flußabwärts getrieben. Es ist nicht das erstemal, daß so etwas passiert. Der Fluß, der Colorado von Texas, nicht zu verwechseln mit dem anderen, der noch größer ist, unser Fluß ist so schon groß genug, hat dies alles schon früher erlebt. Und nicht nur einmal, sondern viele Male. Aber früher war der Fluß kleiner. Bevor mit Präsident Roosevelts föderalem Arbeitslosenprojekt in den Dreißigern die großen Stauseen entstanden. Damals wurde der Mansfield-Damm gebaut. Wir wohnen an dem Abschnitt zwischen dem Mansfield-Damm im Norden und dem Tom-Miller-Damm im Süden. Im *Lake View Café*, der Bar drüben am anderen Ufer, hängt eine Reihe von gerahmten Fotos, die zeigen, wie es vor der Entstehung des Mansfield-Damms hier ausgesehen hat. Enorme Frühjahrsüberschwemmungen, bei denen Einfamilienhäuser und entwurzelte Bäume und Boote in einem gigantischen Wirrwarr herumtreiben.

Manchmal, wenn ich über den Damm fahre und da oben auf diesem schmalen Grat schwebe, etwa achtzig Meter über der unteren Wasserfläche, überlege ich, was geschehen würde, wenn man den Damm *sprengte*. Ein ideales Bombenziel, wie der Besitzer der Shell-Tankstelle am anderen Ufer immer sagt. Er war Bomberpilot im Zweiten Weltkrieg und hat für so etwas einen Blick.

Nun, die Russen muß man heutzutage nicht mehr fürchten. Aber schließlich gibt es Terroristen, leider Gottes. Würde dieser Damm gesprengt, würde das herabstürzende Wasser des Lake Travis, der nichts anderes ist als ein großes Reservoir, uns alle mitreißen. Wir würden nicht einmal aus unseren Häusern kommen. Die Scheinwerfer der flüchtenden Wagen würden im Wasser verschwinden, ihr Licht würde immer dunkelgrüner werden, bevor es unter den Wassermassen verlöschte.

Das sagt Steve, der die Shell-Tankstelle am anderen Ufer betreibt. Er habe dergleichen gesehen, als er 1944 in Deutschland Dämme bombardierte, behauptet er. Ich bin nicht ganz sicher, ob ich ihm glauben soll. Ich meine: Ich glaube ihm, aber ich glaube nicht, daß er es selbst gesehen hat. Dafür ist er zu jung. Was er erzählt, erinnert viel zu sehr an eine Szene aus einem Fernsehfilm.

Mittlerweile bemerke ich oft, wenn ich mit etwas älteren Männern zusammensitze, beispielsweise im *Town and Gown*, meinem Club, und sie von ihren Abenteuern im

Zweiten Weltkrieg berichten, daß sie in Wirklichkeit diese ewigen alten schwarzweißen Dokumentarfilme vom pädagogischen Kanal 9 des Kabelfernsehens nacherzählen. Sie glauben, sie hätten es selbst erlebt.

Überhaupt fällt es den Leuten heutzutage offenbar schwer zu unterscheiden, was sie selbst erlebt, nur geträumt oder im Fernsehen gesehen haben.

6.
Die Vegetarierreise

Haben wir überhaupt Freunde, Claire und ich? Nicht ganz leicht zu beantworten. Manchmal scheint es so, als hätten wir welche, und zwar ziemlich viele. Ein paarmal im Jahr bevölkern sie unsere Terrasse. Hinterher muß man wochenlang Plastikbecher aus den Büschen klauben. Ich verstehe nicht, warum sie nicht besser darauf aufpassen, oder treibt der Wind sein Spiel damit? Die Gäste bringen hübsch verpackte Geschenke mit. Zu den Geburtstagen, manchmal auch zu unserem Hochzeitstag. Sie lärmen und schwatzen, die Damen prunken in ihren neuen Cocktailkleidern und reden darüber, wer schwanger ist, die Herren plaudern über einen neuen *country club* in Northwest Hills, der viel bessere Tennisplätze hat. All das wirkt sehr lebendig und gesellig: die ganze Straße ist vollgeparkt mit ihren Wagen.

Aber bei genauerem Nachdenken fragt man sich natürlich, ob es wirklich Freunde sind, von denen wir reden. Die meisten arbeiten bei Banken, die viel mit dem Gericht zu tun haben, und die anderen sind Mitglieder der alteingesessenen, kommerziell ausgerichteten Anwaltskanzleien. Darunter Namen, die ich seit drei Generationen kenne und sogar noch in der vierten, rückwärts gerechnet, flüchtig erlebt habe, bevor sie abgetreten ist. Außerdem einige Freundinnen von Claire, mit denen sie seit der Schulzeit Kontakt hat. Sie sind die Stillsten von allen. Habe ich wirklich keine Freunde? Aber das ist doch Unsinn. George und ich haben praktisch sämtliche Schulen der Stadt gemeinsam besucht, angefangen mit der Anderson High School bis zur University of Texas School of Law. Sicher – er ist zwei Jahre als Marshall Scholar in Cambridge in England gewesen und hat Philosophie studiert, während ich hier ein Doktorandenseminar in Religionsphilosophie besuchte, das ich dann abgebrochen habe. Ansonsten aber haben wir treu zusammengehalten. Seltsamerweise ist er derjenige von uns beiden, der Patentanwalt wurde. Ich war es, der sich stets für Warenzeichen und Patente interessiert hat, als wir mit Jura anfingen. Wir fanden das irgendwie künstlerisch. Bei *Greasy Tiles* – wie wir die Anwaltskanzlei nannten, bei der wir anfingen, eine triste kleine Firma, die das Kunststück fertiggebracht hatte, sich in einem Büro einzurichten, in dem kein Raum Fenster besaß – brauchte man etwas Künstlerisches, das ist verständlich. Er hat jetzt eine eigene Firma, aber ich weiß nicht, wie gut sie geht. Jedenfalls ist er viel auf Reisen, in aller Welt. Warenzeichen muß man in jedem Land einzeln etablieren.

Mir ist allerdings nicht klar, wie er das schafft.

Irgendwann ist er nämlich Vegetarier geworden. Ein richtig sturer Vegetarier. Heutzutage sind die Zeitungen ja voll von Warnungen vor Cholesterin: man kann keinen Feinkostladen mehr betreten, ohne in einer Ecke auf eine weißbekittelte Dame zu stoßen, die einem anbietet, den Cholesterinspiegel zu prüfen. Man hört von Familien, in denen die Kleinkinder im Wachstum zurückbleiben, weil sie nicht genügend Cholesterin bekommen. Meinen sie, bei Dreijährigen bestünde ein Risiko für Herzinfarkt? Mein alter Arzt Dr. Cohen hält das Ganze für puren Nonsens. Ausschlaggebend dafür, ob man eines Tages einen Herzinfarkt bekommt, sei nicht das Cholesterin, sondern das Östrogen, seien die Geschlechtshormone. Das sei statistisch erwiesen, sagt er. Das Infarktalter beginne bei Frauen zehn Jahre später als bei Männern, weil bei ihnen das Östrogen zehn Jahre länger wirksam sei. Wenn man Herzinfarkte vermeiden will, muß man sein Sexualleben in Schwung halten. Das stammt nicht von Dr. Cohen, aber das ist der Schluß, den ich daraus gezogen habe. (Mein eigenes halte ich mit Hilfe dieser entzückenden jungen Supermarktkassiererinnen und Friseursalondamen in Schwung, die anscheinend fast ausschließlich zu diesem Zweck meinen Weg kreuzen.) Und genaugenommen ist das doch einerlei, ob Cholesterin oder Östrogen. Der Blödsinn daran ist doch, daß diese Leute glauben, sie hätten die Ursache des Todes gefunden. Daß sie ewig leben wollen, ist mir ein völliges Rätsel, so total inhaltsleer und langweilig kommt mir ihr Leben vor. Je langweiliger das Leben, um so mehr scheinen sich die Leute daran zu klammern. Es sind junge, schöne und vitale Menschen, die gefährliche Dinge unternehmen, auf dem Motorrad halsbrecherisch die Spuren wechseln oder Felswände hinaufklettern, ohne sich anzuseilen. Es sind alte, unappetitliche, blauhaarige Damen, die sich mit Cholesterin und Gott weiß was abgeben.

George ist ein großer, schwerer, blonder Mann, der unentwegt arbeitet und nie vor acht Uhr abends heimkommt. Ich vermute, er ist der Typ, der leicht einen Herzinfarkt bekommt. Aber sein Vegetarismus hat damit nichts zu tun. Er ist moralischer Vegetarier, er verabscheut die Vorstellung, daß wir ständig eine Menge unschuldiger Tiere totschlagen und zerstückeln, um uns am Leben zu erhalten. Der Geruch von Fleisch ekelt ihn an, und er sagt, manchmal würde ihm richtig übel, wenn fünfzig Flugpassagiere gleichzeitig ihre Dosen mit Leberpastete aufmachen. Seine Frau ist genauso. Er hat sie überzeugt. Sie sind kinderlos.

Wären sie das nicht, hätte ich gern gewußt, was geschehen würde, wenn die Kinder zu großen, kräftigen, baseballspielenden Teenagern heranwachsen würden, die in der Dämmerung zu ihren Mitschülern schleichen, um sich etwas von ihrem Barbecue zu erbetteln und die Zähne in die Reste ihrer Steaks zu schlagen. (Fußball spielt man ja nicht mehr in den gehobenen Schichten.) Müßte man sie dann bestrafen? Oder zum Schulpsychologen schicken? Ein Gottesgeschenk für diese Kinder, daß sie nicht existieren. (Ein Grund mehr dafür, daß sich dieser verflixte Anselm von Canterbury schon in der ersten Prämisse getäuscht hat. *Natürlich*: es ist *so* viel besser, *nicht* zu existieren als zu existieren.)

Das schlimmste ist natürlich, daß man ihn verstehen kann. Man muß nur für einen Moment den Blickwinkel ändern. Aber das sagen wir George nicht. Statt dessen stelle ich ihm lästige Fragen. Was täten wir mit all den toten Tieren, wenn keiner sie verzehrte? Kannst du dir einen Friedhof für Kühe und Stiere vorstellen, Massengräber für Schweine? Aber, sagt er, wenn kein Mensch Fleisch essen würde, gäbe es auch keinen Bedarf an dem enormen Viehbestand, den wir in Texas haben. Du meinst also, es wäre besser für die Tiere, wenn sie nicht geboren würden, als wenn sie geboren würden, damit man sie in einer Metzgerei hygienisch tötet, sage ich. Was meinst du mit hygienisch, sagt er und sieht mich mit großen blauen Augen an. Das heißt natürlich, der eigentlichen Frage auszuweichen.

Ich merke, daß es mir schwerfällt, auf den Punkt zu

kommen. Ich weiß nicht, warum, aber seit dem Tod Des alten Mannes bin ich ein bißchen zerstreut.

Jedenfalls hatten wir an einem Sommerwochenende Anfang der sechziger Jahre unsere Kinder bei Freunden untergebracht, um mit George und seiner Frau Annette nach Port Aransas auf Padre Island zu fahren. Um uns, wie wir sagten, zu erholen. Es heißt, Port Aransas sei nicht mehr das, was es einmal war. Die Hotels haben sich tiefer ins Inland von Padre Island hineingefressen. Die chemischen Industrien entlang der Küste, die es noch nicht gab, als ich ein Hippie war und zusammen mit Mitstudenten und Freundinnen nachts im warmen Sand Marihuana rauchte, verschandeln die Gegend. Große Haufen von braunem Tang werden an den Stränden angeschwemmt, und man kommt mit dem Wegräumen nicht nach. Es heißt, das habe mit der Erwärmung der Stratosphäre zu tun. Treibhauseffekt, so heißt das. Neben dem Cholesterin ist der Treibhauseffekt im Jahre 1990 das Thema, über das die Zeitungen am meisten schreiben. Der Treibhauseffekt ist ein anderer Name, den sie für den Tod gefunden zu haben glauben.

Wir brachen, wenn ich mich recht erinnere, am Freitag morgen auf, sehr früh. Schon gegen fünf bog George in seinem Jeep in unsere Auffahrt ein. Er hatte einen von diesen neuen Jeeps mit Vierradantrieb, die innen eine Spur zu bequem aussehen. Man kann darin wohnen. Aber wir hatten in Port Aransas zwei Bungalows reserviert, nebeneinander. Ganz weit draußen, wo wir als Studenten oft im Sand übernachtet haben mit unseren Freundinnen. Ich glaube, um dieser Zeit willen, um die Erinnerungen aufzufrischen, hatten wir uns entschlossen, dorthin zu fahren.

Morgens um fünf ist von mir nicht viel vorhanden, ich

bin froh, wenn ich so früh am Tage weiß, wie ich heiße und wo ich wohne, aber George und seine Frau sahen taufrisch aus. Hallo, sagten sie, habt ihr schon gefrühstückt? Der Gedanke, man könnte um fünf Uhr morgens frühstücken, ist mir völlig fremd: zwei Kopfschmerztabletten und eine Tasse starker Kaffee ist ungefähr alles, was ich mir um diese Tageszeit vorstellen kann. Ich habe vergessen zu erzählen, daß ich Georges Frau schon immer sehr gern gemocht habe. Sie ist ein kompaktes, rötlich-blondes Mädchen; nein, das ist sie nicht mehr. Jetzt ist sie weißhaarig und ziemlich mollig, aber in den sechziger Jahren war sie klein, kompakt und rothaarig.

Sie heißt Annette und war meine Freundin, bis George sie übernahm. Üppige Brüste, viel Enthusiasmus, sehr lieb. Sie hat eine natürliche Emotionalität, die sie in den sechziger Jahren kanalisierte, indem sie sich in verschiedenen *Bewegungen* engagierte. Was sie jetzt damit macht, weiß ich nicht. Manchmal merke ich, daß ich gern wieder mit ihr schlafen würde, vielleicht nur einmal. Aber dafür bietet sich vermutlich keine Gelegenheit.

Kurzum, wir starteten an diesem Morgen in den Sechzigern nach Port Aransas. Wir warfen unsere Reisetaschen in den Wagen, küßten uns auf die Wangen, das Radio lief, und wir fuhren Richtung Osten aus Texas Hill Country heraus, hinein in die große Flachlandschaft, die eigentlich immer nur noch flacher wird, je mehr man sich dem Meer nähert. Es ist eine schrecklich lange Autofahrt, sie dauert den ganzen Tag.

Genug davon; gegen elf werde sogar ich hungrig. Wollen wir nicht eine kleine Frühstückspause einlegen? sage ich. Ja, aber wo denn? sagt George. Es gibt bestimmt im nächsten Ort ein McDonald's, sage ich. Mit Hamburgern?

sagt George auf eine Art und Weise, als hätte ich ihm ein unsittliches Angebot gemacht. Na klar, sage ich. Eine gewisse Stille macht sich im Wagen breit. Ich brauche tatsächlich eine Weile, bis ich verstehe, warum. Der Vegetarismus hat wieder zugeschlagen.

Tja, was schlägst du statt dessen vor? sage ich. Wir können warten, sagt er. Eßt ihr ruhig eure Hamburger. Wir bleiben solange im Auto und hören Radio. Wird euch das nicht langweilig? Na gut. Also sitzen wir zwanzig Minuten später in einem McDonald's. Claire und ich essen Hamburger. George und Annette sitzen nach menschlichem Ermessen im Auto und trinken Chlorwasser aus Pappbechern. Jedem Tierchen sein Pläsierchen.

Und während sie ihr stark gechlortes und äußerst ungesundes McDonald's-Wasser aus Pappbechern trinken, blicken sie mit großen blauen, treuherzigen Augen in die Welt. (So muß man es sich wohl vorstellen.) Während wir da drinnen sitzen, um sie nicht mit unseren animalischen McDonald's-Gerüchen zu belästigen. Und ihre großen blauen, treuherzigen Augen bemühen sich, weder vorwurfsvoll noch ermunternd dreinzuschauen. Sondern nur stillschweigend zum Ausdruck zu bringen, daß wir nicht zur selben Welt gehören, aber trotzdem Freunde sind. Oder sind wir das etwa nicht?

Ja, dann kehren Claire und ich zurück und hoffen, daß wir nicht allzusehr nach großen toten Tieren riechen. Wir tun natürlich alles, um nicht zu zeigen, daß wir uns ein wenig angespannt, ja überwacht fühlen. Dieser *neutrale* Blick bei Menschen, von denen ich weiß, daß sie eigentlich kritisch sind, beunruhigt mich stets mehr, als ich sagen kann. Ich sehe ihn manchmal bei Gericht, und dort muß ich ihn wohl ertragen.

Aber bei Freunden? Vielleicht hat es etwas mit meinen Eltern zu tun? Hat mein Vater mich auf diese Weise angesehen? Ich weiß es nicht. Ich erinnere mich ehrlich gesagt überhaupt nicht daran, wie er normalerweise dreingeschaut hat. Hat er mich jemals angesehen?

Jedenfalls kamen wir in der Abenddämmerung in Port Aransas an und fanden ohne größere Umstände das Hotel. Es war ein modernes Strandhotel, in dem die Gäste in Bungalows wohnen, die sogar mit Küchen und Küchenutensilien ausgestattet sind, aber es war viel zu spät, um noch mit Kochen anzufangen. Das Meer schlug mit beruhigender Dünung an die zwei Sandstrände der schmalen Landzunge, die nach dem letzten Sturm notdürftig von all dem Seetang gesäubert worden war. Wir betraten den Speisesaal, einen ganz normalen Hotelspeisesaal, muß man sagen, mit einer langen und überraschend teuren Speisekarte. Mexikanische Küche, ausgerechnet. Ich hasse die mexikanische Küche, da sie anscheinend hauptsächlich aus Bohnenmus besteht, von dem ich mich immer so schwer und klebrig fühle, daß ich mich nach dem Essen kaum rühren kann.

Okay, vegetarisch, warum nicht! dachte ich. Immer noch besser als mexikanische Bohnen, die zu einem braunen Brei zermanscht und in dicke, teigige Weizenfladen eingewickelt sind, von denen man Sodbrennen bekommt. Laß uns wenigstens für einen Abend Vegetarier werden, sagte ich zu Claire.

Bald saßen wir – die ganze kleine Gruppe – jeder vor einem bunten Salatteller mit einem kleinen Glas Wein dazu. Salat essen ist eine zeitaufwendige Angelegenheit. Ich vermute, das ist der Grund, warum Kühe nicht viel Zeit für anderes haben als fürs Fressen. Wir unterhielten uns ruhig und gemächlich über die verschiedensten Dinge. Über Anwaltskanzleien und ihre Eigenheiten. Über den damals rasch expandierenden Immobilienmarkt in Texas, und wir überlegten, ob man vielleicht besser Immobilienmakler geworden wäre. Ja, Herrgott, war das eine hoffnungsvolle Zeit. Es war die Zeit, als die Seeufer auf der anderen Seite mit neuen, palastartigen Villen gepflastert werden sollten und als jeder einem *country club* beitreten wollte. Weinhändler und *country clubs* florierten. Eine Weile war es sozusagen Mode, *fein* zu sein. Neulich habe ich George auf der Straße getroffen und ihn dazu beglückwünscht, daß wir damals nicht in die Immobilienbranche gegangen sind. (Ob er noch immer Vegetarier ist, weiß ich nicht, aber das steht wohl zu vermuten.)

George hat einen Klienten, der kürzlich noch über ein Büro mit vierzig Angestellten und ein Vermögen von über dreihundert Millionen Dollar verfügte. Im Moment kann dieser Klient nicht einmal seine Anwaltskosten bezahlen. George spricht oft von ihm. Der Mann hat offensichtlich Schwierigkeiten, seine Situation zu verstehen, zu begreifen, daß buchstäblich nichts mehr übrig ist. Genau wie gewisse Patienten, die bei Verkehrsunfällen gelähmt wurden und ganz einfach nicht begreifen können, daß sie für den Rest ihres Lebens auf den Rollstuhl angewiesen sein werden. Sie glauben, alles würde sich ganz plötzlich zum Besseren wenden. Auf die gleiche Weise glaubt Georges Klient, er werde bald wieder seine dreihundert Millionen zurückbekommen. Wenn erst sein Konkurs über die Bühne ist, werde er wieder ins Geschäft kommen, neue wohlwollende Bankdirektoren und interessante Landgebiete finden, die sich als Baugelände nutzen lassen. Er begreift nicht, daß die Banken, die kürzlich noch so kulant zu ihm waren, jetzt neue Besitzer und neue Vorstände haben und daß seine Visitenkarte zu denen gehört, die sofort im Papierkorb landen, und wenn er sie auf einem goldenen Tablett hineintragen ließe. George sagt, sein Klient wolle von solchen Argumenten einfach nichts wissen. Er weigere sich weiterhin, eine normale, ehrliche Arbeit anzunehmen, und verbringe seine Tage in einem ausgesprochen dürftigen Untermietzimmer im Süden der Stadt, wo er zur Zeit hause, mit dem Entwurf neuer, phantastischer Geschäftsprojekte. Soviel George gehört hat, raucht er auch eine Menge Marihuana, aber die Frage ist natürlich, woher er das Geld dafür nimmt. Vielleicht aus irgendwelchen versteckten Reserven. Bekanntlich ist so etwas bei texanischen Konkursen nicht ganz ungewöhnlich. Was ich meine, ist diese Unfähigkeit zu begreifen, wann man wirklich in der Luft hängt: wir brauchen keine Grundstücksspekulanten zu sein, um davon betroffen zu werden. *Auch ich hänge oder stehe (wie so eine alberne Comicfigur) seit einiger Zeit in der leeren Luft.* Wo sind meine versteckten Reserven?

Jedenfalls waren wir damals noch ziemlich jung und stocherten in unseren Salaten und versuchten, weitblickend und tolerant zu sein (heutzutage würde man sagen: politisch korrekt), was wir so deuteten, daß vielleicht alle Menschen Vegetarier werden sollten.

Nach der langen Autofahrt waren wir viel zu müde, um uns mit echtem Enthusiasmus über unsere Salatteller herzumachen. Die Paare zogen sich zurück. Und natürlich erwachten wir um zwei Uhr nachts mit rasendem Hunger. Da es nichts gab außer Eiswürfel, mußten Claire und ich den Hunger dämpfen, indem wir jeder etwa die Hälfte der Flasche Bourbon tranken, die ich für den gesamten Urlaub dabeihatte, und von dieser Diät bekamen wir natürlich nach einer Weile alle beide stechende Kopfschmerzen.

In der Stadt wären wir ins Auto gestiegen und zu einem nachts geöffneten Laden gefahren, aber da draußen zwischen den Sanddünen ist das nicht ganz so einfach. Und die letzte Fähre zum Festland war längst weg. Also lagen wir da, Claire und ich, hielten uns umarmt und sprachen den Tränen nahe über die Schlechtigkeit der Welt. Es gibt kein sexuelles Vergnügen für jemand, der sehr hungrig ist und obendrein Kopfschmerzen von zuviel Whisky hat.

Es fällt mir noch immer sehr schwer zu begreifen, wie Vegetarier überleben. Es gibt ja keine Nahrung in ihrer Nahrung. Aber ich kann auch nicht mehr verstehen, warum wir in dieser Nacht so entsetzlich wütend waren. Trotz allem waren wir schließlich selber schuld. Bevor der Morgen dämmerte, hatten wir genau geplant, wann wir packen und abfahren würden, um uns irgendwo ein anderes Hotel zu suchen, nur um diesem schrecklichen vegetarischen Druck zu entkommen. Daraus wurde natürlich nichts. Am Morgen entschuldigten wir uns ein wenig zerstreut und ratterten zu einem Feinkostladen, wo wir uns mit einem reichlichen Vorrat unserer üblichen Nahrungsmittel eindeckten. Eine Küche hatten wir ja. Wir genossen ein ziemlich üppiges Frühstück mit Spiegeleiern und Bacon. (In meinem Elternhaus war man noch so jüdisch, daß man Schweinefleisch mied; für die meisten modernen amerikanischen Juden ist es wohl typisch, daß wir uns um so etwas nicht mehr kümmern. Was Hitler nicht geschafft hat, wird der moderne amerikanische Ernährungskonformismus bewirken; den endgültigen Untergang des jüdischen Volkes, und zwar in ganz undramatischer und unblutiger Form, durch Mischehen und Bacon zum Frühstück.)

Für den Rest des Wochenendes sahen wir nicht viel von George und seiner Frau. Es war eine stillschweigende Übereinkunft zwischen uns, daß wir uns nicht zum Essen trafen, aber da jeder seine eigenen Wege ging, sahen wir uns auch sonst kaum. Waren sie am Meer, hielten wir uns am Schwimmbecken auf, und umgekehrt. Schon am Sonntag nachmittag hatten wir angefangen, uns zu meiden. Wir blieben Freunde. Wie gesagt, ich rede noch gern mit ihm, wenn ich ihn auf der Straße treffe, und seine Frau habe ich immer gemocht. Aber ich habe das deutliche Gefühl, daß damals der Kontakt mit ihnen ein für allemal verlorenging. Wie nach einer stillschweigenden Übereinkunft hörten wir auf, so spontan wie bisher miteinander umzugehen. Hörten mit dem Tennisspielen auf und riefen uns freitags nicht mehr an, um uns fürs Theater oder fürs Kino zu verabreden.

Nein, wir haben keine richtigen Freunde, Claire und ich. Das ist schon immer so gewesen, und ich frage mich oft, warum. Ich habe statt dessen etwas anderes, ich möchte es meine *Schatten* nennen. Windy ist ein typischer Schatten. Das Mädchen im Supermarkt war ein Schatten, flüchtig und freundlich. Theresa, meine seltsame kleine Buchhändlerin da drüben auf dem Westcampus, ist ein drittes Beispiel.

7.
Windys Erzählung

Soll ich's erzählen? Ein noch böseres Märchen? Ach, ich erzähle so viele, wie ihr wollt. Nichts einfacher, als böse Märchen zu erzählen.

Das Mädchen, das mir die Haare schneidet, heißt Windy. (Ein Konkursrichter kann nicht langhaarig sein, es sei denn, er ist eine Frau.) Sie ist groß, schwer, dick und rothaarig und so kurzsichtig, daß sie sich ganz dicht über mich beugen muß, wenn sie die Schläfen vergleicht, um zu sehen, ob sie auf beiden Seiten gleich kurz geschnitten hat. Ihre wehmütigen, blauen, kurzsichtigen Augen sehen unerschütterlich und mit konstanter Begierde in die meinen, und ich spüre den schweren Atem hinter ihren weichen Brüsten. Und während sie schneidet, erzählt sie immerzu die sonderbarsten Geschichten.

Ich muß nicht viel sagen, um ihre Konversation in Gang zu halten. Ich habe den Verdacht, daß sie aus purer Nervosität redet. Wenn sie das nicht täte, würde sie... ja, was? Jedenfalls, ihre Geschichten sind bemerkenswert. Ich vermute, daß sie sie aus diesen phantastischen Lügen- und Skandalblättern hat, die im Supermarkt beim Hinausgehen an der Kasse liegen. *National Enquirer* und wie sie alle heißen. Ich habe mich nie getraut, mal eines dieser Blätter zu kaufen, da ich immer in einem *Tom Thumb* in meiner Wohngegend einkaufe (außer wenn ich zum *Whole Foods* fahre, aber die sind natürlich so gesund, daß sie so etwas nicht führen, sie haben statt dessen Zeitschriften über organische Lebensführung). Aber die Schlagzeilen fesseln meine Aufmerksamkeit immer derartig, daß die Kassiererin mich schließlich mahnen muß.

JACKIE KENNEDY
SCHWANGER VON BESUCHER
AUS DEM ALL

SIEBENJÄHRIGER ISST
GEWOHNHEITSMÄSSIG KAKERLAKEN.
MUTTER VERZWEIFELT

SCHLAFENDES MONSTER
MIT ROLLSCHUHEN
IN GROTTE GEFUNDEN

VOLLSTÄNDIG ERHALTENE FRAUENLEICHE
VON ASTRONAUTEN
AUF DEM MOND GESICHTET

Ich möchte wissen, was für Menschen diese Artikel schreiben. Macht es ihnen Spaß? Oder sind sie gekränkt, weil sie nicht bei besseren Zeitungen gelandet sind, wo sie statt dessen »Wahrheitssuche« betreiben könnten? Ich habe zunehmend das Gefühl, sehr wenig über meine Mitmenschen zu wissen. Wieso ist jemand wie Windy so interessiert an diesen Geschichten? Vielleicht sind es ja ganz viele, die diese sonderbaren Lügenzeitschriften lesen? Wir haben nicht eine, wir haben viele Kulturen, und sie haben anscheinend wenig miteinander zu tun. Es muß gleich nebenan ganze Literaturen geben, von denen ich keine Ahnung habe. Oder täusche ich mich? Erfindet Windy diese Geschichten selbst?

Mit kleinen, starken, energischen Fingerspitzen massiert sie das Shampoo in meine Kopfhaut ein, versucht überhaupt der ganzen Haarschneideprozedur all die bescheidenen erotischen und sinnlichen Qualitäten abzugewinnen, die sie zu bieten hat. Aus irgendeinem Grund sagt sie oft, sie *habe an mich gedacht*, wenn ich im Salon auftauche. Ich frage mich, was sie wohl meint mit diesem *an mich gedacht*.

Auf jeden Fall liest sie die Tageszeitungen. Windy hat zwei Kinder und ist zum zweitenmal geschieden. Sie schildert die Ehe jedesmal als etwas Schreckliches. Sie erzählt viel von ihren Kindern. Für den Älteren will sie einen gebrauchten Computer kaufen, und den Jüngeren will sie im August in eine Art Sommerlager schicken. Es ist teuer, und sie weiß nicht, woher sie das Geld nehmen soll. Ihr zweiter Mann, der offenbar Vertreter für eine Werkzeugfirma war, hat ein Haus weit draußen auf dem Lande gekauft, irgendwo auf dem Weg nach Wimberley. Er hat sie dort anscheinend mehr oder weniger *abgestellt*. Seine Besuche wurden immer rarer. Das Haus, sagt sie, liege ziemlich abseits. Die schlimmste Zeit, sagt sie, sei gewesen, als sie das zweite Kind erwartet habe und den Vierjährigen auf einem Grundstück voller bodenloser alter Brunnen mit undichten Holzdeckeln habe beaufsichtigen müssen, zwischen Feuerameisen und vereinzelt und friedlich herumrasselnden, aber beim Biß unmittelbar tödlichen Klapperschlangen im hohen, trockenen Wintergras, wo ein Kind keine Chance habe, sie zu entdekken, bevor es zu spät sei.

– Nicht, daß dort wirklich irgendwas *passiert* wäre, fährt sie fort. Gerade daß dort nichts passiert ist, hat mich so beunruhigt. Es war wie in einem Horrorfilm im Fernsehen, kurz bevor es losgeht mit all den Schrecklichkeiten. Nur, daß es *andauernd* so war. Mein Auto sprang nicht immer an. Die Batterie war leer, und ich mußte den nächsten Nachbarn herbeiholen, um den Wagen in Gang zu bringen. Ich rief immer einen mürrischen alten Mann an, der auf dem Hügel jenseits des Tals wohnte. Von Mal zu Mal wurde er unwirscher. Nur zedernbewachsene Hügel, wohin ich auch sah, und hier und da eine Staubwolke, die von einer Straße aufstieg. Ich konnte einen Wagen eine halbe Stunde vor seiner Ankunft den Hügel heraufkommen sehen. Aber ich wußte nie, ob es Dan war oder jemand anders.

Wenn die Hydrophorpumpe stehenblieb oder ein Kind die Masern bekam, war es fast so, als würde auch das Herz stehenbleiben. Wenn Hilfe kam, war es manchmal eine sehr seltsame Hilfe. Männer werden oft ziemlich seltsam, wenn sie merken, daß man als Frau weitab in einem verfallenen Haus auf einem Hügel wohnt. Es gab mindestens einen Elektriker, der mich fast vergewaltigt hätte.

Aber was soll man tun, wenn man die Verantwortung für seine kleinen Kinder hat? Das mit der Verantwortung für kleine Kinder ist übrigens nicht so selbstverständlich, wie man meinen könnte, fährt sie in demselben atemlosen, fast halsbrecherischen Tempo fort. Haben Sie neulich diese grauenhafte Sache in *Sixty Minutes* gesehen, Richter Caldwell? Ich meine die mit den Kindern in Alaska?

– Nein. Ich habe zuviel zu lesen, um auch noch Fernsehsendungen zu verfolgen. Das überlasse ich meiner Frau. Sie berichtet mir manchmal, wenn es etwas Wichtiges ist. Was für Kinder in Alaska?

– Soll ich auch die Haare in den Ohren schneiden? Komisch, allen Männern über vierzig wachsen eine Menge harter kleiner Haare in den Ohren. Die meisten von meinen Kunden wollen, daß ich sie entferne.

– Ja, um Gottes willen, Windy, unbedingt. Weißt du nicht mehr, daß wir sie auch beim letztenmal entfernt haben? Aber was war mit den Kindern in Alaska?

– Na, das hat doch in allen Zeitungen gestanden! Das war bestimmt nicht nur in *Sixty Minutes*. Irgendwann letztes Frühjahr. Ist es also passiert. Na, es war so, sagt Windy und streicht eine ihrer roten Haarsträhnen aus der Stirn, und ich sehe wieder in ihre großen, blauen, treuherzigen Augen. Es war so: 1982, um den Dreh, oder vielleicht ein bißchen früher, als der große Boom in Alaska losging, sind eine Menge Leute aus anderen Staaten da hingekommen, Bauarbeiter und so. Ja, sogar aus Texas. Die haben die große Pipeline gebaut. Leute, die in Wohnwagen und in Häusern auf Rädern leben. Und die haben sich an verschiedenen Baustellen niedergelassen und gut verdient, bis der Boom irgendwann Mitte der Achtziger plötzlich abflaute. Da haben sie ihre Siebensachen gepackt und sind wieder Richtung Süden verschwunden. Und das war ja soweit ganz in Ordnung. *Nur daß manche davon einen Scheißdreck darauf gegeben haben, ihre Kinder mitzunehmen, als sie abgehauen sind.* Ist das zu fassen? Wegziehen und die Kinder, halbwüchsige und kleine Kinder, einfach zurücklassen?

– Unglaublich!

– Ja, nicht wahr? Soll ich hier noch etwas kürzen? An der Schläfe? Ich finde, es wirkt schön und würdevoll, wenn die Schläfen weiß und glatt sind.

– Ja, stimmt.

– Und wie bequem! Sie einfach abstellen. Allerdings kam man allmählich dahinter, zuerst in den Schulen, daß sie die Kinder absichtlich zurückgelassen haben. Sie haben sich den Teufel um sie geschert. Eine Reihe von Halbwüchsigen und Kleinen, die eines Tages nach der Schule nicht mehr wußten, wohin. In einem eiskalten, schneereichen Klima, wo vom frühen Morgen an die Schneepflüge durch die Straßen donnern und der Rauch steil und blau aufsteigt, wenn mittags gegen eins die Dämmerung anbricht.

– Du beschreibst das so anschaulich, Windy, ich meine, so, daß man es vor seinem inneren Auge sieht. Man könnte meinen, du wärst dabeigewesen.

– Ich hab auch mal dort gewohnt. Eine Zeitlang. Als ich noch mit meinem ersten Mann verheiratet war, dem Klempner. Ja, das war wohl auch Anfang der Achtziger. Ach, aber nur kurze Zeit. Jetzt stellen Sie sich mal vor, Richter Caldwell, stellen Sie sich so ein Kind vor, einen Dreizehnjährigen, ein bißchen verwahrlost vielleicht, von den Eltern nicht besonders sorgfältig betreut, mit Rotznase und nassen Fäustlingen und einem viel zu dünnen Anorak, einen Jungen, der in der Abenddämmerung aus dem Schulbus steigt, im Ranzen ein paar zerfledderte Comics und die Reste eines Brutterbrots. Ist es gut so? Vielleicht ein bißchen kürzer über der Stirn? Er steigt aus dem Schulbus und geht auf den Campingplatz unter den Natriumlampen, geht den gewohnten Weg zwischen den Häusern. Die so konstruiert sind, daß es nur eine Stunde braucht, um sie auf einen Anhänger zu laden und damit loszufahren. Der Junge kommt also in dem gelben Natriumlicht daher, es schneit, er ist hungrig und freut sich, gleich daheim zu sein. Aber dort, wo das Haus der Eltern stehen sollte, ist jetzt nur ein großes Rechteck im Schnee, an der Stelle, wo es gestanden hat, ist es etwas dunkler, weil dort noch nicht soviel Schnee gefallen ist wie ringsum. Und das ist alles. Die Eltern sind ganz einfach ohne ihn auf und davon. Da steht er, mit einem Ranzen voller Comics, die er gerade in dem gelben Schulbus getauscht hat, das ist jetzt sein ganzer Besitz, ein etwas verwahrloster, vielleicht auch verschreckter, aber doch recht fröhlicher kleiner Junge, der von der Schule nach Hause kommt und entdeckt, daß sowohl die Eltern wie das ganze Haus, das einzige Heim, das er je gehabt oder gekannt hat, verschwunden sind. Es ist ganz einfach *nichts* da! Was tut er da? Was soll er, in seiner ganzen Verlassenheit, tun? Gibt es überhaupt irgendwas, das ihm sagt, daß er noch existiert? Alles, was ihn eben noch bestätigt hat, ist ja verschwunden!

(Ich staune oft über Windys enorme Beredsamkeit, wenn sie *loslegt*, in Schwung kommt, sich ergreifen und mitreißen läßt von dem, was sie erzählt. Bei Gericht habe ich eine solche Beredsamkeit nie erlebt.)

– Er macht sich auf die Suche?

– Na klar. Er macht sich auf die Suche, der arme Junge. Soll ich hier nicht doch noch etwas wegschneiden? Direkt über der Stirn? Sie haben enorm dichtes, schönes Haar, Richter Caldwell. Sehr dicht für Ihr Alter. Ja, ich meine also…

– Ja, schon gut, Windy, aber erzähl weiter, bitte.

– Okay, Richter Caldwell. Dann fahren wir eben fort, obwohl es grauenhaft ist. Der Junge sucht also aufs Geratewohl, hier und da. Da all die Häuser auf Rädern so verdammt ähnlich aussehen, besteht natürlich – zumindest in der ersten Stunde – die Hoffnung, daß er sich irgendwie geirrt hat. Vielleicht hat ihn der Schulbus zu früh abgesetzt? Er schaut im Norden nach und schaut im Süden nach. Aber dann muß es ihm ja immer klarer geworden sein, daß alles genauso ist wie sonst. Die Bäume sind genau wie sonst. Die Wohnmobile der Nachbarn sind genau wie sonst. Die Nachbarn sind genau wie sonst. Anders ist nur das schneefreie Rechteck, wo das Haus der Eltern gestanden hat, aufgebockt auf zwölf Zoll dicken Holzklötzen, die hier und da in dem Rechteck herumliegen. Er hebt einen davon auf und wiegt ihn in der Hand, als wäre darin die Antwort enthalten.

Aber das ist sie natürlich nicht. Er wirft den Klotz in hohem Bogen in den Schnee, wo er versinkt und verschwindet. Die Nachbarn sind ein bißchen befangen. Sie wissen ja nichts Genaues. Sie waren ja nicht daheim, als es passierte. Sollen sie ihm ein Glas Wasser anbieten? Eine Coca-Cola? Vermutlich laden sie ihn zum Abendessen ein. Ja, das tun sie natürlich. Sie laden ihn zum Essen ein. Aber ein wenig besorgt. Sie werfen sich stumme Blicke zu. Was soll nun werden? Wird dieses Kind nun bei ihnen bleiben? Aber so haben sie sich das eigentlich nicht gedacht, als sie den kleinen Jeff hereingebeten haben, damit er sich die Hände wärmt. Sollen sie den Sheriff rufen? Aber der Junge hat doch nichts Böses getan? Es führt zu nichts Gutem, wenn man den Sheriff in so etwas hineinzieht. Vielleicht wird man sie sogar verdächtigen, irgendwie in die Sache verwickelt zu sein?

Er darf herzlich gern ein paar Tage zum Essen zu ihnen kommen, aber dann macht man ihm am besten klar, daß er sich auf eigene Faust durchschlagen muß.

Der Junge bedankt sich fürs Essen. Er geht hinaus. Jetzt ist der Himmel sternklar. Die Sterne sind groß und hell, die Luft ist so kalt, daß der Atem dampft. Der Junge geht unter den Sternen hinaus und weiß nicht, wo er schlafen soll, er hat sein ganzes Leben vor sich und weiß eigentlich nichts, am allerwenigsten, was er als nächstes tun soll.

Ja, so redet sie drauflos, diese Windy. Noch draußen auf der Straße ist mir ein bißchen schwindlig von ihren Geschichten. Aber auch vom Gefühl ihrer weichen, empfindsamen, nervösen Fingerspitzen, die zum Abschluß immer meinen Nacken massieren. (Ich kann mir nie merken, wo ich meinen Wagen geparkt habe.)

Umrunde dann sehr langsam den ganzen Block und überquere den Parkplatz des *Faculty Club* (die Politessen machen mir selten Schwierigkeiten, immerhin steht *Federal Judge* auf dem Nummernschild), gedankenverloren auf der Suche nach meinem Wagen, und weiß nicht, was ich mit dem Jungen in Alaska anfangen soll. Später, im Aufzug, sehe ich vertraute und unbekannte Gesichter, Richter und Sekretärinnen und Anwälte in bunter Mischung, und sie reden über dies und das, über Nagellack und Konkursverfahren, aber ich, ich denke nur daran, was ich mit dem Jungen in Alaska anfangen soll. Erst in meinem Amtszimmer, auf dem abgetretenen, imitierten Perserteppich, auf dem Weg zu dem wartenden Papierstapel auf dem großen, billigen braunen Tisch wird mir klar, daß der Junge aus Alaska heute siebzehn Jahre alt sein muß. Was er wohl in den Jahren dazwischen gemacht hat?

8.
Das Gewissen hat viele graue Tage

Der alte Mann ist tot.

Das habe ich bereits gesagt.

Und dann die Sache mit dem Hund.

Als ich sah, wie hilflos, häßlich und vollständig sinnlos dieser Hund im Tod war, überkam mich ein gewisses Staunen. Wie hatte ich mich derartig über ihn aufregen können? Was für aufgestaute Gefühle, welcher Ärger, welche Wut, und wenn ich nur wüßte, worüber.

Der Körper des großen, fetten, widerlichen Hundes, weich und schlaff in dem schwarzen Plastiksack. So werden wir alle eines Tages aussehen. Aber nicht wie dieser Hund, hoffe ich, mit eingeschlagenem Schädel, einem aus seiner Höhle gequollenen Auge und hellrotem Schaum an den Lefzen. Ich muß mit dem Seitenschneider, der zufällig zur Hand war, ganz fürchterlich zugeschlagen und losgedroschen haben. Ein Glück, daß diese beiden Dinge an jenem Tag zur Hand waren: der Seitenschneider und der große schwarze Plastiksack für den Gartenmüll. Schließlich war er doch auf Müll aus, nicht wahr?

Und der Sommer neigte sich dem Ende zu, auch er. Der alte Mann ist, könnte man vielleicht sagen, zur rechten Jahreszeit gestorben.

Im Oktober schwillt der Fluß an und wird braun und reißend. Das Kraftwerk oben leitet zusätzlich Wasser ein, eiskaltes Tiefenwasser vom Boden des Lake Travis, das hier zu Oberflächenwasser wird. Keine Badenden mehr.

Viel weniger Wasserskifahrer, auch in den Jahren, in denen ihre Boote nicht verbrannt sind. Die Algen gedeihen nicht in dem kälteren Bodenwasser, und auch sie nehmen ab.

Die Reiher sitzen ungestört in großen Schwärmen in den Bäumen, ernst wie Wotans Raben.

Vor achtzehn Jahren bin ich an dieses Seeufer gezogen. Es war Claire, die am Wasser wohnen wollte, sie wollte ohne Ausblick auf andere Häuser und Villen ringsum wohnen. Drinnen, in Tarrytown, zwischen all den vornehmen Häusern unter den Eichen, habe sie sich manchmal beengt gefühlt, behauptet sie. Mit all diesen Frauen im Tennisdreß, den sie nicht zum Tennisspielen anziehen, sondern um darin voreinander zu glänzen, wenn sie die Kinder in die Vorschule fahren, eigenartige Frauen, die schon in jungen Jahren irgendwie ausgetrocknet wirken, Frauen, die mit ihren harten Falten an den Mundwinkeln so deutlich das sexuelle Unvermögen ihrer Männer zeigen – oder vielleicht ihr Desinteresse. Die Jeeps und die Jogger und die Hunde und die Radfahrer und all die kleinen, braunhäutigen Männer, die dauernd an der Tür klingeln und den Garten jäten oder das Dach reparieren wollen und aus denen man nie recht schlau wird. (Suchen sie einen kleinen Gartenjob, oder sondieren sie für einen Einbruch?)

Claire hat sich stets beengt gefühlt, glaube ich, wenn sie sich mit anderen Leuten drängen und morgens die Nachbarn begrüßen muß. Ich kenne kaum jemand, der so wenig Bedarf an anderen Menschen hat wie sie. Die Frage ist, ob sie mich jetzt noch braucht, nachdem die Kinder erwachsen und verheiratet und aus dem Haus sind.

Der alte Mann, Jan van de Rouwers, ist viel früher hierher gekommen. Er kam Ende der fünfziger Jahre aus Harvard. Nach Harvard ist er vom Hamilton College in New

York Upstate via New York gekommen, als Flüchtling aus Europa. Ein offensichtlich brillanter junger Akademiker und Flüchtling. Unser damaliger Dekan, es muß wohl der große Silver von der Boston University gewesen sein, hat unsere Gewässer sicherlich oft angepriesen, um bestimmte Personen anzulocken, die er an die Fakultät binden wollte. Das damals noch kristallklare Quellwasser von Barton Springs und Texas' freundlichen kleinen Colorado mit all seinen aufgestauten Seen; den Lake Buchanan, groß und geheimnisvoll mit seinen Adlern, den Lake Travis für Segler, den Lake Austin für Motorboote und hübsche Strandvillen mit Bootshaus und Steg, und ganz im Süden den Stadtsee, auf dem man nur paddeln darf. Und im Frühling die Hunderttausende von Feuerfliegen im dichten Laubwerk der Uferböschungen. Der grüne Funkenregen der Inspiration. Manchmal erscheint er wie eine Bildstörung im Film der Wirklichkeit.

Dieser Holländer, auf dem ich ständig herumreite, kam wie gesagt kurz nach dem Krieg. Damals war er noch nicht so groß wie später.

Das Haus, in dem er noch vor wenigen Wochen wohnte, soweit ich weiß, in den letzten Jahrzehnten allein, abgesehen von der einen oder anderen Doktorandin oder jüngeren Professorin, die für eine Weile einzog, um dann ebenso spurlos und rasch wieder auszuziehen, war wirklich sehenswert. Auf seine Art. Alles war aus Holz, auf verschiedenen Ebenen gebaut, luftig und schwebend. Einige Gebäudetrakte hängen tatsächlich über einem der kleinen Kanäle, die vom Fluß abzweigen. Bestimmt teuer: experimentell und luftig. Ein ausgesprochenes Fünfziger-Jahre-Haus, aus den späten, etwas preziösen Fünfzigern.

Wahrscheinlich ziemlich anstrengend für einen alten

Mann. Eine Menge Treppen auf und ab zwischen den Ebenen. Seine Bibliothek, die groß war, lag in dem Trakt, der über dem Wasser hing. Er muß dort mit dem eigentümlichen Gefühl an seinem Schreibtisch gesessen haben, daß die Zeit unter ihm hinwegfloß. Von der Seeseite her leicht zu erreichen; mit einem einigermaßen schnellen Motorboot braucht man gerade mal zehn Minuten in die Stadt. Ich weiß nicht, ob van de Rouwers diese Möglichkeiten je genutzt hat. Ich selbst habe das damals oft getan, als das Bootsbenzin noch erschwinglich war. Hatte einen alten Wagen an einer der Anlegestellen am anderen Ufer stehen. Es war angenehm, übers Wasser zu fahren, besonders nach der Arbeit. Es reinigt die Gedanken. In meinem sonderbaren Beruf muß man manchmal die Gedanken reinigen.

Allein schon aus dem Konkursgericht mit seiner schlechten Luft herauszukommen (obwohl ich oft aufs Lüften dränge)! An den Verhandlungstagen über Zwangsvergleich nach Paragraph 11 ist der Raum von einer Atmosphäre der Armut, Bitterkeit und nicht selten so großer Angst erfüllt, daß buchstäblich die Fensterscheiben beschlagen. Anwälte der großen Firmen in korrekten Anzügen, Klienten mit protzigen Armbanduhren aus Gold am Handgelenk, runzlige alte Landwirte mit schwieligen Händen, die die ganze Verfahrensweise nicht richtig verstehen, junge ratlose Paare (fast ausnahmslos Weiße; sie sind die einzigen, die schlechte Kredite haben, da sonst kaum jemand überhaupt Bankkredite bekommt), die ein, zwei, ja manchmal bis zu drei unruhige Kinder mitschleppen und sie, so gut es geht, ruhig zu halten versuchen, und ihnen allen muß ich früher oder später meine Aufmerksamkeit widmen.

Ja, ich bin Konkursrichter und also Bundesrichter. Ich

darf wohl sagen, daß ich über das sogenannte Kompetenzgefühl verfüge. Ich beherrsche meinen Beruf. Sechzehn Jahre lang war ich Konkursanwalt in einer großen Kanzlei in dieser Stadt, bevor ich in die Richterlaufbahn überwechselte.

Ich erinnere mich, daß sich Der alte Mann sehr dafür interessierte. Er wollte wissen, wie ich mich so lange mit so etwas abgeben könne. Damit meinte er wohl: ohne es satt zu bekommen. Er wollte sozusagen wissen, was dort eigentlich meine Aufgabe sei.

Ich erklärte ihm, so wie die Welt beschaffen sei, müsse irgend jemand schließlich Beschlüsse fassen.

Das ließ er nicht gelten.

Daraufhin sagte ich ihm, die Konkursgesetze seien ein mächtiger Generator für intellektuelle Probleme. Paragraph 11, sagte ich, sei im Prinzip ebenso gut für die Hervorbringung subtiler Unterscheidungen wie Anselms sogenannter ontologischer Beweis für die Existenz Gottes.

Da lachte er. Er hat von jeher eine eigentümliche Schwäche für Anselm von Canterburys sogenannten ontologischen Beweis für die Existenz Gottes gehabt. Hat ihn gern in seinen philosophiegeschichtlichen Seminaren behandelt, sich auch in seinen alltäglichsten Augenblicken darauf bezogen. Was begründet sein mag im Hinblick darauf, welchen immensen Einfluß der Beweis auf die Ideengeschichte und die ontologischen Probleme ausgeübt hat, als Hobby jedoch ein wenig schrullig wirkt. Man bekam das Gefühl, sein Verhältnis zu Anselms Beweis und all seinen Varianten habe etwas Manisches, ja, er würde eigentlich *immerzu* darüber nachdenken.

Tatsächlich habe ich eines seiner berühmten philosophischen Einführungsseminare besucht, und zwar in dem Jahr, bevor ich nach Yale und ins Jurastudium überwechselte. Er machte seinem Ruf alle Ehre. Ohne Frage war er ein großartiger Lehrer. Damals setzte er wohl nicht mehr seine provozierendsten Tricks ein, da er schon etwas älter war. Auch nur ein halbes Jahrzehnt zuvor hatte er die Studenten aus seinem Einführungsseminar in Ethik losgeschickt, um Slumlords in Houston und San Antonio darüber zu interviewen, wie sie ihre Tätigkeit sahen. (Natürlich zeigte sich, daß sie von der Befragung sehr geschmeichelt und äußerst interessiert daran waren, die moralischen Aspekte zu erörtern, die man – zweifellos – auf ihre Tätigkeit anwenden konnte. Damals wie heute.)

Ich glaube, es hat ihm sehr gefallen, daß ich mich an seine alten Kathederwitze erinnerte, als wir uns etwa fünfzehn, achtzehn Jahre später über die Hecke hinweg unterhielten. (Die Hecke wurde sozusagen mit den Jahren ein zweites Katheder.) Er war genau derselbe, der er in meiner Jugend gewesen war, ein weltberühmter, weißhaariger alter Professor – und ich war in derselben Zeit der Reihe nach Jurastudent, Rechtsanwalt und Konkursrichter geworden. Seltsamerweise hatte ich das Gefühl, er habe sich bewegt und ich sei stehengeblieben.

Anselms Beweis hat ihn, wie gesagt, sein ganzes Leben lang beschäftigt. Er schrieb einen Aufsatz nach dem anderen – diskret in Fachzeitschriften dritten und vierten Ranges versteckt, denn mit seinem eigentlichen Feld, der Sinntheorie, hatte diese Sache wenig zu schaffen, und offenbar zog er es vor, wegen seiner Verdienste um die Sinntheorie berühmt zu sein – um zu zeigen, daß der gesamte Beweis mißverstanden worden sei. Die historischen Kommentatoren, Descartes, Leibniz, Kant, Koyré, Findlay und die ganze Bande seien, wenn ich mich recht erinnere, von der falschen Schrift ausgegangen, von Anselms *Proslogion I*. Aber *Proslogion I* sei nur eine theoretische Vorbereitung. Erst in *Proslogion III* erscheine der richtige Beweis. Damit nahm er es sehr genau. Wer sich nur an die Formulierungen im *Proslogion I* des großen Anselm halte, verfehle das Wesentliche. Das habe Descartes getan, genau wie Leibniz. Aber Professor van de Rouwers und seine Studenten im »Einführungsseminar in philosophische Probleme« begingen diesen Fehler nicht. Sie lernten den richtigen Beweis.

Wegen der hundertfünfzig Meter hohen Marmorklippen an der Flußbiegung gegenüber verschwindet bei uns die Sonne um diese Jahreszeit bereits gegen drei hinter dem Kamm. Man könnte meinen, wir wohnten auf der Westseite, aber der Fluß krümmt sich hier so stark nach Norden, daß wir die Sonnenuntergänge auf der anderen Seite haben. Es gibt nichts, was den Fluß dazu zwingt, schnurgerade zu fließen.

Abends wird es jetzt früher dunkel, und bald ist es wohl wieder soweit, daß man auf die Winterzeit umstellt, aber ich vergesse immer, an welchem Datum das geschieht. Schon vor dem Abendessen muß man die Lampe über dem Arbeitstisch anmachen. Blättere in der Zeitung; ich sehe eigentlich nie fern, statt dessen lese ich vor dem Essen die Meldungen in der Zeitung. Die Fälle lese ich hinterher – falls da überhaupt etwas durchzugehen ist, ich habe zwei gute Sachbearbeiter, die das meiste vorbereiten –, während Claire mit ihren Romanen in dem bequemen Sessel sitzt. Sie hat lebhafte kulturelle Interessen. Ich habe das Meine für mich.

Sitze auf der Veranda und lese. Noch immer leichter Rauchgeruch von dem verkohlten Bootshafen. Durch den Nachmittagsdunst sehe ich undeutlich, wie sich dort zwei Kranwagen bewegen. Vermutlich sind sie mit Aufräumungsarbeiten beschäftigt. Und das plötzliche Aufblitzen eines Polizeiwagens, der da drüben wendet. (Muß mehrmals den Feldstecher zur Hand nehmen, den ich am Seefenster stets bereitliegen habe.) Ja, ja, die Untersuchung wegen Brandstiftung läuft auf vollen Touren. Wie üblich nur Scheußlichkeiten in den Zeitungen. Möglicherweise messe ich ihnen heute mehr Bedeutung bei als früher. Ich erkenne allmählich, daß die Grausamkeit große Reserven hat. Ich bin jetzt empfindlicher dagegen.

Hört euch das mal an: Der Besitzer eines mexikanischen Bestattungsunternehmens in Houston hat einer armen Familie angedroht, die Beerdigung einer ermordeten Schwester abzubrechen, wenn die Teilnehmer nicht Bargeld einsammelten. Als sie es mit ihren Uhren versuchten (mangels Bargeld), soll der Mann gesagt haben: »Ich bin doch kein verdammter Pfandleiher.« Merkwürdigerweise gibt *The Houston Post* seinen Namen und seine Adresse preis. Das kann nicht ohne eine gewisse Diskussion in der Redaktion erfolgt sein. Wer trägt die Verantwortung, wenn erzürnte Verwandte der Toten herüberkommen und sein Haus niederbrennen? Vielleicht war das die Absicht des Reporters? Und seht hier: Jemand hat ein Kind, einen Neunjährigen, in seinem Haus auf Rädern gefangengehalten, bis man den Jungen halbtot und mit einer Lungenentzündung entdeckte. Warum geschehen solche Scheußlichkeiten stets in diesen Häusern auf Rädern? Wie Schachteln stehen sie auf gepachtetem Grund in den Randbezirken der Städte, dazwischen aufgespannte Wäscheleinen, spielende Kinder. Reservate, nicht für die Ärmsten (die haben überhaupt kein Zuhause), sondern eher für einen besonderen Menschenschlag, eine besondere Kultur, die nach ihren eigenen Bedingungen lebt. Was geschieht eigentlich in solchen Randbezirkmilieus? Wie kann man einen Neunjährigen an eine Heizung festgekettet halten? Und wie kann man annehmen, der Arzt würde das nicht bemerken, wenn man ihn ruft, um nach dem Kind zu sehen, das an Lungenentzündung stirbt? Sieht er wirklich nur die Lungen?

Und warum kettet man den Jungen an? Was für Gründe kann es dafür geben? Ich bin froh, daß ich kein Strafrichter bin. Ich glaube, das würde mich überfordern.

Übrigens: die Grausamkeit hat unglaubliche Reserven. Ich denke an Windys Geschichten. Vor kurzem die mit dem Kind in Alaska. Bei ihr ist eine Geschichte schlimmer als die andere. Geschichten, die an die Sache mit dem angeketteten Jungen erinnern.

Ich glaube ehrlich gesagt nicht, daß ich mich damals sonderlich für die Existenz Gottes interessiert habe. Es stimmt wohl, daß Juden (mit gewissen Ausnahmen) ungern über theologische Fragen nachgrübeln. Es hat einen leicht christlichen Touch, sich mit dergleichen zu befassen. Ein richtiger Jude erörtert seine moralischen Pflichten, nicht die Eigenschaften Gottes – um die er sich genaugenommen einen Dreck zu scheren hat –, also nicht die Theologie. Nein, zündend war eher die Idee von etwas, das existieren *muß*. Oft habe ich darüber nachgedacht, was aus Gut und Böse wird, wenn man in diesen Bahnen denkt. Einfach mal angenommen, es gäbe keine Moral in der Welt, in der wir leben, überhaupt keine. Alles ist erlaubt. Moralische Vorstellungen sind nur Anthropologie, ungefähr wie Tischmanieren. Okay. Aber dann nehmen wir mal an, es gäbe eine *denkbare* Welt, in der Gut und Böse existieren, in der es sich bei den moralischen Vorstellungen nicht um Gewohnheiten und Etikette handelt. Warum dürfte ich nicht grausam sein wie Caligula? Warum sollten nur römische Kaiser ihren Spaß haben?

Allein die Möglichkeit, sich eine Moral in einer denkbaren Welt vorzustellen, macht sie natürlich gültig für alle.

Denn worauf es hier ankommt, ist die *Denkbarkeit*.

Die Einführung in die Philosophie, die ich im Wintersemester 1961, wenn ich mich recht erinnere, an der Universität hörte, habe ich nie ganz vergessen. Das zeigt sich daran, wieviel ich davon noch weiß, wenn ich mich ein bißchen anstrenge.

Van de Rouwers verlieh alten Texten neues Leben, beispielsweise Anselm von Canterburys ontologischem Beweis für die Existenz Gottes. Ich weiß noch, ich habe ihn einmal auf dem Heimweg von der Universität mit einem Kommilitonen diskutiert – war es Paul oder jemand anders? –, und wir gingen von meiner Tür zu der seinen zurück, nur weil wir nicht aufhören konnten zu diskutieren. Ich weiß nicht, wie viele Male wir an diesem schönen Spätherbstnachmittag den Weg zwischen Jester Dormitory und Speedway Street zurückgelegt haben. Einer von diesen goldgelben Herbsttagen, an denen alles stillzustehen scheint und nur die Amseln in den Bäumen zu hören sind.

Er ließ uns das Argument mit neuen Augen sehen. »Ein Wesen, das mit Notwendigkeit existieren muß.«

Und er berichtete von den Kritikern, angefangen von Gaunilo bis hin zu Kant: »Hundert wirkliche Taler enthalten nicht das mindeste mehr als hundert mögliche.« Ein Argument, das damals, im Jahr 1961, einleuchtender war als heute, wo jedermann diese Metapher mit seinen Kreditkarten vermasselt. Eine Kreditkarte in meiner Tasche sieht ja keineswegs aus wie hundert Taler.

Ich meine: Mit der Güte und der Bosheit muß es dieselbe Bewandtnis haben wie mit Anselms Gott. Sind sie denkbar, müssen sie existieren.

Der Hund. Ja, mein Gott, *der Hund*. Ich hatte die Sache fast vergessen. Der Hund ist jetzt bestimmt verbrannt. Oder wird Müll etwa nicht verbrannt?

Während ich die Seiten der Zeitung umblättere, höre ich Claire mit Antonia, der Kolumbianerin, in der Küche schimpfen. Aber ich weiß nicht, weshalb. Um diese Jahreszeit ist es hier ziemlich still. Auf der Landseite gibt es nicht viele Autos. Im Frühling und Sommer sind natürlich immer Studenten da, die sich auf der Suche nach einem kleinen Café unten am Fluß verfahren. An Sommerabenden spielen dort oft alle möglichen Bands. Alte staubige Straßen, vielleicht ehemalige Indianerpfade, wo man an den Kreuzungen aufpassen muß, damit man den Weg nicht verfehlt. Früher kamen mehr Besucher, und sie hatten immer Schwierigkeiten, dorthin zu finden. Ich weiß nicht recht, warum, aber es sind jetzt weniger.

Der Geruch von dem verflixten verbrannten Bootshafen. Werden sie denn nie mit dem Aufräumen fertig?

9. Die einhundertfünfzig Artikel

Wenn doch endlich dieser Herbstregen aufhören würde. Seit Menschengedenken hat man im Herbst keinen solchen Regen erlebt. Seit 1947 ist der Lake Travis nicht so weit über seine Ufer getreten. Dr. Werbow, der alte Dekan aus den sechziger Jahren, hat gerade angerufen und berichtet, daß die Yachten im Lake Travis jetzt am Dach des Bootsclubs vertäut sind! Das bedeutet, daß eine Reihe von Sommerhäusern dort oben, wie der Barde sagt, »fünf Klafter tief« liegen! Der Mansfield-Damm hat vier von den fünf großen Stauklappen gezogen. Unsere Stege werden keine Chance haben!

Diluvium, mit einem anderen Wort: Sintflut! Vielleicht auch Sündenstrafe?

Das Wasser steigt jetzt so rasch, daß ich Stunde um Stunde von meinem Fenster aus den Unterschied feststellen kann. Es wird allmählich unheimlich, manchmal treiben schon Bootshäuser und ganze Stege im Strom vorbei. Bestimmt hat man jetzt oben am Mansfield-Damm auch die fünfte Stauklappe geöffnet. Es läßt sich nicht leugnen, daß Claire und ich uns immer mehr wie Kakerlaken fühlen, die auf dem Boden einer Badewanne gefangen sind, und jemand hat die Wasserhähne aufgedreht. Und Claire mit ihrer Klaustrophobie! Man munkelt sogar von einer Evakuierung hier unten an den Ufern. Der Geschäftsführer von *Tom Thumb* befürchtet, der ganze Laden könnte draufgehen. Was muß der sich Sorgen machen – wenn hier jemand versichert ist, dann doch wohl er! Und er liegt schließlich höher als ich! Nun ja, noch nehme ich es mit der Ruhe. Das Gericht hat Erntedankferien: mir bleibt Zeit genug, die Entwicklung zu verfolgen. Aber, wie gesagt: Würde doch nur dieser Regen aufhören, dieser schwere, plätschernde, ununterbrochene Regen, der seit über zehn Tagen fällt.

Zu weiteren großen Bränden wird es jedenfalls nicht kommen. Alles ist triefend naß, unablässig tropft es von den grauen Büscheln des Louisianamooses in meinen hohen, mächtigen Eichen.

Endlich bin ich einer Sache auf die Spur gekommen. Man kann über mich sagen, was man will, aber ich habe eine gute Nase. Eine witternde, empfindliche Nase. Wie ein altmodischer englischer Bluthund. Manchmal stoße ich auf eine Spur. Der alte Mann durfte im letzten Jahr vor seinem Tod nicht lehren. Vermutlich ist er daran gestorben. Es ist sehr ungewöhnlich, daß man einem pensionierten Professor nach dem Fünfundsechzigsten kein kleines Seminar zugesteht. Er war immerhin ein weltberühmter Lehrer, der, wie es heißt, Schule gemacht hat. Irgend etwas mußte dahinterstecken. Ich wußte, da war etwas! Aber ich wußte nicht, was.

Die Lösung kam, wie stets, von unerwarteter Seite. Die Studentin! Dieses kleine kastanienfarbene, immer vorgebeugte Mädchen (es ist eine angenehme Haltung, man sieht, daß sie keinen Büstenhalter trägt), das im hiesigen *Tom Thumb* oft spätabends an der Kasse saß. Gestern nachmittag auf dem Heimweg, im endlos strömenden Regen, sehe ich sie plötzlich völlig durchnäßt an einer Bushaltestelle stehen. Auf ihre ernste, vorgebeugte Art steht sie da und versucht sich notdürftig mit einer Zeitung über den Schultern vor dem Regen zu schützen.

Keine Rede davon, daß ich mich in diese eigentlich häßliche Studentin verliebt hätte, aber manche Menschen fassen auf besondere Weise in unserem Gedächtnis Fuß. Natürlich halte ich sofort an und frage sie, ob ich sie irgendwo hinbringen kann. Was sonst? Schließlich bin ich ein Gentleman. Und noch dazu Bundesrichter, was einsame Damen an Bushaltestellen, denen ich die Mitfahrt anbiete, beruhigen sollte. Tatsächlich nahm sie mein Angebot dankbar an. Sie erfüllte den ganzen Wagen mit einem Duft nach feuchten Wollsachen und Chanel Nummer 5 und kam unvermittelt auf Den alten Mann zu sprechen. Jennifer hat nämlich einen neuen Freund, einen Doktoranden, und dieser Doktorand hatte offenbar etwas Sensationelles und Aufrüttelndes zu berichten. Etwas, das ein neues Licht auf die ganze Angelegenheit wirft. Wie sich zeigt, wohnt sie in Jester, einem schrecklichen Studentenheim genau entgegengesetzt zu meinem Heimweg. So blieb uns genug Zeit für eine Unterhaltung. Seltsame Dinge bekam ich da zu hören! Ich habe sie noch längst nicht verdaut, soviel ist sicher.

Merkwürdig, daß ich es gewußt habe. Als ich sie mit ihrer rührenden Zeitung über Kopf und Schultern stehen sah, die schmalen Schultern von Wasser triefend – in diesem Moment wußte ich, sie würde für mich das Rätsel um Den alten Mann lösen.

Wie konnte ich das wissen?

Nun hat sie versprochen, mit ihrem Freund zu mir nach Hause zu kommen – wir haben uns für Freitag nachmittag zu Tee und Kuchen verabredet –, damit der Freund selbst berichten kann. Was er weiß.

Vorausgesetzt, wir haben am Freitag noch ein Haus. Es ist wirklich unheimlich, ganze Bäume kommen jetzt im

Fluß vorbeigetrieben, und von meinen Uferbüschen sieht man nicht einmal mehr die Spitzen. Unter dem Balkon meines Arbeitszimmers habe ich schon einen reißenden Strom. Zu Claire sage ich im Scherz, es sei an der Zeit, eine Forellenzucht anzulegen, aber sie findet das überhaupt nicht komisch. Tatsächlich meint sie, ich würde die Lage nicht mit dem nötigen Ernst betrachten. Sie findet, ich hätte zuviel Spaß an der Gefahr.

Endlich. Jetzt hat sich das Wasser, das braune, strudelnde Wasser, allmählich ein wenig beruhigt. Vielleicht hat man oben am Mansfield-Damm eine Möglichkeit gesehen, wenigstens eine der Stauklappen zu schließen? Die Ufer sehen verheerend aus, glitschig und glänzend von totem, grauem Schlamm. Und hier riecht es nach Tod, Wasser und Sedimenten!

Die Uferbäume bieten einen phantastischen Anblick. In ihren Ästen hängt Seegras, als hätten sie lange Haare bekommen. Und ein uraltes Badetuch. Man kann dort unten nicht herumlaufen. Alles ist ein einziger dicker Matsch. Die Uferbefestigungen sind noch immer unter Wasser. Ich frage mich, wie gut sie standgehalten haben. Und eine andere Frage, an die ich lieber nicht denke, ist natürlich, ob das Wasser das Fundament des Hauses irgendwie beschädigt hat. Nächste Woche werde ich unseren Freund und Handyman, den Schreiner Kahn, bitten, es zu inspizieren. Noch steht das Wasser zu hoch.

Wie ich schon immer vermutet habe, erweist sich diese Studentin – Jennifer Martino, mit italienischem Vater und irischer Mutter – als eine intelligente und gut informierte Person. Sie kannte die ganze Geschichte, die der Dekan mir vorenthalten hat. Zuerst konnte ich ihr ganz einfach nicht glauben, so bizarr, so unwahrscheinlich wirkte das Ganze. Aber sie hat mich überzeugt. Ganz und gar. Ihr Freund hat das alles aus einem Seminar, das er letztes Jahr besucht hat. Geleitet von einem jüngeren Professor vom King's College, Cambridge, England, der offenbar seine eigenen Quellen hat. Es ist schrecklich, völlig grotesk. Man hätte es sich nicht in seinen lebhaftesten Phantasien ausmalen können. Niemand wäre darauf gekommen. Kein Mensch. Der alte Mann ist in seiner Jugend ein holländischer Nazi gewesen! Es hat natürlich viele junge Menschen gegeben, die das waren, in verschiedenen Formen von unaufgeklärtem und animalisch jugendlichem Enthusiasmus. Aber hier handelte es sich um ein stärkeres Kaliber. Van de Rouwers hat in einer der holländischen Abendzeitungen an die hundertfünfzig widerlich antisemitische und nazifreundliche Artikel publiziert, die die Deutschen nach der Besatzung für ihre Propaganda einkauften. Widerwärtige Artikel, ungefähr zur selben Zeit publiziert, als Anne Frank in Amsterdam in ihrem Hinterzimmer saß und auf Schritte im Treppenhaus lauschte. Artikel über die allgemeine Schlechtigkeit der Juden, ihre Schlüsselstellung in Geldwirtschaft und Politik, über Präsident Roosevelt und die amerikanische »Geldplutokratie«, während gleichzeitig Tag und Nacht Züge von den holländischen Auffanglagern nach Auschwitz und Dachau rollten.

Und das war offenbar genau das Programm, das der noch junge Jan van de Rouwers (später mein Lehrer in Moralphilosophie) in seinen Artikeln vertrat. Isolierung, Ausweisung, Ausrottung! Er, der feine Humanist, wollte die Neuordnung Europas sehen und träumte von einem rassereinen Holland. Ich weiß nicht recht, was das Grausigste an dieser Geschichte ist. Daß er das wirklich getan hat, daß er als junger Mann *imstande* war, so etwas zu tun! Daß er so verdammt blöd, so vulgär sein konnte, sich auf die Seite der klotzenden Henker zu schlagen. Hätte er nicht begreifen müssen, daß sie von vornherein zu Schmach und Untergang verurteilt waren, nicht nur als Henker, sondern auch als Verräter, die sie waren?

Alles in allem um so schlimmer, daß der alte Philosoph nie ein Wort darüber verloren hat. Immerhin war er für viele in meiner Studentengeneration so etwas wie ein Beispiel, ein Morallehrer und ein Vorbild.

Bei dem unglaublichen stillen Charme, ja dem Magnetismus, den er besaß, und bei der ethischen Überzeugung, die er wie eine sanfte Ausstrahlung um sich verbreitete, bin ich sicher, sie hätten ihm sogar das verziehen – wenn er gesagt hätte, wie es war. Hätte er doch die *Tiefe* seiner ethischen Überzeugungen bewiesen, wenn er offenbart hätte, welch bösen Neigungen, welch destruktiven und teuflischen Wertsystemen er einst gehuldigt hatte, um sie dann zu überwinden!

Hätte er es geschildert, wie es war, hätte er uns bestimmt schockiert. Aber es ist nicht ausgeschlossen, daß er seine Autorität, irgendeine Art von Autorität bewahrt hätte. Hätte er alles erzählt, dann hätte er seine eigene Moral *gezeigt*.

Aber allein schon diese Art, all das zu verschweigen! Was für eine abscheuliche Vieldeutigkeit! Und damit nicht genug, obendrein noch diese elegant angelegte Mimikry eines holländischen Widerstandskämpfers! Ein Mann, der sich in jungen Jahren in den Straßen Amsterdams oder über dem dunklen Wasser der Kanäle nächtliche Feuergefechte mit den Deutschen geliefert hat und dem seine Erlebnisse so zugesetzt haben, daß er sich stets diskret und freundlich geweigert hat, darüber zu reden.

Welch ekelhafte Verkommenheit! Welche Kleinlichkeit! Was für ein mieser kleiner Karrierist kriecht da aus diesem diskreten Schweigen hervor! Hättest du geredet, wärst du Philosoph geblieben! Jedenfalls in diesem Fall.

Und dann diese ganze musterhafte Flüchtlingskarriere, mit ihren einzelnen Etappen vom Hamilton College nach Harvard, von Harvard hierher, plötzlich ist das nichts anderes als die Freveltat eines entlaufenen Kriegsverbrechers. Und ein brutal zynisches, mieses Ausnutzen der Sympathie, die man nach dem Krieg ganz selbstverständlich einem Flüchtling aus dem armen Europa entgegenbrachte. Wie emsig muß er seine Spuren verwischt haben! Wie gierig muß er von Sympathie und Mitleid gezehrt haben, nur um jene zu betrügen, die es ihm schenkten! Mit dem selbstverständlichen Egoismus eines Raubtiers! (Oder vielleicht mit dem ekelhaften untertänigen Egoismus eines widerlichen schmutzgelben Hundes, der an einem frühen Wintermorgen aus einer der Mülltonnen an der Straße frißt?) Schritt für Schritt! Mit wachsendem Selbstvertrauen von einer Empfehlung zur anderen gehend. Hat er am Ende vielleicht sogar an seine zusammengelogene Vergangenheit geglaubt?

Ich kann das alles, ehrlich gesagt, noch nicht recht fassen. Paul muß natürlich davon gewußt haben, da er ihm die Lehrgenehmigung entzog. Aber wie hätte ich das erraten sollen?

Es fing damit an, daß ein jüngerer holländischer Forscher, der als Austauschstudent Brandeis besuchte – ausgerechnet Brandeis, die angesehene jüdische Universität –, sich vorgenommen hatte, eine Bibliographie über Jan van de Rouwers' gesamte Produktion zu erstellen und diese Bibliographie samt Kommentar zu seiner Dissertation zu machen. Er rechnete natürlich damit, als Holländer sehr viel leichter an die frühesten Aufsätze und Publikationen heranzukommen. Das ist einleuchtend. Und der alte Jan van de Rouwers ist ja in letzter Zeit ein großer Name geworden. Er ist weit und breit übersetzt, in Paris und neuerdings auch an amerikanischen Universitäten gibt es ganze Schulen, die sich auf seine Semantik gründen.

Eine solche Gesamtbibliographie war in de Rouwers' Fall keine ganz einfache Aufgabe. Schließlich gab es ja nicht nur all die Bücher, die er in den USA geschrieben hat, seit er hierherkam. Schwierig wurde es mit den frühen, in kleineren Literaturzeitschriften versteckten Aufsätzen, wo er mitarbeitete, als er noch am Hamilton College war. Außerdem bestand, aus irgendeinem Grund, die Vermutung, er habe bereits in Holland etwas geschrieben. Frühe Schriften, praktisch aus der Feder eines Gymnasiasten.

Der junge Mann setzt sich in die Reichsbibliothek in Amsterdam und liest Mikrofilme aus den vierziger Jahren, bis ihm die Augen brennen. Nichts von 1947, seinem letzten Jahr in Holland, nichts von 1946. Der junge Forscher ist schon dabei, die Hoffnung aufzugeben, und erwägt ernsthaft, sein Lesegerät jemandem zu überlassen, der es nötiger braucht, als er ganz intuitiv einige Tageszeitungen aus den Jahren der Besatzung bestellt. Bald sitzt er bis über beide Ohren in der peinlichen Propaganda des nationalsozialistischen, prodeutschen und antisemitischen Agitators Jan van de Rouwers.

Er traut seinen Augen kaum. Ebensowenig wie ich meinen Augen traue, wenn ich jetzt versuche, mir die Angelegenheit vorzustellen. Laut Jennifers Freund liefen die Telefaxgeräte zwischen Europa und den USA ziemlich bald heiß, nachdem die Sache bekanntgeworden war. Es existierte ja eine regelrechte Industrie von Dissertationen, Spezimina, Artikeln, Seminaren, ja, von allen möglichen Veranstaltungen, die von Jan van de Rouwers handelten, inspiriert waren oder irgendwie auf ihn zurückgingen. Jetzt drohte dieser Industrie, inklusive je einem geplanten Seminar in Wien und in Harvard, schlicht und einfach das Aus. Was tun?

Fand sich vielleicht in den Schriften des Meisters etwas, worauf man sich stützen konnte? Eine Theorie, die besagte, daß die Person, die wir heute sind, keine Verantwortung trägt für jene, die wir gestern waren? Vielleicht hatte er wirklich eine solche Theorie? Ich erinnere mich nicht mehr genau. Das wäre in diesem Fall gut, denn sonst sieht es ganz so aus, als hätten ich und mehrere meiner engsten Freunde in unserer Jugend Inspiration und moralische Anleitung, ja, das kann man so sagen, von einem Erzschurken bekommen. (Der außerdem die Frechheit besaß, nicht zu bekennen, daß er ein Schurke gewesen ist.)

Doch. Genau besehen handelte der gesamte öffentliche Teil seiner Philosophie davon. Jeglicher Sinn fließt, rutscht einen Abhang hinab, ist in Talfahrt. Die Person, die gestern gesprochen hat, ist nicht dieselbe wie jene, die heute spricht.

Ja, mein alter, im Wasser zu Tode gekommener und nunmehr auch entehrter Lehrer! Ich wünschte, es wäre noch Zeit, dir einen Brief zu schreiben.

Außerdem habe ich das Gefühl, ich *müsse* verwirrt und widersprüchlich sein, um das auszudrücken, was in diesem Herbst mit mir geschieht. Irgend etwas ist dabei, mich zu invadieren. Oder bin ich es selbst, der an die Oberfläche kommt? Habe ich mich auch so lange unter Wasser befunden? Und der einzige, wie soll ich sagen, geistige Ratgeber, den ich je hatte, erweist sich als eine höchst zweifelhafte Figur, jedenfalls keineswegs als das, wofür wir ihn gehalten haben, sondern als ein Lügner und ziemlich geschickter Betrüger.

Was du gelehrt hast und was bei einer ganzen Generation von Semantikern und Literaturkritikern und den üblichen Schwätzern Schule gemacht hat: daß jeder Text seinen eigenen Gegentext, seine Negation enthält. Oder daß jeglicher Sinn *gleitet*, sich verändert und seinen eigenen Unterschied hervorbringt, daß die Masse der Texte wie ein Gletscher in langsamer, aber unablässiger Bewegung ist... Wie befreiend war es doch, solche Gedanken kennenzulernen, wenn Der alte Mann sie in seinem Seminar »Einführung in die Sprachphilosophie« erläuterte – in behutsamen und unserem bescheidenen Reifegrad angepaßten Formen. PHL 259, so lautete doch der Titel?

Nichts anderes demnach als eine Entschuldigung, eine Selbstverteidigung?

10.
Gespräch mit einem Poolreiniger

Ja, mein alter, im Wasser zu Tode gekommener und nunmehr auch in Schmach und Verstörung begrabener Lehrer! Ich wünschte, es wäre noch Zeit, dir einen Brief zu schreiben. Und genaugenommen ist natürlich immer Zeit, einen solchen Brief zu schreiben. Nur auf den Gedanken, daß du ihn lesen müßtest, ist zu verzichten. Warum solltest du auch alle Briefe lesen müssen? Das hast du ja auch nicht getan, bevor du ertrunken bist.

Es geht jetzt auf den Winter zu.

Ich fühle mich verwirrt und voller Widersprüche. Aber ich muß chaotisch und widerspruchsvoll sein, um zu verstehen, was in diesem Winter mit mir geschieht. Irgend etwas ist dabei, mich zu invadieren. Oder bin ich es selbst, der an die Oberfläche kommt?

»Wenn es Gott gibt, woher dann das Böse? Wenn es Gott nicht gibt, woher dann das Gute?«

Die Schlaflosigkeit, ein fremder Verwandter, den man wohl oder übel empfangen muß, obwohl man ihn eigentlich weder kennt noch weiß, wie man ihn unterhalten soll. Ein außerordentlich lästiger Verwandter, der sich irgendwann im Haus eingenistet hat und geblieben ist, ungebeten. Ich stelle mir einen Herrn mit einem grauen Gesicht vor und mit einem ganz bestimmten müden, vorwurfsvollen Blick, der von vornherein klarstellt, daß nichts, was ich eventuell zu sagen hätte, ihm wert wäre, mir auch nur eine Sekunde zuzuhören.

Dafür habe ich schließlich den *Poolreiniger*, ein stummes, nettes Monster, das sich meine Beichten anhören muß. Früher habe ich mich immer gefragt, wozu man einen Swimmingpool braucht, wenn man am See wohnt, einen eigenen Steg und all das kühle Wasser zur Verfügung hat, das aus der Tiefe des Mansfield-Damms kommt. Aber mit dem Baden haben die meisten aufgehört, seit diese verfluchten Schnellboote mit ihren Wasserskifahrern ihr Unwesen treiben. Wer würde es heute wagen, an einem Juniabend zum anderen Ufer zu schwimmen, was wir früher tatsächlich oft gemacht haben?

Jedenfalls gehörte der Swimmingpool zum Haus. Wir haben ihn fleißig benutzt. Besonders solange die Kinder noch zu Hause wohnten. Und ich schwimme immer noch täglich darin, wenn ich von der Arbeit heimkomme, so lange wie es die Jahreszeit erlaubt. Mir gefällt seine Nierenform, und ich mag die Rotholzroste, die ihn säumen; kühl, auch im Sommer für die Füße nicht zu heiß, und es gefällt mir, daß sein Boden aus schwarzen, nicht aus weißen oder grünen Kacheln besteht. An heißen Sommertagen sticht das weniger in die Augen. Das Laub ist im Herbst natürlich ein schreckliches Problem, aber noch schlimmer sind die Algen. Seit ich jedoch den elektrischen Poolreiniger habe, hat sich das geändert. Ein Wunderwerk! Er sieht aus wie ein weißer Krake mit zwei Armen, die er lässig zu den Poolwänden ausstreckt. Er liebkost den Boden und die Seitenwände, während er sich nach einem Muster bewegt, das total zufällig wirkt. Aber immer mit dem Ergebnis, daß Boden und Wände des Beckens blitzblank sind. Es macht immensen Spaß zu beobachten, wie er sich nachts auf diese Weise bewegt, natürlich nur, wenn man die Beleuchtung im Becken eingeschaltet hat.

Er ist dann so etwas wie ein *mythologisches* Geschöpf, ja, etwas, das eher *in mein Inneres* gehört als in meine Außenwelt. Wenn ich manchmal spätabends dasitze und ihm zusehe, habe ich tatsächlich die Illusion, daß er eher mein Inneres putzt und säubert als das Schwimmbecken.

Claire und ich haben seit etlichen Jahren getrennte Schlafzimmer. Sie behauptet, ich würde neuerdings unausstehlich schnarchen. In meinem Schlafzimmer habe ich einen Wecker, der die Zeit in grünen, digitalen Ziffern an die Decke projiziert. In einem lautlosen, einsamen Tempo marschieren sie dahin. (Wie eine erschöpfte *Expedition* auf dem Weg durch die sterilste aller Wüsten.) Wenn die Schlaflosigkeit kommt – das ist, wie wenn im Mai in der zunehmenden Hitze das Wasser sich aus einem Sumpfgelände zurückzieht und alle möglichen Steine und schwarzen Tümpel sichtbar werden –, projiziere ich wieder und wieder die Zeit an die Decke, um zu sehen, wie sie sich bewegt. Ich versuche zu erraten, wie viele Minuten vergangen sind. Manchmal nicht einmal eine einzige. Manchmal sind zwanzig Minuten vergangen, und sie haben wie eine einzige gewirkt.

Zuweilen führt diese sonderbare Betätigung tatsächlich dazu, daß ich wieder einschlafe. Aber bei anderen Gelegenheiten – und das ist nicht selten –, wenn ich spüre, ich werde in dieser Nacht wirklich nicht mehr schlafen können, gehe ich in Morgenmantel und Pantoffeln mit leisen, behutsamen Schritten zum Schwimmbecken hinaus, lasse mich in einem der bequemen Liegestühle nieder, die ich dort stehen habe, schalte die Beleuchtung ein und werfe den Poolreiniger an.

Dann ist er wieder unterwegs mit seinen unwirklichen, überraschenden Bewegungen. Dämon, Diener, Haustier?

Wie soll ich ihn nennen? In gewissen Nächten kommt gegen drei ein sanfter Wind über den See und streicht durch meine Eichen. Weit draußen im schwarzen Wasser flattert eine erschreckte Ente auf.

Für mich ist dieser merkwürdige Apparat eine Art Freund geworden, wenn auch ein ziemlich sonderbarer. Ein Freund, der seine Arbeit tut und sich in nichts einmischt. Der unter der Oberfläche bleibt. Der aber um drei Uhr nachts zur Stelle ist, wenn all die anderen schlafen und ihre Ruhe haben wollen. Mit seinen eigentümlich tastenden Armen kriecht er Stück für Stück am Boden des Bekkens entlang. Er tastet und tastet und ist selten zufrieden mit dem, was er findet.

Manchmal hat er mir bei dem einen oder anderen Problem geholfen. Irgendwie setzt er Ideen frei, die ich in meinem normalen Zustand nicht zulassen würde. Im Frühling oder Herbst sitze ich in meinem blauen Morgenmantel am Beckenrand, zum Schutz gegen den Nachtwind, und sonst, in warmen, feuchten Sommernächten, ganz nackt. Und ich sehe, wie er da unten in dem klaren grünen Wasser entlangkrebst, und konzentriere mich so stark darauf, daß ich zuweilen mit ihm identisch bin. *Ich* bin es, der sich da tief unter der Wasseroberfläche bewegt. Und wenn ich dort unten bin, denke ich Gedanken, die ich mir hier oben an der Oberfläche niemals gestatten würde. Habe ich gesagt »in meinem normalen Zustand«? Es ist schon richtig, daß das ein anderer Zustand ist als mein normaler.

Ich brauche diesen anderen Zustand. Ohne ihn wäre mein normaler Zustand (widerspruchsvoll und verwirrt) völlig unerträglich. Ich stelle dem Poolreiniger auch Fragen.

Seine Stärke ist, daß er keine dummen Antworten gibt.

In der Nacht zum Freitag habe ich ihn beispielsweise über diese Sache mit dem Hund befragt. Auch darauf habe ich keinerlei Antwort erwartet.

Ich habe ihn gefragt, woher diese sonderbare Leichtigkeit kam. Nie hätte ich gedacht, daß ich zu so etwas imstande wäre. Und plötzlich lag dieser Scheißköter wie ein Lumpen in seinem Blut und seiner beschränkten Hirnsubstanz. Und das kam mir nicht im mindesten merkwürdig vor. Könnte es sein, daß wir nicht besonders viel von uns selber wissen? Könnte es sein, daß wir vom einen Tag auf den anderen nicht dieselben sind?

Schließlich erinnere ich mich, mein lieber ertrunkener und entehrter Doktor, *Doctor aquaticus* wäre jetzt vielleicht die richtige Anrede, wie konsterniert und fasziniert, aber irgendwie auch rebellisch wir damals wurden, als du von deiner Philosophie erzählt hast. Deiner eigenen? Oder einer fremden? Vermutlich hast du tüchtig gestohlen – eine Philosophie, in welcher der Mensch buchstäblich von einem Augenblick zum nächsten nicht mehr derselbe ist. Und sich sozusagen ständig selber wählen muß. Da er das ist, was er ist, aber zugleich auch seine eigene Negation, ist er beides. Ungefähr so, wie der Text immerzu nein zu sich selbst sagt, die Erdmassen der Bedeutungen an den Hängen der Welt hinabrutschen, und was du sonst noch so alles gesagt hast.

Übrigens frage ich mich im Lichte all dessen, was seither zutage gekommen ist, ob du möglicherweise von dir selbst gesprochen hast. Es ist ja völlig klar, daß du dich ungefähr so gefühlt haben mußt. Aber wenn wir von einem Tag auf den anderen nicht dieselbe Person sind, ist doch alles erlaubt? Könnte es sein, daß im Grunde – (am Grund des Pools?) – alles erlaubt ist?

Wenn ich es recht bedenke, stehen normalerweise ein paar Jahre Gefängnis darauf, einen Hund auf der Straße totzuschlagen, egal ob er einem gehört oder nicht. Etwas mehr oder weniger, je nachdem, wie qualvoll der Hund verendet ist. Ich bin schließlich kein Strafrichter, aber ich würde sagen, zwei bis fünf Jahre. Glücklicherweise war an jenem Morgen kein Tierfreund mit einer Videokamera unterwegs. Aber nicht dieser Aspekt ist es, der mich interessiert und beunruhigt.

Was ist mit dem *heimlichen Glück*, das ich empfunden habe?

Heucheln wir nicht hemmungslos, sobald es um solche Dinge geht? Warum sollte ich nicht dieselben Genüsse haben dürfen wie ein neolithischer Jäger, nein, ein moderner Hirschjäger im Herbst? Daß ich statt Pfeilen oder Schrotkugeln einen Seitenschneider benutzt habe, kann eigentlich nicht besonders ins Gewicht fallen. Daß ich einen schmutzigen, fetten, streunenden Hund totgeschlagen habe, eine richtige Mülltonnenhyäne, um nicht jeden Montag- und Donnerstagmorgen Essensreste vom Rasen meines Nachbarn aufzulesen, macht mich doch wohl kaum zu einem Caligula oder Torquemada? Ganz zu schweigen von Stalin und der Ukraine, worüber ich gerade in der Zeitung gelesen habe, oder Hitler und Auschwitz.

Verbrechen und Strafe.

Seit ich beim Studium einen Übungskurs besuchte, in dem wir ein paar kleine Ganoven verteidigen mußten, habe ich mich nicht mehr mit Strafrecht befaßt. Mir ist von der ganzen Veranstaltung nur in Erinnerung geblieben, daß die Klienten entsetzlich langweilig waren. Sie haben nie auch nur eine einzige interessante Bemerkung gemacht. Ein junger Mann, der in einem Jeansladen die

Preise vertauscht hatte. Ein junger Mexikaner, der einen anderen jungen Mexikaner in einer Homosexuellenbar mit dem Messer bedroht hatte. Und es wieder tat, drei Tage nachdem ich ihn aus dem Gefängnis geholt hatte, jung und enthusiastisch, wie ich war. (Ich erinnere mich an das flüchtige Lächeln des alten, müden Richters, nur in einem Mundwinkel.)

Diese Erfahrung hat mir wahrscheinlich die Entscheidung erleichtert, kein Strafverteidiger zu werden. Sie hat mich außerdem davon überzeugt, daß die sogenannte normale Kriminalität etwas ungeheuer Triviales ist. Ihr fehlt jeder Charme, jede interessante Nuance. Ja, manchmal habe ich sogar gedacht, ihr fehlt jede Bösartigkeit. Außer natürlich für den, der davon betroffen ist.

In Strafsachen bin ich stets konservativ gewesen, nicht, weil ich besonders politisch wäre, sondern eher aus der melancholischen Überzeugung heraus, daß es fast unmöglich ist, auch nur einen einzigen Menschen umzustimmen.

Zuweilen stößt man tatsächlich auf Menschen, die allen Ernstes an die Idee glauben, alle wollten eigentlich nur das Gute. Sie hätten sich jedoch in den Mitteln geirrt. Es ist möglich, daß die mit Säuglingen experimentierenden Ärzte in Auschwitz der Ansicht waren, sie dienten dem Guten. Der springende Punkt aber ist, daß ihr Gutes in diesem Fall nicht unser Gutes ist. Ich bin keinesfalls der Ansicht, alle Strafen seien sinnvoll. Bei wirklich interessanten Verbrechen verlieren sie jeden Sinn und Inhalt. Wenn ein achtzigjähriger alter Exzentriker in einem abgelegenen Haus in der Gegend von Elgin eines Tages die Geduld verliert und seine zänkische alte Ehefrau mit der Holzaxt erschlägt – etwas Ähnliches hat letzten Winter in der Zeitung gestanden, wenn ich mich recht erinnere –, ist es dann das Ziel, ihn daran zu hindern, sich das zur Gewohnheit zu machen?

Die Wahrheit ist, daß Verbrechen und Strafe, daß Gut und Böse nicht sehr viel miteinander zu tun haben. Sie gelten als demselben System zugehörig, wie Nordpol und Südpol, wie Dunkelheit und Licht. Aber, mein lieber Poolreiniger, im tiefsten Inneren wissen wir, daß sie sich kaum vom Hörensagen kennen.

Zwei Götter, die jeder auf eigene Faust die Welt erschaffen haben und sich in einer dunklen Nacht überrascht inmitten der kosmischen Dunkelheit begegnen.

Der Poolreiniger. Er putzt mit seinen weißen Krakenarmen hartnäckig die schwarzen Kacheln am Boden des Pools, windet und ringelt sich da unten im Wasser mit seinen überlangen Armen und spricht kein Wort. Manchmal kann er einen fast erschreckend zielbewußten Eindruck machen. Aber reden tut er nicht.

Ja, mein lieber Doktor, du mußt mit diesem Brief vorliebnehmen, da, wo du weilst, bei den Ertrunkenen.

Die diskreten Ressourcen der Nachmittage

11.
Die diskreten Ressourcen der Nachmittage

Nachmittags, nach den Verhandlungen, *muß* ich aus dem Gericht heraus, damit die Gedanken aufhören, diese Menschenschicksale wiederzukäuen, mit denen ich befaßt war. Sonst füllen sie meinen Kopf mit einem scheußlichen Geruch, der an alte Mottenschränke erinnert.

(Gestern beispielsweise Mr. Tagra, dieser hinduistische Ingenieur, der eine Woche vor seinem Konkurs eine Lebensversicherung auf seinen Vater abgeschlossen hat. Einen Vater, der im Sterben lag und den der Sohn mit seinen jämmerlichen Grundstücksspekulationen ruiniert hat. Das alles natürlich mit Darlehen des Sterbenden. Und dann all die wütenden Geschwister, die gegen ihn aussagten. Konkursrichter sein heißt manchmal, in großen brodelnden Wespennestern herumzustochern. Natürlich mit dem Netz und den Schutzhandschuhen, die das Richteramt bereitstellt. Aber das schützt auch nicht vor dem *Geräusch*, dem abscheulichen Gesumme von Habsucht, Panik und Wut.)

Nach dem Ende der Verhandlungen und bevor ich mich hinsetze, um die Arbeit des nächsten Tages vorzubereiten, muß ich an die Luft. Ich muß einfach einen klaren Himmel über mir haben, um nicht das Gefühl zu bekommen, ich ersticke. Manchmal fahre ich zu irgendeinem Park und spaziere unter den Bäumen auf und ab, manchmal fahre ich einfach so in der Gegend herum. Ich fahre gern Auto. Der dichte Nachmittagsverkehr stört mich nicht. Im Gegenteil, er hält mich vom Denken ab.

Ich mache Erkundungsfahrten in der Umgebung. Mit einer Vorliebe für Stadtteile, die ich normalerweise nicht besuche. Congress Avenue im Süden, über die Brücke und die Hügel hinauf. Zuerst an immer kleineren Geschäften, Bestattungsunternehmen und Pfandleihen vorbei, und dann in diese Gegend, wo kleine spanische Läden Piñatas verkaufen, Heiligenbilder für die Kinder, und Seifen mit Gott weiß was für besonderen Eigenschaften, Tarockkarten und astrologische Kalender. Es macht mir Spaß, in diese Läden zu gehen und in meinem hölzernen Schulspanisch mit den Besitzern zu schwatzen. Spuren von Leben, von dem ich wenig begreife, aber eine Menge erahne.

Beim Fahren höre ich gern irgendeine eher vulgäre Talk-Show, am liebsten eine, bei der aufgebrachte Leute anrufen und sich über Steuern und zuviel Geld für Aids-Projekte beklagen – wenn ich den Klassiksender höre, werde ich leicht melancholisch. Dabei tauche ich sozusagen für eine Weile in die Wirklichkeit der anderen ein, um meine eigene zu vergessen.

Je weiter man nach Süden kommt, desto mehr wunderliche Menschen sieht man, Obdachlose, sonderbare Frauen mit flatternden Bewegungen, mit Bündeln auf dem Rücken oder in gestohlenen Einkaufswagen. Bärtige junge Männer mit planvoll gepackten Rucksäcken und zusammengerollten Decken. Merkwürdige zwergenhaft kleine Mexikaner, die auf Brettern mit Rädern die Bürgersteige entlangfahren. Glaubt mir, in dieser Stadt gibt es ganze Kulturen, von denen man keine Ahnung hat.

Man könnte darin ertrinken, ohne weiteres! Bei einer ganzen Reihe von solchen Ausflügen habe ich mich dabei ertappt, wie ich mich sozusagen selbst verliere. Ich fahre eine halbe Stunde in irgendeine Richtung, lasse die Gedanken schweifen, befinde mich plötzlich an einem Ort und weiß nicht, wie ich dort hingekommen bin, und kann mir kaum vorstellen, wie ich je wieder zurückfinde. Diese Irrfahrten – oder geistesabwesenden Fahrten, sollte man vielleicht sagen – sind wie eine Sprache. Sie drücken etwas aus, was ich offenbar nicht laut zu mir selber sagen möchte.

Auch die Einkaufszentren beunruhigen mich, mit dieser Mischung aus herumlungernden, beschäftigungslosen schwarzen Jugendlichen, einsamen alten Pensionären, die endlos an den Cafétischen hocken und unentwegt den rollschuhlaufenden Jugendlichen zusehen. Ein eigentümlich kontaktloses Dasein, das dennoch den Versuch eines sozialen Lebens darstellt. Die *agora* unserer Zeit.

Es hat jedoch ganze sechs Wochen gebraucht, bis ich plötzlich wieder in diesem Buchladen auf dem Westcampus stand. Diesmal war Theresa Biancino da. Sie strahlte, als sie mich sah.

– Ich wollte nur mal vorbeischauen, sagte ich. Ich bin wieder auf meinem Nachmittagsspaziergang.

Theresa schien nicht im geringsten erstaunt.

– Diesmal suche ich Literatur über das Gedächtnis, sagte ich.

– Aus welchem Grund? Macht es Ihnen Probleme?

– Das möchte ich nicht behaupten. Es interessiert mich einfach.

– Soweit ich weiß, haben wir nur Jonathan Spences Buch über den Gedächtnisexperten und Jesuiten Matteo Ricci. Sehr interessant. Aber es handelt ausschließlich von einem

Jesuiten in China. Und dann haben wir natürlich *Ad Herennium* in der Edition Loeb.

Sie setzte sich vor eins der Regale, um zu suchen. Mir fiel ihr Rücken auf. Ein starker, schmaler Rücken. Der jedoch in runde Hüften überging.

– Was ist denn nun mit dem Gedächtnis?

– Ich weiß nicht genau. Nicht, daß mein Gedächtnis nachließe. Eher im Gegenteil. Ich fange an, mich an neue Dinge zu erinnern.

Sie erhob sich auf die ihr eigene Art, geschmeidig und nervös, und setzte sich auf den Rand des Ladentisches.

– Anthony T. Winnicott hat sich damit befaßt. Mein abwesender Mann. Er hat Erinnerungspaläste konstruiert, wie Cicero sie beschreibt. Aber dann hat er damit aufgehört. Er hat Angst bekommen. Wenn ich mich recht erinnere, hat er behauptet, daß er immer wieder Dinge findet, die er nicht hineingestellt hat. Manchmal hatte er Gott im Verdacht, sie hingestellt zu haben. In seinen Weg. Er glaubte an Gott. Das war, oder ist, je nachdem, ob er noch am Leben ist, die originellste von seinen originellen Ideen.

– Na, das tut schließlich jeder Baptist!

– Nein, nicht auf diese Weise. Er glaubte, daß es Gott wirklich *gibt*. Genau wie es schwarze Löcher oder variable Sterne gibt.

– Ich bin nicht sicher, ob ich das verstehe.

– Na ja, er wußte nur nicht, was für eine Art Gott es war. Er nahm an, daß es vielleicht nicht der gewöhnliche Gott sei, sondern einer, der sich etwas weiter draußen aufhält.

– Woher wußte er das?

– Er hat so etwas wie ein *Signal* von ihm bekommen.

– Verstehe, sagte ich, und mir fiel auf, wie oft dieser Ausdruck seine eigene Negation bedeutet.

– Seit dem letzten Mal hat er nichts von sich hören lassen?

Sie schüttelte den Kopf.

– Noch nicht.

Der Fuß wippte auf eine Art, die mir inzwischen vertraut war, auf und nieder. (Geschmeidig und nervös.) Ich konnte nichts anderes ansehen als diesen Fuß. Er wippte im Inneren meines Gedächtnisses auf und nieder. Sie betrachtete mich mit großen, ernsten Augen. Als wolle sie sich vergewissern, ob ich wirklich reif sei für die Prüfung, die bevorstand.

– Wenig Kundschaft heute.

– Wie immer um diese Zeit. Erst kurz vor sechs kommen die Studenten, um nach Seminarliteratur aus zweiter Hand zu suchen.

Ich knöpfte ihre Bluse auf. Sie ließ es geschehen. Ich umfaßte ihre Brüste, sie waren klein und mädchenhaft. Ich küßte ihren Hals, und das war ein Gefühl, wie nach Hause zu kommen. Ich dachte: »Das ist ein guter Mensch. Hier ist eine Art Güte, ich weiß nicht, was für eine, aber es ist die erste Güte, die mir seit langem begegnet ist. In einer Welt von Wölfen gibt es hier, überraschend, diesen Brunnen der Güte.«

Vielleicht spürte sie diesen Gedanken. Ganz still zog sie mich in ein Hinterzimmer, klein, muffig und mit einem warmen Geruch nach Papier, Drucker und Bindekleister der Buchhaltungsakten; es war so klein mit seinem Computer und dem Tischchen, daß ich mich fragte, wie es mir gelingen sollte, hier mit ihr zu schlafen. »Schlafen« ist nicht das richtige Wort. Wir saßen vielmehr zwischen den Abrechnungen auf diesem Tischchen, das heißt, sie saß da, während ich zwischen ihre Schenkel trat. Ihr lag nichts daran, herumzuspielen wie ein Teenager. Kein umständliches Gefummel mit Reißverschlüssen und Haken. Sie wollte mich. Mit sämtlichen Lippen. Alle gleich hungrig, gleich eifrig.

Wir warfen diverse Sachen vom Tisch, mehr oder weniger schwere Gegenstände donnerten auf den Teppich, während wir immer eifriger wurden. Sie verschlingt mich, dachte ich. Ihre inneren Teile besaßen eine seltsame Beweglichkeit, sie quirlte mich in sich herum, als wolle sie meine mittlerweile stark erhitzte Eichel in allen Himmelsrichtungen der Scheide spüren. Sie hatte viele Düfte, und einer ging in den anderen über.

Sie verschlingt mich wirklich, dachte ich.

Bei solchen Gelegenheiten – ich nenne sie gewöhnlich »Freundlichkeit zu Fremden«, nach dem lateinischen Ausdruck *aliena misericordia* – ist es oft schwierig, Worte zu finden. Diesmal überhaupt nicht. Sie verschwand auf die Toilette und richtete sich die Kleider. Ich versuchte das gleiche zu tun, so gut es ging, und sie kam zurück, um mich lange und intensiv auf den Mund zu küssen. Und sagte dann nur – zum erstenmal seit dem, was wie eine Ewigkeit schien, aber vielleicht nur eine halbe Stunde gedauert hatte oder möglicherweise vierzig Minuten (jegliche Zeit hatte aufgehört zu existieren und lag zusammen mit vielem anderen, was von diesem Tisch gefallen war, in einem Haufen zu meinen Füßen) – mit einem bewundernswerten Gedankensprung:

– Es ist nicht so, daß er verrückt wäre. Aber er hat in den letzten Jahren viel nachgedacht. Er will einer bestimmten Sache auf den Grund gehen. Und das hält ihn von fast allem anderen ab. Die einzigen vergleichbaren Menschen, die ich kenne, waren ein paar Computerfreaks, die ich in den siebziger Jahren kannte. Sie hatten auch diesen eigentümlich abwesenden Blick. Bis sie das Problem gelöst hatten, mit dem sie sich befaßten. Aber er wird das seine niemals lösen, weil es zu schwierig ist. Viel zu schwierig. Er hat sich auf das Unmögliche eingelassen.

Weißt du, er war auf all das überhaupt nicht vorbereitet. Er hat nie geglaubt, daß es eine wohlwollende Macht auf der Welt gäbe. Aber diese Macht, auf die er stieß und von der er nicht wußte, wer es war, wollte ihm Gutes. Dessen war er sich völlig sicher. Das einzige, dessen er sicher war. Und folglich konnte es unmöglich die Macht sein, welche die Welt erschaffen hatte. Ach was, ich kann es nicht erklären. Es war alles ziemlich merkwürdig. Vielleicht ein andermal? Kommst du wieder?

– Ja, ich komme wieder. Wenn du dann noch hier bist.

– Warum sollte ich nicht mehr hier sein?

– Ich weiß nicht. In letzter Zeit ist für mich alles so unvorhersehbar geworden.

12.
Zwangsvergleich nach Paragraph 11

US BANKRUPTCY JUDGE ERWIN CALDWELL
2 WEST RIVER CIRCLE
AUSTIN TX 78704

Dr. Paul Chapman
Dean of the College of Liberal Arts
West Mall Building
The University of Texas at Austin
Austin TX 78712

PERSÖNLICH

Austin, 12. November 1992

Bruder Paul, lieber Freund,

ich glaube, ich habe Dir irgendwann Anfang Oktober dieses Jahres einen Brief geschrieben. Du hast ihn nicht beantwortet, und es war wohl auch nicht so wichtig. Nur ein kleiner Gruß aus einem überwiegend hektischen Alltagsleben. Vor allem, um von mir hören zu lassen. Und möglicherweise etwas von Dir zu hören. Schließlich haben wir uns seit dem letzten Treffen des Komitees für ehemalige Studenten nicht mehr gesehen. Aus irgendeinem Grund war ich in diesem Herbst verhindert. Was habe ich sonst noch zu berichten? Ach ja, ich habe einen sonderbaren Fall zur Entscheidung bekommen. Nein, der Fall an sich ist ganz alltäglich, es geht um einen Zwangsvergleich nach Paragraph 11, ein unrealistischer, aussichtsloser Zwangsvergleich, muß man sagen. Die eine Partei ist ziemlich merkwürdig. (Die Gegenpartei ist eine Bank.) Es ist ein Mann, der einige Meilen südlich von Austin wohnt, die Ranch liegt teilweise an der Fünfunddreißig, und ich glaube, ich begehe keine Indiskretion, wenn ich erzähle, daß er einen deutschen Namen hat. Er hat die Raten für seine Ranch – die erstaunlich hoch sind – schon seit geraumer Zeit nicht bezahlt. Die Ranch besteht aus einem ziemlich weitläufigen Gelände mit einigen kleinen, verfallenen Gebäuden in der Mitte. Derzeit kein großer Verkehrswert. Und die Kredite wurden schon vor etlichen Jahren aufgenommen. Jetzt hat die Bank Antrag auf Konkurseröffnung gestellt. Nach meiner Auffassung geht es nur darum, die Rangordnung der Konkursforderungen festzustellen. Er beantragt natürlich Paragraph 11, und die Bank wünscht die Liquidierung, Paragraph 7.

Der zweite Hauptgläubiger ist der geistig zurückgebliebene Bruder dieses Mannes, dem er offenbar systematisch Geld abgeschwindelt hat. Die Geschäfte dieses Bruders nimmt im Prinzip die Bank wahr, die also hinsichtlich der Forderungen dessen Konkurrent ist.

Soweit pure Routine. Der Mann hat keinen glaubwürdigen Vergleich vorzulegen.

Aber weißt Du, warum?

Weil er jederzeit riskiert, in einem Bundesgefängnis zu landen, wegen illegalen Waffenhandels und subversiver Tätigkeit! Augenscheinlich hat er da draußen eine Art *Lager* eingerichtet, um die arische Rasse in den USA zu erhalten. Ja, hier handelt es sich offenbar um weiße Suprematisten. Sie haben, man höre und staune, laut Polizeibericht draußen auf seinem Gelände sogar mit Granatwerfern geübt. Man sieht überall die Krater, die Waffen sind jetzt beschlagnahmt. Außerdem Hakenkreuzfahnen und schwarz gestrichene Motorräder! Und das treiben sie schon seit Jahren so!

Die B-Liga der Bank, Du weißt schon, diese etwas schlichteren Typen, die sie einsetzen, um besonders schwierige Forderungen einzutreiben, waren mehrmals draußen, um zu verhandeln. Es heißt, er habe jedesmal die Schäferhunde auf sie gehetzt. Ich hatte mir also meine Gedanken über ihn gemacht, bevor er zur Verhandlung erschien.

Ich weiß nicht, ob Dekane je ein Konkursgericht besuchen? Vielleicht sollten sie das tun? Bestimmt erinnerst Du Dich, daß unser gemeinsamer alter Philosophielehrer Jan van de Rouwers Anfang der sechziger Jahre gern seine Ethikstudenten losschickte, um Slumlords in Houston zu interviewen? Das Konkursgericht an einem Dienstagmorgen, das ist ein Ort für einen Philosophen. Für einen richtigen Philosophen. Gedrängt voll bis in die Fensternischen. Erfahrene alte Konkursfüchse, Anwälte jeder Couleur. Landwirte mit schwieligen Händen, junge bleiche Paare mit Kindern auf dem Arm, die so laut plärren, daß ihre Eltern nicht hören, wenn ihr Fall aufgerufen wird. Verwalter, die an ein und demselben Morgen ein Dutzend Konkurse betreuen und die Interessen der Bürgen sträflich vernachlässigen. Weißhaarige Gentlemen mit prachtvollen Gütern, die hoffen, ihre Reitpferde behalten zu können. Sparkassendirektoren, die das Geld der Kleinsparer zu Hunderten von Millionen verpulvert haben, und Schreiner, die versucht haben, Ramschküchen einzubauen, und nicht recht begreifen, was schiefgelaufen ist. Die Bescheidenen und die Geschickten in einer bizarren Mischung. Geruch von nicht gewechselten Windeln, altem, moderndem Holz, Schweiß und der unbeschreiblich bittere Geruch aus dem fast eingetrockneten Tintenfaß des Richters, das heißt aus meinem Tintenfaß. Mir ist es stets sonderbar vorgekommen, daß man in diesem häßlichen, überfüllten Raum Millionen gewinnen und verlieren kann. Aber es ist so.

Der Mann war ausgesprochen zurückhaltend, ein bläßlicher Typ etwa von meiner Größe, ungefähr zehn Jahre älter. Eine alte Nickelbrille auf der Nase wie ein Schreiner, und während der gesamten Verhandlung ein zerfleddertes Zigarillo im Mundwinkel. Wenn ich mich recht erinnere, schielte er ein wenig auf einem Auge. Eine ziemlich linkische Person. Nichts Bedrohliches, keine Spur von Bösartigkeit, Heimtücke oder allgemeiner Destruktivität. War es bloß erfunden, daß er seine Hunde auf die Leute von der Bank gehetzt haben soll? Sieht so ein künftiger rassistischer Massenmörder aus? War das wirklich ein künftiger *Standartenführer* in Travis County? Der uns alle in *Lager* stecken würde, wenn es ihm und seinesgleichen gelänge, die Macht zu übernehmen? Und wenn er unsere Abstammung etwas genauer kennen würde?

Er musterte mich gründlich, das muß gesagt werden, er beantwortete meine Fragen sehr höflich, wenngleich etwas zögernd. Als er erfuhr, daß er wegen des zu erwartenden Urteils im anstehenden Strafprozeß nicht mit einem Zwangsvergleich rechnen könne, schüttelte er lediglich bedauernd den Kopf.

Weißt Du – er war genauso zurückhaltend und respektvoll wie irgendein in Konkurs gegangener Schreiner. Man könnte sagen: Er wirkte wie ein typischer Schreiner. Ist das nicht sonderbar? Dieser Mann würde nicht zögern, einen Teil der Bevölkerung in Massen auszurotten, wenn er Erfolg hätte mit dem, was er getrieben hat!

Ja, um ehrlich zu sein, ich kann nicht leugnen, daß ich eine gewisse Besorgnis empfand, als ich meine Entscheidung verkündete. Die Leute denken selten daran, daß ich Jude bin, da ich keinen jüdischen Namen habe. Wie hätte dieser weiße Suprematist und künftige *Standartenführer* darauf reagiert?

Ja, mein Gott, warum erzähle ich dies alles? Ehrlich gesagt, ich habe vergessen, wie ich darauf gekommen bin. Vielleicht, um etwas auszusagen über den Unterschied zwischen dem Leben, das Du gewählt hast, und dem meinem. (Es fällt mir leicht, Dich mir im großen, eleganten Amtszimmer der Dekane vorzustellen, mit Bücherregalen und Kupferstichen von Piranesi an den Wänden, dem Springbrunnen vor den großen Fenstern und den im smaragdgrünen Gras anmutig hingelagerten jungen Körpern; kein einziges Papier auf dem Schreibtisch, denn Deine Assistenten tragen bei Bedarf jedes Dossier einzeln herein und hinaus, mit Deinen Bemerkungen über Bildung und Verantwortung und die Erziehung der Jugend. Ist es eine illusorische Welt, in der Du lebst, etwas, das aus einer rhetorischen Gewohnheit, einer Tradition des Redens entstanden ist, wo die Rede um ihrer selbst willen existiert? Ach, und wie leicht ließe sich sagen, auch meine Welt sei illusorisch?)

Nun, ich wollte sagen, das Böse teilt uns nicht unmittelbar mit, daß es böse ist. Das müssen wir schon selber herausfinden. Mit anderen Worten: es ist nicht wie in den Kriminalfilmen im Fernsehen. Darüber hinaus möchte ich sagen, daß ich noch immer auf eine Antwort auf meinen vorigen Brief warte. Ich gelobe Diskretion, ich frage nur, um meine eigene Neugier zu stillen. Du kannst mich doch in diesem Zusammenhang als eine Art *amicus curiae* betrachten? Du weißt, wenn es drauf ankommt, kann ich diskret sein wie eine Schweizer Privatbank.

Verzeih mir meine Hartnäckigkeit! Bittet Dein alter Freund

Erwin

13.
Die Sache mit dem Hund

US Bankruptcy Judge Erwin Caldwell
2 West River Circle
Austin TX 78704

Dr. Paul Chapman
Dean of the College of Liberal Arts
West Mall Building
The University of Texas at Austin
Austin TX 78712

Persönlich

Austin, 18. November 1992

Mein lieber Paul,

das war rasch geantwortet. Und natürlich respektiere ich Deine Antwort. Zufriedenstellend kann man sie jedoch nicht nennen. Daß es eine Sache zwischen Dir und dem alten Mann war, zu entscheiden, ob er mit dem Lehren fortfahren sollte, liegt auf der Hand. Wer hätte das in Frage gestellt? Und damit muß man sich wohl abfinden. Ein Dekan muß alten Freunden und Bekannten nicht wegen seiner Personalentscheidungen Rede und Antwort stehen. Okay. Personalentscheidungen in der humanistischen Fakultät werden vom Universitätsrektor und dem Dekan getroffen, bestenfalls nach kollegialer Beratung mit den Instituten, aber kaum mit dem örtlichen Konkursrichter. Schuster, bleib bei deinem Leisten. Ich weiß.

Kaum hast Du dies erklärt, widerlegst Du Deine Entschlossenheit, mich aus dieser Sache herauszuhalten, indem Du unmißverständlich andeutest, hinter Deinem Beschluß stecke irgendein *düsteres Geheimnis* und es würde mich nur traurig machen und zutiefst enttäuschen, wenn Du mich in die näheren Umstände einweihtest.

Wenn es etwas gibt, was das Richteramt mich gelehrt hat, dann dies, daß man nicht zuviel schreiben soll. Hat man ein gutes Argument für eine Sache, kann man es abschwächen, indem man dem ersten ein weiteres hinzufügt.

Mir will nicht in den Kopf, was für Umstände es sein sollten, die mich betrüben und enttäuschen könnten. Es wundert mich nur, warum Du einen emeritierten Professor von den Seminaren ferngehalten hast, die er offenbar für das einzige hielt, was seinem Leben noch einen Sinn gab. Aber wenn Du sagst, Du hättest gute Gründe und es würde mich nur grämen, sie zu hören, muß ich mich wohl damit abfinden.

Im übrigen bin ich nicht so leicht zu schockieren, wie Du vielleicht meinst. Das große Glücksrad mit den betrügerischen Sparkassen steht jetzt definitiv still, es sind unglaubliche Interna ans Licht gekommen. Ich könnte Dir so manches erzählen. Dann würdest Du begreifen, daß ich ziemlich abgebrüht bin. Ich könnte von immensen Krediten für die Freunde der Direktoren erzählen, von privaten Yachten für die Chefs von Provinzbanken in Lubbock und Fredricksburg, vor allem aber von der systematischen

Plünderung ganzer Ketten von Sparkassen und wie das Geld in Pfuschobligationen in New York verschwunden ist. Selbstmord und rätselhaftes Verschwinden von Personen, Multimillionäre, die über Nacht kein Geld hatten, um ihre Gasrechnung zu bezahlen. Ja, es geschehen viele sonderbare Dinge. Ich und leicht zu schockieren? Ich fürchte, verglichen mit mir sind Du und Dein schwieriger und reizbarer Rektor geradezu Seelchen aus dem italienischen Opernrepertoire.

Stell Dir vor! Neulich habe ich sozusagen mit bloßen Händen einen Hund totgeschlagen! Da kannst Du mal sehen! Das machst Du mir nicht nach!

Einen großen, fetten, widerlichen Hund, der jeden Morgen gegen vier den Inhalt meiner Mülltonnen systematisch auf dem gepflegten Rasen meines Nachbarn verteilte. Normalerweise werde ich nicht so schnell wütend, aber an diesem Morgen ging irgendwas mit mir durch (übrigens war es der Morgen nach dem Brand im Bootshafen). Ich hätte es nie geschafft, ihn totzuschlagen, wenn er sich nicht im Bootsanhänger des Nachbarn verheddert hätte.

Blut an den Händen, sagt man. Ach was, ich wollte ohnehin duschen. Bin ich ein grausamer Mensch? Quatsch! Ich denke, eher ein ganz gewöhnlicher. Ich glaube, jeder ganz gewöhnliche Mensch wäre – unter den gegebenen Umständen – genauso dazu fähig gewesen wie ich.

Ich versichere Dir, ein Besuch an einem gewöhnlichen Donnerstagmorgen in einem ganz normalen Konkursgericht würde reichen, um jedermann zu überzeugen, daß ein gewöhnlicher Feinkosthändler mehr Gemeinheit, Rachsucht, Kleinlichkeit und blinde Destruktivität auf Lager hat, als die Philosophen ahnen.

Die Grausamkeit hat sozusagen ihre Reserven.

Mit den besten Wünschen, und entschuldige bitte die Störung

Dein alter Freund

Erwin

14.
Amicus curiae

US BANKRUPTCY JUDGE ERWIN CALDWELL
2 WEST RIVER CIRCLE
AUSTIN TX 78704

Dr. Paul Chapman
Dean of the College of Liberal Arts
West Mall Building
The University of Texas at Austin
Austin TX 78712

PERSÖNLICH UND VERTRAULICH

Austin, 23. November 1992

Mein lieber Paul,

(*amicus curiae*, ja, mein Gott!)

komisch, daß Du so schnell auf meinen letzten Brief reagiert hast. Schnell und überraschend emotional, möchte ich sagen. Wie peinlich, daß Du Dich daran erinnerst, wie wir Mäuse gequält haben, damals, auf der Anderson High School. Das hatte ich in der Tat restlos verdrängt. Einiges verstehe ich jedoch überhaupt nicht. Vor allem Deine Bemerkung, ich wisse offenbar mehr über Den alten Mann, als Du gedacht hast.

Und über seine Zeit in Holland! Was um Gottes willen meinst du damit? Ich weiß nichts über seine Zeit in Holland, doch, er war wohl in irgendeiner Widerstandsgruppe gegen die Deutschen, bevor er hierherkam. Das ist wirklich alles, was ich weiß. Mein Brief enthält keine Anspielung auf Den alten Mann, ich war nur neugierig zu erfahren, warum er zuletzt nicht lehren durfte, wie er es gewohnt war. Ich hatte ihn ja wirklich sehr gern, und seine Philosophieseminare haben mir früher einmal viel bedeutet. Er war so fest überzeugt von Dingen, die ich aus Gewohnheit mit dem größten Argwohn betrachtete: von der Existenz der moralischen Werte, die unabhängig seien von unseren eigenen, zweifelhaften, und nicht zuletzt von der Existenz Gottes, die er gleichsam in Anselms ontologischem Beweis manifestiert sah, in *seiner* Version des ontologischen Beweises, sollte man vielleicht ergänzen.

Die einzige Verbindung zwischen Dem alten Mann und dem Hund war, daß sie am selben Tag gestorben sind.

Nein, das stimmt nicht ganz. Wenn Der alte Mann recht hatte, gibt es einen Gott, der sieht, was wir Hunden antun. (Andererseits, könnte jemand einwenden, sehen wir dann auch, was er Menschen antut.) Es ist tröstlich, daß Du meinst, es gebe Menschen, die schlimmere Dinge tun als Hunde totschlagen. Hitler und Stalin zum Beispiel. Ich habe gerade einen Artikel über Robert Conquests Buch über die Ukraine gelesen. Es ist möglich, daß Stalin mehr Menschen durch Verhungern ermordet hat als Hitler ein Jahrzehnt später mit Gas! *Diese Welt ist unbegreiflich, wenn man nicht davon ausgeht, daß sie eine Art Gefängnis ist!*

Und wenn nun die Gnostiker recht hätten?

Danke jedenfalls für Deine freundliche und rasche Antwort

Dein ergebener

Erwin

15.
Im Schatten des Bannwalds

US Bankruptcy Judge Erwin Caldwell
2 West River Circle
Austin TX 78704

Dr. Paul Chapman
Dean of the College of Liberal Arts
West Mall Building
The University of Texas at Austin
Austin TX 78712

Persönlich und streng vertraulich

Austin, 25. November 1992

Mein lieber Paul,

Du bist bestimmt erstaunt, schon so bald wieder von mir zu hören. Aber es geschieht viel Sonderbares, daher sollte man auf dieser Welt am besten überhaupt nicht erstaunt sein. Das ist in der Regel ein unproduktiver Zustand, nicht wahr? Eine Antwort ist nicht nötig. Ich möchte nur etwas erzählen, was Dich vielleicht interessiert, eine völlig neue Fragestellung, könnte man sagen:

Was die deutschen Nazis angeht, gibt es etwas, was mich wirklich beschäftigt hat. Da in der nationalsozialistischen Periode eine Minderheit der deutschen Staatsbürger, vor allem die Juden, aber auch einige andere, augenscheinlich wie Tiere behandelt wurden – oder »schlimmer als Tiere« –, fragt man sich natürlich, wie denn die Tiere behandelt wurden. Gab es nationalsozialistische Tierschutzgesetze? Die Antwort lautet ja. Deutschland hat am 24. November 1933 neue Tierschutzgesetze bekommen. Gestern war der Jahrestag, aber ich weiß nicht, ob das für mich der Grund ist, darüber zu schreiben. Es ist nur genau die Art von Geschichte, welche die Philosophen nie in Betracht ziehen, wenn sie versuchen, die Welt zu verstehen. Aber genaugenommen sollten sie sich gerade für solche Dinge interessieren. Fakten über den Menschen. Keine Spekulationen. Das Gesetz vom 24. November 1933 war sehr streng. Tatsache ist: Hätte ich 1940 in Berlin neben meinen Mülltonnen einen streunenden Hund totgeschlagen, hätte ich mit Bußgeldern oder Gefängnis rechnen müssen, während andere zur selben Zeit straflos hilflose Menschen in Massen per Zug in einen grausamen, industrialisierten Tod schickten.

Es ist spät im Jahr, von meinen Sommergehilfen ist keiner mehr da, und außerdem würde es mir nie einfallen, meine eigenen Hilfskräfte für eine – man muß wohl sagen, private – Forschung einzuspannen. Aber mir kam die glückliche Idee, Tom Hesselmann anzurufen. Erinnerst Du Dich an Tom? Den ewigen Doktoranden? Der später als Bibliothekar in der juristischen Bibliothek gelandet ist? Ein großer, freundlicher, etwas schüchterner Junge? Die Haare, die jetzt grau sind, hat er zu einer Peitsche im Nakken zusammengebunden, wie es in den sechziger Jahren in England Mode war und dann auch hier Furore machte.

Er ist fabelhaft. Bei einigen Rechtsfällen ist er mir nützlicher gewesen als meine Gehilfen. Und er kostet nichts. Es ist ja eine Universitätsbibliothek. Der Mann ist der reinste Theoretiker, dem ich je begegnet bin. Er würde in keiner Anwaltskanzlei überleben, und auch nicht bei Gericht, denn er hat den Hang, nur auf Fragen zu antworten, die ihn interessieren.

Diesmal kam die Antwort postwendend. Unglaublich! Der gesamte Komplex muß ihn wirklich interessiert haben. Ich habe ihm erklärt, ich wolle wissen, wie der nationalsozialistische Staat Tierschutz und Tierquälerei behandelt hat, da ich argwöhnte, die Nazis hätten die Tiere auf Teufel komm raus geschützt, während sie zugleich einen fast unübertroffenen industriellen Massenmord an Menschen begingen. Irgend etwas ließ mir diese Hypothese als die plausibelste erscheinen.

Die meisten Bibliothekare hätten gefragt oder zumindest in aller Stille überlegt, wozu ein Konkursrichter in Austin so etwas braucht. Ein Konkursrichter mit seinen gewichtigen, aber extrem begrenzten Befugnissen kommt doch nie mit internationalen Tierschutzgesetzen in Berührung? Anders Tom.

Am Telefon klang er richtig glücklich:

– Soviel steht fest, in der Bibliothek haben wir das nicht. Aus irgendeinem Grund haben wir nicht einmal das *Reichsgesetzblatt* von 1933. Einige Gegenwartshistoriker bestellen es, aber du bist der erste Gerichtsjurist, der in dieser Bibliothek je nach einem deutschen nationalsozialistischen Gesetz gefragt hat. Nun ja. Einer muß wohl der erste sein. Ich will sehen, was ich tun kann.

Nach einem einzigen Tag, mehr nicht, schickt er mir einen Packen von etwa zweihundert fotokopierten Seiten. Per Boten. Gesetzestext, Doktrin, sogar eine Dissertation der rechtswissenschaftlichen Fakultät Köln, vorgelegt zur Erlangung der Doktorwürde im Jahr 1938, in Freiburg auf

Mikrofilm aufgenommen und zur Zeit der Nürnberger Prozesse in der Library of Congress deponiert. Hatte einer der hohen Nürnberger Juristen sich dieselbe Frage gestellt wie ich, meine Frage, meine Hypothese, *Caldwells Konjektur*?

Der Schutz des Tieres im geltenden deutschen Recht unter Berücksichtigung seiner geschichtlichen Entwicklung. Köln 1938.

Faszinierendes Buch, muß ich sagen. Hattest Du eine Ahnung, daß die ältesten deutschen Jagdgesetze aufs Mittelalter und den *Sachsenspiegel* zurückgehen? Daß Karl der Große riesige, noch unbewohnte Waldgebiete zum *Bannwald* erklärt hat, wo nur der Kaiser und seine Paladine jagen durften?

Zu Beginn der Renaissance war die Jagd in Deutschland offenbar unglaublich barbarisch. Man kann nur den Eindruck gewinnen, daß jeder die Tiere haßt und sich um so mehr freut, je grausamer, erfinderischer und widerwärtiger die Methoden sind, die man sich ausgedacht hat, um die arme Kreatur zu quälen und zu töten.

Neben den gewöhnlichen Jagden gab es die *Prunkjagd*, bei der ein ganzer Wald mit Hilfe zahlloser Treiber seines gesamten lebendigen Inhalts beraubt wurde, indem man ihn zum Wasser, zu einem Fluß oder einem Seeufer hinabtrieb, wo man leicht von Booten oder Flößen aus auf alles schießen konnte, was sich bewegte. Damit die Hunde der Bauern nicht auf fürstlichen Boden eindringen und das Wild jagen konnten, durchtrennte man ihnen eine Sehne im Hinterlauf. Stell Dir ganze sächsische und bayerische Dörfer vor, in denen jeder Bauernköter auf den Hinterläufen hinkt!

Außerdem gab es die sogenannten *Kampfjagden*, bei

denen Tiere in enormen Mengen in eine Einfriedigung getrieben wurden, Füchse, Hirsche, Wildschweine, ja, alles, was beißen und reißen oder gebissen und gerissen werden konnte, trieb man zusammen und ließ es sich gegenseitig zerfleischen.

1795 fand in der Gegend von Schwetzingen eine sogenannte *figurierte Jagd* statt. Wo um Himmels willen liegt Schwetzingen? Irgendwo auf dem Weg zwischen Heidelberg und Frankfurt. Glaube ich. Die figurierte Jagd unterscheidet sich offenbar von der gewöhnlichen Tierquälerei durch ihre künstlerischen Ambitionen; sie will die Wirklichkeit in ein Bild verwandeln. Man führte Wildsäue in einer Reihe über einen Steg hoch über dem Boden. Vor einen kleinen Wagen hatte man eine starke Bache gespannt, und in der Karriole saß ein Hase. Hintendrauf war ein Fuchs festgezurrt, der den Diener darstellen sollte. Und das Wunderlichste von allem: entlang dieses Stegs standen zwölf Holzfiguren von Juden und Jüdinnen, die sich jedesmal verneigen mußten, wenn die Wildschweine über die Planken liefen.

Ja, du wirst sicher verstehen, daß an dem Abend, als ich das Päckchen von Tom und seiner juristischen Bibliothek mit nach Hause nahm, meine üblichen juristischen Vorbereitungen etwas zu kurz kamen. Ehrlich gesagt, um ein Haar hätte ich eine gerichtliche Anordnung versäumt, die ich am folgenden Tag ausführen sollte.

Nur dank meines ausgezeichneten neuen Gehilfen wurde der Schriftsatz noch rechtzeitig fertig. Nun ja, was dieser neue Typ von Zivilprozeßanwälten – ich nenne sie »die Herren im Flanell«, denn sie scheinen nur aus Anzügen zu bestehen – von erfahrenen Konkursanwälten lernen sollte, ist, daß man einem Konkursrichter niemals Befehle erteilt. Nicht, weil er eine besonders dünkelhafte Person wäre, sondern ganz einfach aus dem gleichen Grund, aus dem man seinem Zahnarzt keine Befehle erteilt. Sein Gebiet ist eng und schmal, aber innerhalb seiner Grenzen ist er wirklich der einzige, der weiß, wie man Nägel mit Köpfen macht. Sie bekamen ihre Anordnung, aber mit genau der kleinen Verspätung, die sie nervös machte und sie für ein weiteres Mal auf ihren Platz verwies. Man wird ja heutzutage immer mehr von diesen Zivilprozeßphantomen aus Washington und New York überschwemmt. Die Herren im Flanell.

Aber, um *endlich* auf den Punkt zu kommen: Das deutsche Tierschutzgesetz vom 24. November 1933, das also nur wenige Monate nach der nationalsozialistischen Machtergreifung erlassen wurde, enthielt eine merkliche *Verschärfung* sowohl der Tatbestände als auch der Strafen für Tierquälerei und für das qualvolle Töten von Tieren. Das alte Reichsstrafgesetzbuch vom 15. Mai 1871, das seinerseits auf verschiedene ältere preußische Jagdgesetze zurückging, hatte die Eigenart, daß es Tierquälerei nur dann bestrafte, wenn sie vor Publikum stattfand.

Das Tier konnte nicht *Rechtssubjekt* sein, und daher konnte man keine kriminellen Handlungen an Tieren begehen. Rechtssubjekt im Gesetz vom 15. Mai 1871 war stets der Zuschauer der Mißhandlung oder des brutalen Tötens, von dem man annahm, es könne ihm zusetzen, ein Tier leiden zu sehen. Hätte ich also diesen verdammten Hund ohne Zuschauer in Deutschland vor November 1933 totgeschlagen, wäre das kein Verbrechen gewesen. Mit Beginn der Hitlerzeit kann man hingegen für dieselbe Sache mehrere Jahre Gefängnis bekommen. Denn jetzt ist die Tierquälerei, bis dahin ein Verbrechen an dem unangenehm berührten Zuschauer, statt dessen ein Verbrechen am Staat geworden. Und der Staat ist überall zugegen. Der Staat wendet sich nicht ab. Der steinerne Blick des Staates ruht stets auf allen Tierquälern. Pfiffig – nicht wahr?

Und das zu einem Zeitpunkt, als andere deutsche Juristen hart daran arbeiten, Gerichte für Rassereinheit einzurichten und den Unterschied zwischen *Mischling ersten Grades* und *Mischling zweiten Grades* festzustellen, einen Unterschied, der bald zum Unterschied zwischen Leben und Tod werden wird! Irrsinnig, nicht wahr? Ja, dieses deutsche Gesetz enthält noch vieles Interessante, aber ich will dich nicht mit Einzelheiten langweilen. Natürlich etabliert das Gesetz von 1933 ein Verbot der jüdischen Schächtung – die als ungeheuer schmerzhaft und grausam für die Tiere dargestellt wird, während dasselbe Verfahren im älteren Tierschutzgesetz nicht einmal erwähnt ist. Vermutlich unterstand die Schächtung den Religionsfreiheitsbestimmungen der Weimarer Republik.

Aber das Interessanteste ist doch, daß man sich um Scheißköter und andere Viecher eifrig gesorgt hat, während man zugleich dabei ist, den Massenmord zu legalisieren. Eine grauenhafte Inkonsequenz, nicht wahr?

Laß von Dir hören, wenn Du Zeit hast. Wir könnten doch mittags mal ein Sandwich im *Les Amis* essen. Das ist nicht weit von Deinem Büro. Nur Dienstag und Donnerstag müssen wir aussparen, da habe ich immer Verhandlung.

Der Bannwald hallt wider von fernen Jagdhörnern. Wenn Du verstehst, was ich meine?

Dein ergebener

Erwin

16.
Ein unerwarteter Ausgang

Endlich, nach fast einem Monat, kurz vor Weihnachten, hatte ich dann meinen alten Freund Paul Chapman am Draht, den Dekan. Ich hatte jede Hoffnung aufgegeben, von ihm zu hören, und war fest davon überzeugt, ich hätte ihn mit meinem letzten, etwas überdrehten Brief irgendwie in Harnisch gebracht. An jenem Abend war Vollmond, das weiß ich noch, und es war tatsächlich Paul, der anrief, nicht ich. Er entschuldigte sich, wie üblich, muß man wohl sagen, mit seinen verflixten Etatproblemen. (Die Universität bekommt vom Staat immer weniger Geld. Daher ist sie zunehmend auf private Spender und Auftraggeber angewiesen. Für ein physikalisches Institut ist heutzutage der als Chef geeignet, der mit der Großindustrie gut zu Tisch sitzt. Da hat es Pauls verflixte Fakultät nicht ganz so leicht. Humanisten haben nichts zu verkaufen. Sie sind eher Käufer als Verkäufer, wie Paul zu sagen pflegt. Angesichts dessen, was geschehen ist, kann man sich schon ein bißchen wundern.)

Er habe schon längst auf meinen letzten Brief antworten wollen, ganz bestimmt. Aber irgendwie sei nichts daraus geworden. Ich habe den Verdacht, seine plötzlich auftretende Freundschaft hat etwas damit zu tun, daß *The Statesman* am selben Morgen, völlig unbegründet, muß ich sagen, meinen Namen unter anderen möglichen Kandidaten im Zusammenhang mit einem freien Platz im Universitätsvorstand erwähnt hatte. Aber ich kann mich natürlich irren.

– Ach was, so wichtig ist mir das auch nicht. Es hat mich nur beschäftigt, damals, als es geschehen ist, Ende des Herbstes. Ich meine, als er noch ein bißchen lebendig schien.

– Warum nimmst du an, ich hätte ihn pensioniert? sagt Paul. Bist du ganz sicher, daß er nicht von sich aus in Pension gegangen ist?

– War da nicht irgendwas mit seltsamen deutschfreundlichen Artikeln, die er in seiner Jugend in Holland geschrieben haben soll? Er war nicht in der Widerstandsbewegung, wie wir immer gedacht haben. Du weißt davon? Die *New York Times Book Review* hat darüber berichtet. Das ist dir natürlich bekannt?

– Ich habe irgend so etwas gelesen, sagte Paul. In der *New York Times* soll ein Artikel über diese Mißlichkeit gestanden haben. Mit Namen und allem Drum und Dran, auf Seite eins. Ja, das war allerdings eine Überraschung. Hier hat er ja als der große Widerstandsmann gegolten. Ich bin nicht einmal sicher, ob man das jetzt für bare Münze nehmen soll. Ich wette, es kommt bald jemand und beweist, daß er nicht deutschfreundlich war, sondern bolschewistisch. Du kennst das ja. Aber das alles ist ja erst aufgekommen, *nachdem* er tot und begraben war. Du hast die Chronologie durcheinandergebracht, wenn ich so sagen darf. Zwei Jahre bevor das alles akut wurde, habe ich ihm die Lehrgenehmigung entzogen. Und es war etwas völlig anderes, was mich dazu veranlaßte. Er hatte nämlich plötzlich angefangen, sonderbare Dinge von seinen Studenten zu verlangen.

– Tatsächlich? Was denn für Dinge? Ist das denn plausibel bei einem so alten Mann?

– Ach so. Nein. Es war etwas Subtileres. Ende des Frühjahrssemesters 1990, also vor etwa zwei Studienjahren, um den 15. Mai herum, einige Tage nachdem sämtliche Scheine abgeliefert werden sollten, erschien bei mir ein Mädchen, um sich darüber zu beschweren, daß sie in seinem Seminar »Moralische Argumente« keine ausreichende Note bekommen hatte – stell dir vor, so hieß es tatsächlich, »Moralische Argumente« –, obwohl sie die gesamte Pflichtlektüre gelesen hätte und meinte, den Stoff zu beherrschen. Der Alte hatte nämlich noch etwas anderes verlangt: die Studenten sollten Aufsätze schreiben. Sie war ganz einfach wütend darüber, daß sie zum erstenmal in ihrem Leben nicht in der Lage war, herauszufinden, was man eigentlich von ihr erwartete. Nicht so verwunderlich, sagst du? Nein, nicht, was die Pflichtlektüre betrifft. Van de Rouwers hatte jedoch begonnen, etwas ganz anderes zu verlangen: die Studenten sollten von sich selbst erzählen. *Alles von sich selbst.* Von ihren moralischen Erfahrungen. Von dem Guten und dem Bösen, das sie getan hatten, von den moralischen Konflikten, die sie durchlebt, von Situationen, in denen sie willentlich oder gegen ihren Willen schlecht gehandelt hatten. Und das arme Mädchen, das zu mir kam, hatte keine solchen Bekenntnisse zustande gebracht. Sie sagte, sie habe noch nie irgendwelche moralischen Probleme gehabt. Du lachst, aber ich argwöhne, daß es eigentlich eine ganze Menge Menschen gibt, die so sind. Ich beruhigte sie, so gut ich konnte, versprach ihr, persönlich mit Professor van de Rouwers zu sprechen, und versicherte ihr, alles würde sich ganz bestimmt regeln. Dabei stand ich Todesängste aus, denn mir war natürlich klar, was ihr Papa oder ihre Mama oder ihr Onkel mit Hilfe eines guten Anwalts anrichten könnten. Ich brauchte die Anwälte der Universität nicht anzurufen, um zu sehen, daß es vermutlich drei, vier mögliche Anklagepunkte gab. Unzulässige sexuelle Annäherungen. Vertrauliche Mitteilungen, die man nicht als Anwalt oder Arzt entgegennimmt, sind im juristischen Prozeß nicht geschützt. Was, wenn van de Rouwers erführe, daß ein Student Drogen genommen hat, daß eine Studentin von ihrem Vater verführt worden ist? Er hätte ganz einfach die Pflicht, damit vor Gericht zu gehen. Das ist die unangenehme Wahrheit. Dazu kommt die Frage der Verletzung der persönlichen Integrität. Wenn bestimmte Voraussetzungen erfüllt sind, ist das auch ein Vergehen, nicht wahr?

– Leider hast du wohl recht.

– Mein Gott – wer hätte nicht schon die erstaunlichsten Geheimnisse seiner Studenten gehütet! Es reicht, einen einigermaßen guten Kontakt mit seinem Seminar zu haben und ihn ein bißchen länger als einen Monat aufrechtzuerhalten, um von den Studenten Dinge zu erfahren, die sie nie, ich sage *nie*, wagen würden ihren Eltern anzuvertrauen. Bekenntnisse entgegenzunehmen, um die man nicht gebeten hat, ist die eine Sache. Aber Bekenntnisse zu *verlangen*, das ist wirklich etwas anderes.

– Aber was zum Teufel hat er damit bezweckt? fuhr Paul fort. Ich habe mich natürlich auf der Stelle zu seinem alten, staubigen, mit Büchern vollgestopften Büro im dritten Stock in der Waggener Hall begeben, wo er damals meistens saß, und habe versucht, ihm klarzumachen, warum das prekär sei. Ich habe ihn nicht angerufen, teils, um auf einen so alten Mann nicht einen unnötig überheblichen und chefartigen Eindruck zu machen, teils, weil ich wußte, daß er am Telefon nicht gut hörte. Er hatte den Hang, ganz still den Hörer aufzulegen, wenn er sich keinen Reim auf das machen konnte, was man zu sagen versuchte. Also schaute ich bei ihm herein und versuchte, die Sache zu erklären. Er sagte, er könne meinen Standpunkt ganz und gar nicht verstehen. Er war der Meinung, es sei gut, einen Menschen zu haben, dem man sich anvertrauen könne – ausgerechnet er, der seine eigenen Schändlichkeiten vermutlich nie einem Menschen anvertraut hatte, seit er Ende der vierziger Jahre seinen Fuß auf amerikanischen Boden gesetzt hat. Aber das wußte ich damals natürlich nicht. Ich fand nur seine Forderung, daß die Studenten in einem Ethikseminar ihre persönlichen Geheimnisse preisgeben sollten, mehr als eigenartig. Auf mich wirkte das wie eine greisenhafte Schnüffelei, eine altmännerhafte kalte Neugier, die vermutlich bald zur Folge haben würde, daß jemand gegen die Universität klagen würde und die Fakultät in gräßliche Schwierigkeiten brachte.

So war das. Und im nachhinein habe ich verstanden, daß es andere Motive gegeben haben mag. Man kann über Den alten Mann sagen, was man will, aber unkompliziert war er nicht, soviel ist klar. Ich hoffe, du kommst bald mal zu einem Treffen im *Town and Gown* oder im Komitee für The Art's Library, dann haben wir mehr Zeit zum Plaudern. Aber jetzt weißt du wenigstens Bescheid. Mehr oder weniger. Es macht die ganze Sache kaum besser. Aber du kannst jedenfalls nicht behaupten, ich hätte dir die Antwort vorenthalten.

– Nein, sagte ich. Aber die Erfahrung lehrt mich, daß Antworten, die die Sache komplizieren, die einzig ehrlichen Antworten sind.

– Du bist also zufrieden?

– Ja, mit dir bin ich zufrieden, sagte ich.

Geh leise!
Sprich nicht mit den Fliegen!

17.
Volleyball – die unsterbliche Partie

Als Claire und ich uns für die Weihnachtsparty bei Anwalt James Haddock und seiner Frau Sibyl gemäß der Einladung zurechtmachten, es mußte das zehnte Jahr hintereinander sein, überlegten wir, uns noch irgendwas überzuziehen. Aber als wir hinauskamen, war die Nachtluft lau, mild und angenehm. Ich fuhr mit offenem Verdeck.

Komisch, daß wir ausgerechnet auf dieses alte Volleyballspiel zu sprechen kamen. Es rief viele bizarre Erinnerungen an meine Zeit in verschiedenen Anwaltskanzleien in den sechziger Jahren wach.

Viele Leute, die sich da bei den Haddocks eingefunden haben. Die meisten im Smoking. Unten am Swimmingpool spielt ein Streichquartett eines von Haydns Londoner Quartetten. Sehr elegant. Leider hört kaum jemand zu. Ich und Claire setzen uns für einen Augenblick auf eine der Marmorbänke. Ich vermute, daß die Musiker Studenten sind, Freunde von den Kindern der Haddocks. Derselbe weißbehandschuhte schwarze Barkeeper, den man auf sämtlichen Partys von Anwälten sieht. Er muß eine Art Monopol in dieser Branche haben, kennt alle Gäste mit Namen und weiß, wer Whisky und wer Campari nimmt. Er weiß sogar, daß ich nur einen Eiswürfel in meinen Bourbon will. Und meine Frau zwei. (Claire trinkt erheblich mehr als ich.)

James Haddock ist Managing Partner bei Haddock, Whitney & James, und er hatte das Glück, dort einzusteigen, als die Seniorpartner es noch als Selbstverständlichkeit betrachteten, ungefähr drei- bis vierhunderttausend im Jahr zu verdienen. Infolgedessen wirkt seine Villa, die Terrasse um Terrasse über eins der schönsten Täler jenseits des Barton Creek schaut, wie der Besitz eines smarten Mafiabosses aus Sizilien. Das Schwimmbecken mit Marmor eingefaßt, ein Tennisplatz und natürlich diese etwas angestrengt geschmackvollen Zimmer, die davon zeugen, daß hier ein Innenarchitekt am Werk war. Claire weist gern darauf hin, wenn sie von einem Besuch bei älteren, feinen Anwälten nach Hause kommt, daß es bei uns aussieht, als würde ich an der Universität unterrichten. Sprünge in der Teekanne, überall Papiere und Bücher, in den Gängen hier und da gerahmte Plakate von Ausstellungen im Museum of Modern Art. Darauf pflege ich zu erwidern, es wäre höchst unpassend, wenn es bei uns zu Hause anders aussähe. Ein Anwalt kann ruhig den Anschein erwecken, daß er viel Geld verdient. Ein Richter sollte das nicht tun. Die arme Claire ist jedenfalls ein bißchen traurig darüber, daß es bei uns nicht so vornehm ist. Vom wahren Snobismus versteht sie nicht viel. Aber das macht nichts. Die Gastgeberin, Mrs. Haddock, die eine prachtvolle Perlenkette mehrmals um den noch bemerkenswert jugendlichen Hals geschlungen hat, strahlt schon von weitem, als sie uns den Gartenweg entlangkommen sieht. Ich glaube, das ist nicht nur Konvention. Ich habe das Gefühl, sie mag mich wirklich. Einmal hat sie mir – auf einer solchen Party – anvertraut, daß sie ehrenamtlich »emotional gestörte Kinder« unterrichte. Ich habe sie schon längst fragen wollen, was sich hinter einem solchen Ausdruck verbirgt. Sind das ganz einfach böse, aggressive, schlimme Kinder? Oder sind es Kinder, die nicht zurechtkommen? Vielleicht sehr schweigsam sind? In diesem Fall werden sie kaum redseliger davon, daß sie einen so ausgeprägt monologischen Menschen wie Sibyl um sich haben.

Die Regeln verstehen sich hier von selbst. Wenig Überraschungen. Der Abend verläuft, egal welche Familie man besucht, etwa nach dem gleichen Ritual. Das einzige, was sich zu meinen Lebzeiten verändert hat, ist, daß das Bridgespielen fast vollständig verschwunden ist. Vielleicht haben die Leute keine Zeit mehr dafür. Jeder weiß, wohin jeder gehört. Dabei ist es, wenn jemand die Regeln nicht kennt, tatsächlich ziemlich einfach, sie zu lernen.

Die Politiker erkennt man an ihren vulgären Schlipsen, die Anwälte an ihren geschmackvollen. Sinclaire, zur Zeit der einzige afroamerikanische, oder, wie wir früher sagten, schwarze Anwalt in der Kanzlei – wenn ich mich nicht irre, ist er auf Immigrationsrecht spezialisiert und hat bislang keinen einzigen Hispano vor der Abschiebung bewahren können –, ist der einzige, der auf »harmonierende« Farben achtet, diese Tricks, die man heute nur noch bei jüngeren Autohändlern findet. Wie kindisch!

Es ist typisch für dieses Milieu, daß die Menschen viel mehr voneinander wissen, als sie sich je erlauben könnten zu zeigen. Oder zu sagen. Aus diesem Grund ist alles so gänzlich ohne jede Überraschung.

Im Verlauf des Abends gibt es eine Art Zusammenballung verschiedener Teilnehmergruppen in verschiedenen Zimmern. Ehefrauen im Wohnzimmer. Jüngere Mitarbeiter und deren Frauen und Freundinnen an der Bar draußen im Patio. Die eher bejahrten und wichtigeren Herren drinnen in der Bibliothek. Zur Mischung gehört natürlich die eine oder andere etwas ältere Anwältin. Nur dort kann man interessante Neuigkeiten erfahren: aus der Lokalpolitik oder die jüngsten Skandale bei den Sparkassen.

Ich gehöre zu den Wichtigen und sitze also mit den Politikern und einer Auswahl der älteren Anwälte in der Bibliothek des Seniorpartners. Politische Probleme noch und noch, Beiträge zu Kampagnen und dergleichen mehr, das alles aber nur äußerst dezent angedeutet. Schließlich ist doch Weihnachten, um Himmels willen.

James erinnerte mich (vermutlich in dem Bemühen, verbindlich und angenehm zu sein) an unsere gemeinsame Zeit in den Sechzigern, als wir beide bei Westminster & Minotti arbeiteten, einer kleinen, zusammengepferchten und bizarren Kanzlei unten in der Stadt. Sie lag in einem Gebäude mit dem Namen The Gracy Title Company Building, aber Haddock kam auf die Idee, es The Greasy Tile Building zu nennen. Es hatte wirklich etwas von altem ranzigen Fett an sich, einen Geruch von schlecht gereinigten Filtern in der Klimaanlage, in denen sich übelriechende Algen ansiedeln.

– Und, sagt James Haddock, der an diesem Abend in seiner allerbesten Partylaune ist, erinnerst du dich, daß es in unserer Kanzlei keinen einzigen Raum mit Fenstern gab?

– Ja, ich erinnere mich, sage ich. Es war die Art von Architektur, die in den fünfziger Jahren eine Zeitlang populär war. Fenster galten als der Aufmerksamkeit abträglich. Falls man sich überhaupt darüber Gedanken machte. Was ich bezweifle. Die Architekten der fünfziger Jahre.

– Ich weiß noch, sagt James, daß ich dort manchmal sechzehn Stunden am Stück gearbeitet habe, ohne zu wissen, ob es draußen hell oder dunkel ist, ob es in Strömen regnet oder die Sonne scheint. Die Jahreszeit habe ich an der Länge der Schatten erkannt, die mein Auto auf den Fahrradständer warf, wenn ich zum Parkplatz kam.

– Ihr müßt ja geschuftet haben wie die Sklaven.

(Es ist der alte Appellationsrichter Archibald Reed, der das sagt, und er sagt es nicht ganz ohne Ironie, da er selbst Assessor am Obersten Gericht war, während wir uns bei Greasy Tile mit Konkursen und Eintreibungen abplagten. Er kommt sozusagen aus einer höheren Sphäre. Und vermutlich hat er nie auch nur halb soviel gearbeitet wie wir. Dabei sind seine ökonomischen und sozialen Belohnungen erheblich größer. Sollten die Demokraten eine Präsidentschaftswahl gewinnen, kann er Justizminister werden. Früher war er Haddocks feinster Partner und Senior.)

– Ja, ein Glück, daß wenigstens ich zu dir übergewechselt bin und ein ruhiges Plätzchen gefunden habe.

Haddock kann manchmal sehr witzig sein.

– Die Kanzlei hat sich irgendwann aufgelöst, es kam zu einem totalen Zerwürfnis, wie ihr euch vielleicht erinnert. Hier in der Stadt ist wohl kaum noch jemand davon übrig, außer Erwin und mir.

– Es gab dort ein paar richtige Originale. Wir hatten einen Assessor mit höchsten Auszeichnungen von Harvard, der nur ein halbes Jahr bei uns blieb. Dann ließ er sich in einem Wohnwagen in *The Valley* nieder und fing an, mexikanische Saisonarbeiter gegen ihre Arbeitgeber zu verteidigen. Die Richter dort waren anfangs ziemlich verblüfft. Einen so gewieften Anwalt waren sie nicht gewohnt. Und ich glaube, sie waren noch verdatterter, als er die Absetzung von einigen von ihnen forderte. Ich möchte wissen, ob er noch da ist. Oder haben sie es geschafft, ihn nach Washington zu bugsieren?

– Als letztes habe ich gehört, daß er noch immer in einem Wohnwagen lebt. Wie hieß er noch? Joel? Joel Norell oder so ähnlich.

– Ja, so ähnlich. Erinnerst du dich übrigens an das große Volleyballspiel?

– Ach, du meinst *die unsterbliche Partie*! Die indirekt der Anlaß war, daß die ganze Kanzlei auseinanderbrach. Ja, dieses Spiel vergesse ich nicht so schnell. Aber wollen wir heute Abend wirklich diese alte Geschichte aufwärmen?

(Zögernd sah er sich im Zimmer um. Wir waren jetzt von einem ganzen Kreis respektvoller Zuhörer umgeben, in Haddocks dunkelbrauner, nach allen Regeln der englischen Gutshausarchitektur eichengetäfelter Bibliothek. Ich verstand Haddocks Bedenken, diese Geschichte öffentlich zu erzählen. Sie ist nämlich so bizarr und daneben, daß sie vermutlich immer noch da und dort schlummernde Gefühle weckt. Und wenn man sie einer so großen und gemischten Gesellschaft erzählt, wie sie sich nun um uns scharte, weiß man schließlich nicht so genau, wer alles zuhört.)

Trotzdem ergriff ich bedächtig das Wort, unwiderstehlich, könnte man sagen, von meinem Thema angezogen: Es war so, daß die ganze Kanzlei an einem Samstag ein kleines Betriebspicknick im Zilker Park abhalten wollte. Und irgendein Schlaukopf – bis heute ist nicht heraus, wer – die Idee hatte, nach dem Picknick, das sehr bescheiden war, auf Plastiktellern von irgendeiner Barbecuefirma geholt – das war lange vor den Champagnerjahren Anfang der achtziger Jahre, und unter texanischen Anwälten waren die Sitten noch recht asketisch –, daß es also nett wäre, nach dem Picknick Volleyball zu spielen. Keiner hatte sich klargemacht, wie stark die unterdrückten Aggressionen bei Westminster & Minotti waren.

Es fing, wenn ich mich recht erinnere, damit an, daß ein relativ ungelenker Assistent, der groß und klobig und an die zwei Meter groß war – ich habe seinen Namen vergessen, aber ich habe ihn als riesenhaft, bärtig und mit dicken Brillengläsern in Erinnerung –, ein paar rasche Schritte rückwärts tat und dabei der allgemein verhaßten Buchhalterin, Miss Jones, fast den Fuß zerquetschte. Wenn ich mich nicht irre, war sie obendrein Personalchefin.

Warum sie so verhaßt war? Keine Ahnung. Nicht einmal daran erinnere ich mich. Ich weiß noch, daß sie auf einem Fuß hüpfte, als sie vom Platz gebracht werden mußte, und daß sie wütend jeden Versuch des zerknirschten Übeltäters, ihr ein Taxi zu besorgen, zurückwies. Sie zog es vor, mit Leidensmiene dabeizusitzen, während das Spiel allmählich wieder in Gang kam. Was sie, wie ich glaube, als noch größere Beleidigung empfand.

Beim Volleyball ist es ja so, daß man ziemlich wenig Chancen hat, den Gegenspielern auf der anderen Seite des Netzes zu schaden, da dieses so hoch ist, daß nur ein Riese direkt werfen kann. Deshalb heißt es ja Volleyball. Hingegen entsteht auf der eigenen Seite stets eine Konkurrenz darum, wer den Ball bekommt. Und besonders natürlich in solchen spontan zusammengestellten Mannschaften, in denen manche seit Jahren nicht mehr gespielt haben oder vielleicht in ihrem ganzen Leben noch nicht.

Das Unglück wollte es, daß mindestens drei jüngere Assessoren, die einander seit langem in den Haaren lagen, auf derselben Seite gelandet waren. Tom, Jerry und ich. Normalerweise gingen wir uns seit einem halben Jahr auf den Fluren aus dem Weg. Besonders Tom und ich. Tom hatte in einem Prozeß *first chair* bekommen, obwohl es ganz offensichtlich war, daß ich besser Bescheid wußte, und ich wurde auf die erste Bank verwiesen, um die Akten in Ordnung zu halten. Ich sah das als ein Zeichen dafür, daß man ihn bevorzugte. Und nun standen wir alle drei auf demselben Feld – Jerry war auf andere Weise schwierig; er schrieb endlose akademische Auslassungen, statt zum Kern der Sache zu kommen, er gehörte zu diesen Typen, die nie den Sprung aus der Universität in einen Beruf schaffen. Aus irgendeinem Grund galt er als intelligent.

Es lag eine Art kitzlige Nervosität in der Luft, die Sekretärinnen und Sommeraushilfen, die zuschauten, kicherten ein bißchen zuviel. Vielleicht wurden wir unvorsichtig. Tom, Jerry und ich stießen mehrmals in verschiedenen Kombinationen zusammen – zu eifrig, um Bälle zu fangen, die unerwartet weit vom Netz herunterkamen, kann man sich vorstellen –, bis ein ernster Zusammenprall passierte und Tom mit einer leichten Gehirnerschütterung im Gras liegenblieb. Ich kann mich überhaupt nicht daran erinnern, mit wem er zusammenstieß, nein, das ist nach so vielen Jahren wirklich unmöglich.

Große Aufregung. Jemand wollte einen Krankenwagen rufen, jemand anders übergoß ihn mit einer Flasche eisgekühltem Sodawasser. Tom setzte sich auf und sah sich mit blutunterlaufenen Augen um, und dann entdeckte er, daß man ihm eine Flasche mit dem klebrigsten Orangensaft, der im Korb zu finden war, über den Kopf geschüttet hatte. Ob ihr es glaubt oder nicht, er sprang auf und machte weiter, als sei nichts geschehen. Jetzt war es sozusagen zur Pflicht geworden, durchzuhalten, gute Miene zu machen.

Das einzige, was sich verändert hatte, war die nun noch

größere Hektik des Spiels. Ein paar Minuten später schaffte es ein äußerst unbeliebter Juniorpartner auf der anderen Seite des Netzes – ich glaube, er hieß Hunchman und wurde von allen Henchman genannt –, sich das Knie so zu verrenken, daß wir tatsächlich einen Krankenwagen rufen mußten – und selbst da gab es noch ein paar harte Typen, die weitermachen wollten. Und das auch taten, nachdem der Krankenwagen die Türen zugeschlagen hatte und davongefahren war. Es war jetzt sozusagen eine Prestigefrage. Wenn ich mich recht erinnere, kam der Krankenwagen etwas später noch einmal, um zwei Herren zu versorgen, die mit den Schädeln zusammengedonnert waren.

Ja, dieser Volleyballnachmittag war, wie ich mich jetzt erinnere, das reinste *Blutbad*. Es gab keinen Mitspieler, der am nächsten Tag nicht in den Korridoren von Greasy Tile herumhinkte oder einen Verband trug. War es kein verrenktes Knie mit Krankenhausaufenthalt, dann wenigstens geschwollene Nasen und blaue Augen. Mein Gott, wie viele Ellbogen waren da plötzlich zum Vorschein gekommen! Und interessanterweise waren alle ernstlich Verletzten, die mit dem Krankenwagen zur Notaufnahme mußten oder eine Woche lang am Stock gingen, die unsympathischen Mitarbeiter, die brutalen Karrieristen, die kleinlichen Kriecher, kurz gesagt, die allgemein Verhaßten. Das Ganze glich im nachhinein einem mittelalterlichen Gottesurteil, muß ich sagen.

Allerdings wurde sehr wenig über die Sache geredet.

Wer wem ein Bein gestellt und wer wen angerempelt hatte, wurde nie richtig geklärt. Es war kein Thema, zu dem man sich freiwillig äußerte. Aber dieses berüchtigte Volleyballspiel – ich und meine Freunde nannten es nur noch die unsterbliche Partie, nach einer berühmten Schachpartie, die 1851 in London gespielt wurde (Andersen–Kieseritzky) und bei der der Sieger Schritt für Schritt seine Türme opferte, um plötzlich zu gewinnen – genug davon; dieses unsterbliche Volleyballspiel – ich werde allmählich allzu ausschweifend, das ist der Champagner – war der Anfang von Westminster & Minottis Ende.

Ich glaube, sie haben es nicht verkraftet, und ein halbes Jahr später war die Kanzlei aufgelöst, nicht in zwei, wie es normal wäre, sondern in drei verschiedene Teile. Sie hatten erkannt, daß es dort Personen gab, die sie, wenn nicht die gesetzlichen und gesellschaftlichen Hindernisse sie davon abgehalten hätten, mit dem allergrößten Vergnügen erwürgt oder ihnen mit einem rostigen alten Golfschläger den Kopf eingeschlagen hätten.

Den Leuten wurde ganz einfach klar, wie sehr sie sich eigentlich haßten.

– Natürlich erinnere ich mich an dieses Spiel, sagte mein Gastgeber, James Haddock. Ich weiß noch, ich habe eine Gehirnerschütterung bekommen. Aber ich erinnere mich nicht, daß wir es »die unsterbliche Partie« nannten.

– Ich war Gott sei dank nicht unter den Verletzten, beeilte ich mich zu versichern. Ich habe mitgeholfen, einige der Unglücksfälle zu versorgen. Ich war es, wenn ich mich nicht irre, der ständig zum Telefon rennen mußte.

– Ich bin davon aufgewacht, daß du mich mit Limonade übergossen hast, Orangensaft von der klebrigsten Sorte.

– Tatsächlich, sagte ich. Ich dachte, es wäre Tom gewesen. Ich dachte, du wärst der mit der Knieverletzung.

– Ach, übrigens, schaltete sich Tom Huey zwanglos ein, der auch im Halbdunkel der Bibliothek saß und den ich zuvor nicht bemerkt hatte, hast du dir diesen Hund irgendwie vom Hals geschafft?

– *Was für einen Hund?*

– Nun, vor kurzem habe ich deinen Nachbarn getroffen, Glaser oder wie er heißt. Er sagte, du hättest merkwürdige Probleme mit einem großen gelben Hund, der ständig deinen Müll über seinen Rasen verteilt hat.

– Ach so, Glaser, der Steueranwalt. Ja, den kenne ich. Aber ich habe keinen Hund.

– Aha. Er sagte, du hättest Ärger mit einem Hund wegen deiner Mülltonnen.

– Na ja, nein. Ja, das ist schon länger her. Letzten Herbst. In letzter Zeit hat es keine Probleme gegeben. Ich vermute, dem Hund ist etwas zugestoßen. Wir hatten doch diese großen Überschwemmungen.

– So so, sagte mein Gastgeber nachdenklich. Aber jetzt möchte ich dich dem neuen Richter von Lockhart vorstellen. Du weißt, Edgar B. Thomas. Er kommt ja von uns, obwohl er dazwischen eine Weile in Washington im Justizministerium war. Er ist der Nachfolger von diesem uralten Richter, dem mit diesem sonderbaren alten Protokollführer.

James ließ uns allein. Ich frage mich, was er über die Sache mit dem Hund wußte. Vermutlich reiner Zufall. Wie sich zeigte, hatte der neue Richter von Lockhart einen Bruder, der Psychologieprofessor in Brandeis war. Wie alle anderen Richter in Lockhart war auch er gewählt worden. Sein ganzer Stil entsprach durchaus dem, was man von einem netten jungen Texasdemokraten erwartet. Rege soziale Interessen. Ein wenig *legal activism*. (Aber nicht genug, um mich in Rage zu bringen.) Wir sprachen ausführlich über die »Obdachlosen«. Und davon, was man eigentlich unter dem Begriff »Obdachlose« zu verstehen hat. Ich glaube, bei einer Gelegenheit habe ich ihn ziemlich schokkiert, aber in dem Fall hat er es geschickt überspielt. Ich fragte ihn, ob er bemerkt habe, daß die Obdachlosen einen eigentümlichen Hang zu wirklich komischen öffentlichen Kunstwerken hätten. Solchen richtig geschmacklosen, blöden, bizarren Skulpturengruppen, die in Parks stehen und offenbar durch irgendeine Fehlplanung entstanden sind. Sie scharen sich um sie, schlafen in ihrem Schatten und benutzen sie als Tische. Aber nur, wenn es wirklich richtig häßliche Monumente sind.

Als er für diese Sicht der sozialen Probleme kein rechtes Verständnis zeigte, fragte ich ihn vorsichtig, ob er von seinem Vorgänger gehört habe und vor allem von dessen altem wunderlichen Protokollführer. Eine ziemlich spannende und unheimliche Geschichte. Finde ich.

Er sah mich erstaunt an, der neue Mann.

18.
Der Elefant von Lockhart

An jenem Abend war ich mit Claire zufrieden; sie hielt sich gut. Ja, besser als ich, der ich vermutlich mehr abenteuerliche Bemerkungen über Obdachlose und anderes fallenließ, als gut war. Aber Claire war wie gesagt prima.

Auf Festen besteht mittlerweile die Gefahr, daß sie zuviel trinkt. Nicht so viel, daß es peinlich würde, aber genug, um einen etwas geschwätzigen Eindruck zu machen. Es ist auch offensichtlich, daß sie jetzt zum Lunch trinkt, nicht nur, wenn sie mit ihren Freunden und Freundinnen auswärts ißt. Aber bei Haddocks Weihnachtsfest ging es gut. Es tut mir weh, zu sehen, wie ihr starkes, großes, ernstes Gesicht altert. Es tut mir weh, bei ihr den schwachen, subtilen Duft von Aceton zu riechen, das erste Anzeichen einer gestörten Leber.

Ich habe sie immer sehr geliebt. Ich empfinde eine tiefe Zuneigung auch zu diesem jetzt etwas schweren Körper. Es würde mich schmerzen, wenn sie irgendwie den Eindruck bekäme, ich würde ihre Gewohnheiten kontrollieren oder überwachen.

Aber gestern funktionierte sie aus irgendeinem Grund wie ein Uhrwerk. Sie kam mich sogar holen und schnappte den allerletzten Teil der Konversation auf. Sonst hält sie sich bei solchen Veranstaltungen meist an die tennisspielenden Hausfrauen von Tarrytown. Sie hat es nie ganz verwunden, daß sie ihre Arbeit an der Universität verloren hat. Sie war *coordinator* für die künstlerischen Aktivitäten und verlor über Nacht ihren Job, als der Staat Mitte der achtziger Jahre eine seiner Sparkampagnen in die Wege leitete. Lange hoffte sie, etwas anderes zu finden. Aber irgendwie wurde nichts daraus.

– Was war das für eine Geschichte über einen alten Richter in Lockhart? fragte sie auf dem Heimweg im Auto.

– Hast du noch nie davon gehört?

– Ich glaube nicht. Jedenfalls nicht von dir.

– Nun ja, es ist eigentlich keine Geschichte von einem alten Richter. Es ist eine Geschichte von einem Protokollführer und seinem alten Richter. Aber das macht sie nicht schlechter. Du erinnerst dich, wie das Rathaus von Lockhart aussieht?

– Wie ein Spritzkuchen mit vier Türmen? Mit grün oxydiertem Blechdach.

– Oder wie ein alter russischer Schreibtischaufsatz. Übrigens glaube ich, es hat fünf Türme. Einen großen in der Mitte und vier kleine Turmhauben drum herum. Und das alles auf einer Insel aus Gras unter mächtigen Eichen mitten auf einem riesigen Platz, ein total verlassener Platz, wo man kaum einen geparkten Wagen sieht außer dem des Sheriffs und an Prozeßtagen die BMWs der Anwälte und den alten Chevrolet des Richters. Ringsum steigt der Rauch von mindestens drei der ältesten Barbecuelokale von Texas auf. Rußgeschwärzte, verräucherte alte Fleischkirchen, teerig wie mittelalterliche norwegische Stabkirchen, Wind, der zwischen morschen Planken hereinweht, schwere alte Eichenstühle, Bier, das man selbst über die Bezirksgrenze mitbringen muß, und der Geruch nach Rauch. Überall treibt Rauch durch diese eigentümlich leeren Straßen.

Ende der sechziger Jahre, als ich noch Anwalt bei den

Herren von Greasy Tile war, gehörte die Stadtsparkasse von Lockhart zu meinen Klienten. Es war einige Jahrzehnte vor dem großen Sparkassenskandal, und der Job war, wie ich ihn in Erinnerung habe, ziemlich einfach. Es ging vor allem um Kredite, die auf die eine oder andere Weise ihre Substanz verloren hatten. Die Besuche waren nicht selten mit einem angenehmen Essen beim Vorstandsvorsitzenden verbunden, einem Mr. McGregor, der es, glaube ich, tatsächlich geschafft hat, vor der Zeit des großen Sparkassenkrachs zu verscheiden. Während der großen Essenseinladungen mit erlesenen französischen Weinen in einer großen Villa im Zentrum von Lockhart (sie duftete nach altem, trockenem Holz mit Algen darin, wie es nur große alte texanische Villen tun; die Mischung aus Feuchtigkeit und Wärme übt irgendeine Wirkung auf sie aus) versäumte Mr. McGregor nie zu erklären, meine Kanzlei werde für ihre Mittel allmählich etwas zu teuer und es sei wohl an der Zeit, sich an eine bescheidenere zu wenden. Es war ein Ritual. Oder er und sein Vorstand fanden möglicherweise, wir Austinanwälte mit unseren feinen Universitäten und ohne auch nur den Anflug von singendem, jovialem südlichen Dialekt seien eine Spur zu pedantisch. Und es wäre vielleicht bequemer mit einer lokalen Kanzlei, die zwar auch rechtschaffen wäre, aber nicht skrupulös rechtschaffen.

Ich habe nie erfahren, was für Dreck McGregor am Stecken hatte. Er starb, und schon lange vor seinem Tod war er nicht mehr mein Klient. Solche Kleinstädte haben ja manchmal seltsame Muster von Leistungen und Gegenleistungen, und wenn der eine oder andere Bankrott ein Loch ins Gewebe reißt, kommen oft seltsame Dinge ans Licht. Geparkte Aktien. Kredite an Freunde zu außerordentlich günstigen Bedingungen. Kurz gesagt, Abhängigkeiten und Freundschaftsbande, die sich nicht vertuschen lassen und gewöhnlich tief in – wie soll ich es nennen – Untersuchungen der örtlichen Behörden, Steuerprüfungen, Skandale, Strafprozesse hineinführen. Manchmal. In Wirklichkeit sehr selten. Ich bin sicher, Rauchen führt viel öfter zu Krebs als solche Affären zu Anklagen.

Meistens führen sie nur zu etwas, das ich in Ermangelung eines Besseren nur »Nichtigkeit« nennen kann. Zu dem sehr eigenartigen Schweigen der texanischen Kleinstadt, einem Schweigen, in das Besucher von auswärts sich besser nicht allzusehr einmischen.

Nein, ich spreche nicht vom »Tod«. Ich spreche von dem, was die Menschen *unausgesprochen* mit in ihren Tod nehmen.

In Großstädten werden die Extreme sichtbar. Die Homosexuellen versammeln sich in ihren Bars. Bestimmte Stadtviertel gelten als gefährlich und sind es auch. In der Kleinstadt existiert diese Sichtbarkeit nicht. Aber es gibt jede Art von Merkwürdigkeiten. Geheime Verbindungen, unsichtbare Absprachen. Verbrechen. Sonderbare und unerlaubte Symbiosen. Nur daß sie einen gewöhnlichen Anzug tragen. Nicht, daß alles, was vorgeht und geschieht, ganz geheim und der Welt völlig unbekannt wäre. In Kleinstädten wissen die Leute viel. Aber sie sparen sich ihr Wissen für den Moment auf, in dem sie es gebrauchen können. Nicht selten sparen sie es ihr ganzes Leben lang auf. Und nehmen ihr Wissen mit ins Grab.

Ungefähr das meine ich mit »Nichtigkeit«.

Manchmal übernachtete ich nach diesen Essenseinladungen im Stadthotel. Und blieb dann lange am Tisch sitzen und hörte den alten Herren des örtlichen Bankvorstands zu (weißhaarig, apfelbäckig, nicht selten mit ziemlich großen schwarzen Melanomen im Gesicht, nachdem sie ihre Jugend im unbarmherzigen Sonnenlicht draußen auf den Hügeln und Feldern verbracht hatten).

In dieser großen, hallenden Villa mit ihrem Duft nach langsam vermodernden Sofas und Mottenkugeln hinter den Gardinen habe ich im Lauf von fast zehn Jahren ein ums andere Mal die faszinierendsten Geschichten gehört. Erst ein paar Jahrzehnte später und aus einer etwas veränderten Perspektive habe ich erkannt, wie vertrauensvoll es tatsächlich von den Herren war, mich, einen jungen Assessor, in ihrem Kreis zu dulden und mich dies und jenes über Lockharts Nichtigkeiten lernen zu lassen.

Für mich war Lockhart eine Art *Hauptseminar*, und nicht selten habe ich als Konkursrichter erheblich davon profitieren können. Einen Anwalt von Westminster & Minotti, wo ich anfing, hätten sie *nie* zu engagieren gewagt, o nein, bloß keine Kanzlei mit einem *Italiener* im Firmennamen. Angelsächsische Namen waren in Ordnung. Larson oder Nielsen konnte man übrigens auch heißen. Für Juden wurde es gerade etwas leichter, Partner zu werden, als ich anfing, aber komischerweise vor allem als Konkursspezialisten. Daß ich Jude bin, hat in meiner Jugend niemand entdeckt, denn meinem Namen ist es nicht anzuhören, und ich bin nie in die Synagoge gegangen. Ich weiß nicht, ob es einen Unterschied gemacht hätte. Natürlich will ich nicht behaupten, einer der Herren dort sei Antisemit gewesen.

Genug davon; die Geschichte von dem alten Richter und seinem Protokollführer gehört zu denen, die McGregor mir als erster anvertraut hat. Später habe ich sie mit

Details aus verschiedenen anderen Quellen ergänzt. Im Laufe der Jahre. Es ist die Art von Geschichte, die nicht in einem Kriminalroman vorkommen könnte. Sie hat etwas von dem gestelzt *rhetorischen* Charakter, den sich wohl nur *Die Wirklichkeit* leistet. Etwas *Die Wirklichkeit* zu nennen heißt eigentlich nur, etwas im eigenen Strom der Erlebnisse zu kursivieren, zu sagen: *genau das solltest du ernst nehmen.* »Die Wirklichkeit« ist ein rhetorischer Ausdruck. Er weigert sich zu verschwinden. Er besteht darauf, auf sich selbst zu achten. Ein wirkliches Buch kann man im Regal vergessen, und es steht immer noch da, wenn man es findet. Ein erfundener Band ist nicht so intelligent.

Aber dasselbe gilt natürlich auch für viele Träume.

– Wolltest du nicht von diesem Protokollführer erzählen?

– Freilich, ja, entschuldige bitte. Der Richter war zu dem Zeitpunkt, als sein Protokollführer starb, bei dessen *plötzlichem Hinscheiden*, könnte man sagen, neunundsiebzig Jahre alt. Der Protokollführer, also der, welcher starb, war fünfundsiebzig. Wie lange sie in dem alten, mit Türmen verzierten Gerichtsgebäude zusammengearbeitet haben, weiß ich nicht genau. Es war lange – zwanzig, dreißig Jahre vielleicht.

Ich weiß noch, daß dieses Gerichtsgebäude schon ziemlich verfallen war, als ich es zum erstenmal sah. In ganz Lockhart fand sich kaum ein abgetakelteres Gebäude.

Bei starken Regenfällen mußten die Gerichtsdiener an strategischen Punkten Eimer aufstellen, um das Wasser von der Decke aufzufangen, wo es aus enormen braunen Flecken herabtropfte, die aussahen wie exzentrische Karten von Kontinenten. Ich habe, wenn ich dort an Verhandlungen teilnahm, oft zu ihnen hinaufgeschaut, um die Gedanken zu sammeln.

Es war ein richtig verlotterter Ort. Ich glaube, sie haben das Haus später vollständig renovieren müssen. Aber seit ich Richter bin, hatte ich ja eigentlich nie einen Grund, dorthin zu fahren.

Das Verhältnis zwischen alten Richtern und ihren Protokollführern kann mit der Zeit ziemlich symbiotisch werden, zumal wenn der Richter schneller altert als sein Protokollführer und allmählich auf seine Hilfe angewiesen ist, um die Fäden des Prozesses einigermaßen zusammenzuhalten. Und wenn es so schlimm steht, kann der Protokollführer in einer so kleinen, eng verflochtenen Gemeinde natürlich einen unverhältnismäßig großen Einfluß bekommen. Schließlich ist er es, der letzten Endes bestimmt, was sich bei Gericht zugetragen und nicht zugetragen hat. Nicht wahr?

Diesen Mann nannte man allgemein den Elefanten. Nicht, weil er besonders groß gewesen wäre, im Gegenteil, es war eher ein kleiner, sehniger, magerer Kerl. Nein, er hieß der Elefant, weil er einen Rüssel trug.

Es ist ja so, daß bei Gerichtsverhandlungen kein Wort verlorengehen darf. Ich weiß nicht, inwieweit es dir oder den Leuten überhaupt bekannt ist, wie man die Verhandlungen dokumentiert, aber es gibt eigentlich nur drei Systeme. Tonbandaufnahmen, die modernste Art, die man mittlerweile in den meisten Gerichten verwendet, vor allem in den Bundesgerichten. Das Bundeskonkursgericht in Austin etwa, mein Gericht, benutzt Tonbandaufnahmen. Ich würde gar nichts anderes mehr akzeptieren, aber in der Kindheit der Tonbandgeräte galt das als ziemlich unsichere Methode. Außerdem kommt es vor, daß Parteien aus verschiedenen Gründen ihre eigenen Protokollführer mitbringen, wozu ich ihnen die Erlaubnis gebe.

Eine etwas ältere Methode ist das Stenogramm mit Hilfe einer speziellen Stenographiermaschine, einer Schreibmaschine, die mit Kürzeln arbeitet, könnte man sagen. Man sieht sie in alten schwarzweißen Kriminalfilmen in jeder Gerichtsszene. Diese Methode ist recht altmodisch, aber die Lobbyisten der Protokollführer waren bisher erfolgreich mit ihrer Forderung, diese Methode in staatlichen Gerichten beizubehalten.

Und dann gibt es eine noch altertümlichere Methode, die etwas ziemlich Pittoreskes hat. *Stenomaske* nennt man diesen Apparat. Sie verleiht dem Protokollführer ein groteskes Aussehen.

Er trägt eine Maske vor dem Gesicht, eine eng anliegende Maske, die in einen Schlauch ausläuft, der den Ton an eine Phonographenrolle übermittelt. In der Maske wiederholt der Protokollführer murmelnd mit seiner eigenen Stimme alles, was vor Gericht gesagt wird. Er geht murmelnd im Gerichtssaal herum. Es sind nur noch wenige sehr alte Protokollführer, meistens bei Landgerichten, die diese Methode noch verwenden. Wenn der Apparat nicht völlig abgenutzt ist und der Protokollführer nicht allzu undeutlich murmelt, soll tatsächlich eine ganze Menge des Gesagten auf der Phonographenrolle landen. Aber natürlich kann nur der Protokollführer selbst sein eigenes Gemurmel lesen. Und in der Praxis ist er der einzige, der seine eigene Arbeit kontrolliert.

So ein alter Protokollführer, der sich bei der Verhandlung im Raum hin und her bewegt wie ein murmelnder, grauer und unheilverkündender Elefant, ist ein sonderbarer Anblick. In Lockhart war offensichtlich und jedem deutlich, daß der alte Richter ganz einfach *gaga* zu werden begann, er war entsetzlich verkalkt. Es gelang ihm recht gut, alle äußeren Rituale seines Amts aufrechtzuerhalten, wie eine Hülle um eine immer größere Leere im Zentrum. Doch an dem einen oder anderen Detail merkte man, daß er nicht mehr richtig verstand, was man zu ihm sagte. Er war furchtbar abhängig vom Elefanten, um die Fäden des Prozesses einigermaßen zusammenzuhalten. Er hatte gelernt, den Überblick, den er nicht mehr besaß, zu *simulieren*. Das gab dem Protokollführer, einem eigentümlich bleichen alten Mann mit einer dünnen Nikkelbrille, wie man sie heute kaum noch sieht, natürlich eine beträchtliche Macht. Wie ich schon erwähnt habe, war es ein kleines Gericht: der Elefant war der *einzige* Protokollführer und daher unersetzlich. Der Vorsitzende im Obersten Gerichtshof der USA ist leichter zu ersetzen als dieser Mann in Lockhart. Verstehst du? Man ahnte diese Macht im Gerichtssaal. Die Parteien, vor allem wenn sie nicht aus der Stadt waren und also eine Menge nachzuholen hatten, gaben sich bemerkenswert viel Mühe, einen ausführlichen Schwatz mit dem Gerichtsreferenten zu halten. Eine Person, mit der man Anwälte sonst selten reden sieht.

Hier standen die Leute fast Schlange, um auf dem Korridor mit dem Elefanten zu sprechen. Er empfing sie mit einer gemessenen Würde, wie sie eher einem Richter angestanden hätte. Er gewährte Audienz, könnte man sagen, aber auf eine ziemlich kurz angebundene und ungeduldige Art. Und er antwortete auch auf längere Ausführungen nur einsilbig.

Es glich alles ein wenig der gnostisch-manichäischen Weltauffassung. Du gelangst ganz einfach nicht zu dem Gerechten Richter, denn ein murmelnder, maskierter Narr hat sich ihm in den Weg gestellt. Du kommst nicht hin, verstehst du, du kommst einfach nicht vor die Schranken!

Einige Prozesse verliefen ziemlich merkwürdig. Nicht etwa, daß sie offensichtlich korrupt gewesen wären – das sind korrupte Prozesse selten –, aber das Urteil fiel fast ausnahmslos zugunsten der lokalen Interessen aus und gegen die auswärtigen. Das läßt sich ja allerdings von vielen texanischen Prozessen sagen, du erinnerst dich an Exxon gegen Penzoil. Aber hier ging es ungewöhnlich weit. Es war eine Zeit, in der viele Leute aus Lockhart, Unternehmer und Bauern, eine Menge Geld von den krisengeschüttelten Banken in Austin geliehen hatten. Diese Kredite waren mittlerweile völlig durchlöchert, da die texanische Konjunkturflaute auch sie erreicht hatte. Es kam zu Pfändungen von Hypotheken auf leere Bürogebäude, die noch nie einen Mieter gehabt hatten, und von ortsansässigen Bauern, die sich bei total aussichtslosen Bodenspekulationen übernommen hatten. Es ging um die Frage, wer eigentlich was besaß und wer was von wem geliehen hatte. Keine reinen Konkursfragen, denn ein Konkursgericht haben sie nicht, aber das ganze Feld von ungeklärten und explosiven Konflikten, das gewöhnlich einem Konkurs vorausgeht.

Solche Fälle sind nie so sonnenklar, wie die Öffentlichkeit gern annimmt. Nun, normalerweise gibt es immerhin einige Risse in den Mauern. Nicht aber im Bezirksgericht von Lockhart. Da bekam wirklich keine Bank einen Fuß auf die Erde! Über ein Jahr verging, ohne daß eine einzige Bank jemals gegen einen anderen Gläubiger gewann. Der Protokollführer, falls er es nun war, der dahintersteckte, hatte offenbar etwas gegen Banken.

Es blieb nicht aus, daß die ganze Sache hier und da ins

Gerede kam. Das Sonderbarste war, daß bei den Urteilen von Lockhart nie irgendwelche nachweisbaren Fehler vorkamen. Man hatte ganz im Gegenteil nicht selten das Gefühl, ein erfahrener, ein ach so erfahrener alter Richter stehe hinter den Urteilssprüchen.

Sicher ging der eine oder andere Fall in eine höhere Instanz, wo die Urteile anders ausfielen. Aber das minderte die Anwaltskosten für die auswärtigen Klienten kaum. Und manchmal hielten die Urteile von Lockhart auch erstaunlich gut stand. Es kam vor, daß sie auch noch vor dem Obersten Gerichtshof von Texas bestanden. Unser Seniormitglied bei Greasy Tile sagte oft: Es ist, als habe der Teufel persönlich in Gestalt eines murmelnden, halbblinden, grauen Elefanten das Bezirksgericht von Lockhart übernommen. Vielleicht war er auch Manichäer?

Irgendwie fiel im Gerichtssaal die zunehmende Abwesenheit dieses Richters auf, wo nach wie vor der alte Protokollführer wie ein grübelnder und murmelnder grauer Elefant herumstapfte, während der Richter mit einem vom Alter immer fahleren, fragenden Blick den Parteien immer absonderlichere Fragen stellte. (Fragen, die natürlich nie ins Protokoll kamen, ebensowenig wie die verlegenen Antworten darauf.) Im Raum breitete sich eine Art von Nichtigkeit aus, sie kroch in die Wände, sie lastete von oben auf uns. Ja, diese Nichtigkeit war zuweilen wie ein jaulender Hund draußen im Rathauspark, und manchmal war sie auch ein Automotor, der plötzlich auf übertrieben laute Art brummte. Die Nichtigkeit war immer da. Und sie wuchs.

Den wenigen Anwälten, die sich von größeren auswärtigen Kanzleien hierher verirrten, muß diese Nichtigkeit unbegreiflich erschienen sein. Falls sie nicht, wie ich, in einem ähnlichen Ort geboren und aufgewachsen sind. Ich glaube, ich wußte mindestens ein Jahr im voraus, intuitiv, meine ich natürlich, ganz genau, was geschehen würde. Alles in diesem alten braunen Gerichtssaal mit der undichten Decke war schon vorbereitet. Es schwebte wie ein Schatten unter den anderen Schatten in den Ecken und Winkeln. In jenem Herbst hörten plötzlich alle wie auf Verabredung auf, überhaupt von der ganzen Angelegenheit zu sprechen.

Eines Tages im Januar fand eine mexikanische Putzfrau, die legitime Gründe hatte, sich nach der Geschäftszeit in den Räumlichkeiten aufzuhalten, und offenbar eine patente, rechtschaffene Frau und mehrfache Mutter war, die kein Mensch vernünftigerweise eines Gewaltverbrechens verdächtigen konnte, den Protokollführer an seinem Schreibtisch sitzend oder besser gesagt mit dem Gesicht auf seiner Schreibmaschine liegend, einer uralten Smith-Corona. In seinem Rücken stak ein Schenkel einer sehr soliden, altmodischen Büroschere. Bis zum Bolzen hineingestoßen. Solche Scheren können genauso gefährlich sein wie ein Dolch, und diese hatte behende die Hauptschlagader des Protokollführers durchtrennt. Auf dem Boden war es angeblich ziemlich blutig.

Selbstverständlich rief man den Coroner. Der Sheriff nahm anscheinend eine äußerst diskrete Haltung ein. Wenn ich mich recht erinnere, kam er drei Tage nach der Entdeckung von der Hirschjagd zurück.

In einem eigentümlich aufgekratzten Bericht, den ich etwa eine Stunde nach der Verbreitung der Nachricht telefonisch von meinem Klienten bekam, war von Polizei keine Rede. Und nach gebührender Untersuchung erklärte der Coroner (ich frage mich wirklich, wie lange er schon in der Stadt gewohnt hat), der Protokollführer habe sich tragischerweise selbst das Leben genommen. Schließlich sei er ja alt und alleinstehend gewesen, warum hätte er es also nicht tun sollen? Und bis auf seinen alten Chef ohne Freunde. Gott bewahre. Schließlich wisse man nicht einmal, ob der Richter sein Freund war, so gesehen.

Merkwürdigerweise, muß man wohl sagen, hat niemand jemals diese Erklärung der Todesursache in Frage gestellt. Wie du dir denken kannst, wird kaum jemand daran geglaubt haben.

Der alte Richter starb kurz darauf an Herzversagen. Vielleicht konnte er ohne seinen Protokollführer nicht überleben. Ich habe nicht besonders viel darüber nachgegrübelt, wer dieses Verbrechen verübt hat. Vermutlich könnte man Tausende von Personen mit Fug und Recht verdächtigen. Ich denke, wenn man wirklich erfahren wollte, wer es getan hat, müßte man diese Stadt sehr genau kennenlernen.

19. Nancys Wiederkehr

Mein Gott! Es ist also April, und Hochsommer liegt in der Luft. Wo ist die Zeit geblieben? Plötzlich ist Nancy da. Geschieden, und den Jungen hat sie dabei, Tom, den kleinen Kerl, direkt von Harvard! Ja, mein Gott, das nennt man eine Überraschung. Ich weiß nicht, was ich sagen soll, bin aber recht entzückt. Der Junge bedeutet immerhin ein bißchen Gesellschaft.

Mitten im friedlichen Frühsommer, wenn alle Gewitter schon früh am Nachmittag kommen und die Blumen mit wasserschweren Kelchen ruhen und sich tief über das tiefere Grün der Beete neigen, kommt ein Taxi im Regen an den Hecken entlanggekrochen. Nancy und der kleine Tom, jetzt sechs Jahre alt. Nach dem langen Flug schläft er wie ein Stein, den Kopf zur Seite geneigt und den kleinen Mund offen. Diverse tote Käfer fallen aus seiner Tasche, als Claire und ich ihn auf das Sofa im Gästezimmer zu betten versuchen. Ein richtiger kleiner Junge ist er geworden. Als ich ihn zum letztenmal sah, war er ein halbes Jahr alt. Sonderbar, wie die Zeit vergeht.

Nancy ist nicht meine Tochter. Sie ist die Tochter meiner Frau. Ich habe zwei Kinder mit Claire, aber Nancy ist nur von ihr. Ich habe sie ziemlich spät kennengelernt, zwölf oder dreizehn muß sie damals gewesen sein, habe sie also nie als richtig kleines Kind gesehen.

Nancy stammt aus der ersten, unglücklichen und kurzen Ehe meiner Frau an der Ostküste. Mit dem theoretischen Chemiker Gregor Sachs, heute an der University of

California in Santa Barbara tätig, ein Mann, von dem ich nie eine ganz klare Vorstellung bekommen habe. Er soll tüchtig sein, aber nicht in der Nobelpreisklasse. Warum sie ihn im Collegealter heiraten und ein Kind mit ihm bekommen mußte, habe ich nie recht begriffen, aber auch nie das Bedürfnis verspürt, mich da einzumischen. Ich habe es ihr sozusagen ein für allemal verziehen.

Hier steht nun also diese Nancy, groß und bleich und mit den allerersten grauen Strähnen in dem einst tiefschwarzen Haar, das zu einem feierlichen Knoten im Nakken aufgesteckt ist. Ein tüchtiges Mädchen, aus dem ich nie richtig klug geworden bin. Sie hat etwas Steifes an sich. Eine Spannung in dem langen Hals, zwischen den Augenbrauen zwei Falten, für die sie eigentlich viel zu jung ist. Sie ist ja erst zweiunddreißig Jahre alt. Vermutlich eine gute Dozentin für Komparatistik und angrenzende Themen. Damals habe ich mir tatsächlich die Mühe gemacht, ihre Dissertation zu lesen. Sie handelte von Fernando Pessoas Verhältnis zur griechischen Antike. Ich erinnere mich daran, daß ich sie gelobt habe, aber auch daran, daß mein Lob für sie keinerlei Rolle spielte. Überhaupt war ihr nie viel daran gelegen, mich zu sehen. Sie hat mich stets als einen Teil der Einrichtung betrachtet. Und das ärgert mich. Jetzt ist sie also einerseits an dem Vorhaben gescheitert, eine feste Stelle in Harvard zu bekommen, und andererseits auch mit ihrer Ehe nicht zu Rande gekommen. Natürlich gibt es eine Seite von mir, einen kleinen kalten Punkt tief in meinem Inneren, hinter der wohlwollenden Maske des Stiefvaters, wo mich ihr Scheitern freut. Sie hat sich mir stets so selbstverständlich überlegen gefühlt. Den sie vermutlich für einen Idioten und Langweiler hält.

Wie lange wird sie bleiben? Aus den lebhaften Konferenzen, die sich in der Küche zwischen Nancy und ihrer Mama abspielen, geht hervor, daß keine von beiden wirklich klare Vorstellungen von der Zukunft hat, und ich möchte mich nicht einmischen. Mir will nicht in den Kopf, warum es als ungeheure Katastrophe gilt, keine feste Stelle in Harvard zu haben. Es gibt doch so viele andere Universitäten. Könnte sie sich nicht dem komparatistischen Programm hier in Austin anschließen? Ganz einfach.

Oder warum nicht eine ganz gewöhnliche, anständige Arbeit suchen? Warum alle Menschen danach streben, an der Universität zu lehren, habe ich nie begriffen. Der Beruf ist überschätzt und schlecht bezahlt. Außerdem habe ich diese Flut von humanistischen Abhandlungen und Aufsätzen nie richtig ernst nehmen können. Wer sollte sie lesen, wenn es nicht nötig wäre, um eine Stelle zu bekommen? Ist es nicht im Grunde eine Papierindustrie, die sich selbst in Gang hält? Und würden nicht alle diese Menschen, alle diese Kräfte bedeutend besser zur Anwendung kommen, wenn sie in den zerstörten Großstadtslums dieses Landes die Alphabetisierung vorantrieben?

Im Haus ist Platz genug, und einen kleinen Jungen hier zu haben kann ja ein Mittel gegen die große, kompakte Langeweile sein, die im Sommer einsetzt. Wir könnten eines Tages ein Paddelboot leihen und zu einem der kleineren Flußarme aufbrechen, wo es nicht so viele Wasserskifahrer gibt. Oder was könnte ich mir sonst für ihn ausdenken? Er könnte in einer Vorschule anfangen, damit er Claire nicht die letzten Nerven kostet, wenn er sich die langen Sommernachmittage hier vergnügen soll. Das Grundstück ist für einen Sechsjährigen nicht unbedingt ideal.

Der Fluß ist gefährlich nahe. Es hat mich nervös gemacht, als ich eigene Kinder hier hatte, besonders in der Frühpubertät. Und so ein kleiner Junge macht mich doppelt nervös, wenn er treuherzig ankommt und seine Hand in die meine legt und verlangt, ich soll mit ihm hinunter zum Ufer gehen und ihm die schrecklichen, skelettartigen Überreste von gestrandeten Bootshäusern und Stegen zeigen. Neulich ist ein komplettes Hausboot vorbeigetrieben, bei dem nur das Dach aus dem Wasser ragte.

Nein. Der Fluß liegt gefährlich nahe. Ich muß den Jungen am ersten freien Nachmittag mitnehmen. Ihn in die Stadt mitnehmen. Irgendwelche Ablenkungen finden. Vielleicht die Bowlinghalle, oder warum nicht die Schlittschuhbahn?

In North Cross Mall gibt es eine Schlittschuhbahn. Sie entstand Ende der siebziger Jahre, als die Leute in Northwest Hills viel Geld hatten. Ich kenne sie, seit sie gebaut wurde. Aber ausprobiert habe ich sie noch nie. Es ist überhaupt ziemlich lange her, seit ich das letztemal Schlittschuh gelaufen bin. Es muß ungefähr dreißig Jahre her sein. Aber morgen nachmittag werden Tom und ich sie jedenfalls ausprobieren. So wahr ich hier stehe.

Die ganze Idee – in dieser feuchten und heißen Jahreszeit Schlittschuh zu laufen, wenn die Gewitter immerzu über den Horizont ziehen, wenn wir entweder von Platzregen gepeitscht werden oder auch unter der plötzlichen, schweren, feuchten Hitze förmlich zusammenbrechen – hat etwas sehr Bizarres, aber auch Attraktives. Die Schlittschuhbahn, die die große Attraktion von North Cross Mall ist, liegt genau in der Mitte der von vier Galerien gebildeten Kreuzform. Ringsherum haben die verschiedenen Lokale und Cafés, alle von sonderbar halbverblödeten Mädchen und Jünglingen bevölkert, die anscheinend kein

Englisch verstehen, wenn man sie anspricht, ihre Tische. Die Alten, die dort sitzen, die etwas eigenartigen armen weißen Frauen, frischgebackene junge Mütter mit ihren Kindern im Kinderwagen, die ebenfalls den ganzen Nachmittag frei zu haben scheinen, sie alle starren auf die Eisbahn.

Eigentlich gibt es zwei Arten von Besuchern: Eltern, die mehr oder weniger ängstlich versuchen, ihren Kleinen das Schlittschuhlaufen beizubringen, und eine Art von ungeheuer narzißtischen Teenagern, ein wenig dickliche Mädchen, aber mit angenehmen Körperformen, die stundenlang herumwirbeln und sich in ihre unterschiedlichen Pirouetten vertiefen. Ja, die Schlittschuhbahn werden wir bestimmt besuchen – ich denke, schon morgen. Die Bowlinghalle liegt etwas weiter draußen. Ich frage mich, ob sie ihm nicht eher angst machen wird. Sie ist vielleicht zu industriell, zu lärmend?

Offenbar hat Nancy es endlich geschafft, sich zur Scheidung aufzuraffen. Aus Harvard heimgekehrt, wo sie also keine feste Stelle bekommen hat (was mich nicht überrascht, kein Mensch bekommt in diesen Zeiten eine feste Stelle in Harvard, aber Nancy meint natürlich, das sei eine Diskriminierung wegen ihres Geschlechts, und überlegt sich schon, die Universität zu verklagen.) Mit dem kleinen Jungen wieder daheim bei Papa und Mama. Eine sehr ruhige, gute Zeit, sogar im Gericht angenehm ruhig, ist gerade zu Ende gegangen. Jetzt werden wir sehen, was kommt.

Nun schon mehrere Wochen jeden Abend nach dem Essen auf der Seeveranda, eine Flasche Bourbon und eine Karaffe klares, köstliches Mineralwasser in Reichweite auf dem Rattantisch, habe ich die Gedanken frei schweifen lassen. Und das war ein sehr gutes Gefühl.

Ich hatte sogar die alte Petroleumlampe angezündet; der Duft von Petroleumlampe und Bourbon (mit der richtigen Menge Wasser verdünnt) zusammen mit dem Geruch des Flusses unten und von vermoderndem Holz vom Haus haben in mir irgendwelche inneren Türen geöffnet, die lange verschlossen waren.

(Und nach langer Zeit wiederum das Gefühl, zu mir selber vorzustoßen. Nie richtig erschrocken, aber oft eine Spur erstaunt über das, was ich dort finde.)

20.
Neuigkeiten vom Harvard Square

– Also weißt du, sagt Nancy und blickt von *The New Republic* auf, als wir in der Nachmittagssonne auf der Veranda sitzen und den Motorbooten und Wasserskifahrern zusehen, die flußaufwärts und flußabwärts unterwegs sind – das war doch kein Geheimnis. Oder war es das? Jedenfalls nicht am Harvard Square. Eine französische Zeitschrift hat doch einen großen Artikel darüber gebracht. Ungefähr einen Monat nach seinem Tod. Der Mann war in seiner Jugend ein Nazi, ist dann mit einem Austauschstipendium in die USA gekommen und hat es fertiggebracht, als ehemaliger holländischer Patriot zu gelten. Für den Rest seines Lebens hat er andere Menschen in Ethik und Semantik unterrichtet. Und das ist doch gutgegangen, nicht wahr? Deswegen muß man doch keinen Aufstand machen.

Ich verstehe nicht, warum sie so steif sein muß. Woher mag sie diese Steifheit haben? Sie kann auf keinem Stuhl sitzen, ohne daß es steif aussieht. Sonderbar. Ob sie sich das in der Schule und der Universität angewöhnt hat? Es ist – eine Art verletzter Stolz. Nein, es ist Hochmut. Diese eigentümliche Steifheit hat sie als kleines Mädchen bestimmt nicht gehabt. Mir ist sie zwar als mageres und knochiges Kind in Erinnerung, jedoch als warmherzig und lieb, noch als Zwölf-, Dreizehnjährige ist sie gern auf meinen Schoß geklettert und hat mich gebeten, ihr Märchen vorzulesen. Mit dem auffallend bleichen Gesicht und dem sehr dunklen Haar, das sich über einer sommersprossigen Stirn teilt – wie ein Theatervorhang –, hat sie eine eigentümliche Ähnlichkeit mit ihrer Mutter. Aber sie wirkt wie eine düsterere, eine blassere Variante. »Prinzessin von Dänemark« nenne ich sie jetzt insgeheim. Bei ihren dänischen Vorfahren mütterlicherseits und ihrem allgemeinen Bedürfnis, Hamlet zu spielen, liegt das nahe.

Allein schon die Art, wie sie dasitzt mit ihrer *New Republic* und vorwurfsvoll aussieht, macht mich ganz gerührt. Immer muß sie sich irgendwie in einen moralischen Vorteil bringen. Jetzt fragt es sich fast, ob es nicht meine Schuld ist, daß mein alter Lehrer in seiner Jugend ein Sympathisant der Nazis war. Habe ich etwa in den vierziger Jahren einen schlechten Einfluß auf ihn ausgeübt?

– Schon als ich Studienanfängerin war, hat man gemunkelt, mit ihm würde irgendwas nicht stimmen.

– Tatsächlich?

Sie nickt und vertieft sich wieder in *The New Republic*, als hielte sie das Gespräch für beendet. Als sie vor ungefähr sechs Jahren ihren Mann anbrachte, den Physiker Seth Goldberg, der heute an der Boston University tätig ist, habe ich wirklich gedacht, sie würde ein bißchen weicher werden. Ich mochte Goldberg, einen netten, sehnigen, hartnäckigen jüdischen Atomphysiker. In vielem seinem Sohn ähnlich, dem kleinen Tom. Neugierig und ein angenehmer Gesprächspartner. Ein recht warmherziger und sensibler Mann, wie mir schien. Was er mit der knochigen Tochter meiner Frau im Sinn hatte, ist schwer zu sagen. Nichts ist so rätselhaft wie das, was andere Menschen miteinander verbindet.

Er war, wie gesagt, nett. Allerdings hatte er Seiten, die ich eine Spur übertrieben fand. Beispielsweise war er der Ansicht, nach Auschwitz könnten Juden keine Musik von Richard Wagner mehr hören.

Wagner hat nicht Auschwitz geschaffen, sondern Opern, kann man leicht dagegen einwenden. Aber mein Gott, habe ich dann stets hinzugefügt. Man kann doch keinen Menschen dazu zwingen, Musik zu hören, die er nicht mag. Ich selbst höre seit Jahren nur einen anderen Deutschen, Mozart, für mich ist es also kein Problem. Mein lieber Schwiegersohn muß in diesem Haus nicht mit Wagner konfrontiert werden. Wenn er es genau nimmt, können wir auch Mozart vermeiden. Auch er war ein deutscher Komponist. Auch er hat Opern geschrieben und keine Vernichtungslager eingerichtet.

– Mozart, das war doch kein Deutscher, pflegte Seth Goldberg darauf zu erwidern. Er war schließlich Österreicher.

– Genau wie Präsident Waldheim.

Nancy verstand es meisterhaft, plötzlich kleine Benzinbomben in die Diskussion zu werfen.

– Natürlich war Mozart ein Deutscher, wollte ich dann sagen und ging das Konversationslexikon holen. Zu dem Zeitpunkt, als Mozart Bürger von Salzburg ist, untersteht dieser Ort einem Fürstbischof, und der ist im Prinzip Kurfürst des Heiligen Römischen Reiches Deutscher Nation.

Nancy liebt es, Streit anzufangen, wo sie nur kann. Auch diese Eigenschaft hatte sie nicht, als sie klein war. Während wir hier bei unserem friedlichen Nachmittagskaffee sitzen, klingelt hin und wieder das Telefon. Es ist gegen sechs, alle möglichen unangenehmen Firmen wollen irgendwas verkaufen, und Organisationen, die für wohltätige Zwecke sammeln, bitten um Unterstützung. Ich antworte ihnen gewöhnlich, ich käme leider immer sehr spät nach Hause. Anders Nancy, das wäre ihr viel zu friedlich. Sie macht den Verkäufern am Telefon unglaubliche Szenen. Wenn sie billigeres Fleisch ohne Konservierungsstoffe anbieten, verlangt sie von ihnen einen Beweis dafür. Wenn sie sich in Widersprüche verwickeln, weist sie sie gnadenlos darauf hin, stellt schwierige Fragen, die diese armen Arbeitssklaven nicht im entferntesten beantworten können, und brüllt zum Schluß triumphierend »Betrüger!«, bevor sie den Hörer auf die Gabel knallt. Anfangs brachte sie Goldberg immer mit, ein paarmal im Jahr. Am intensivsten war der Kontakt, als Tom ein halbes Jahr alt war. Von da datiert meine erste Freundschaft mit Tom.

An die er sich nicht erinnert. Aber ich erinnere mich daran.

Dann verschwanden sie fast gänzlich aus meinem Horizont. Nancy wurde Associate in Harvard, was als fein galt, und ihr Mann betrieb Atomphysik am MIT. Ein nettes junges Paar. Tom wurde, wie ich annehme, meistens von Hausgehilfinnen aus Mexiko und Ecuador betreut, rundlichen, freundlichen und ziemlich analphabetischen Frauen mit dunkler, rindenfarbener Haut, derben Händen und von großer mütterlicher Wärme, vom gleichen Schlag wie die, die zum Putzen hierherkommen und selten lange genug bleiben, daß ich mir ihre Namen merken könnte. Ich merke das dem Jungen an, denn immer wenn er hier im Haus eifrig wird, wenn er beispielsweise unbedingt etwas aus dem Eisschrank haben will, was er nicht erreichen kann (wer hat ihm beigebracht, ständig an den Eisschrank zu gehen, hat der Junge keine festen Mahlzeiten gehabt, bevor er zu uns kam?), fängt er an, spanisch zu sprechen. Ein lustiges, rundes, *kindliches* Spanisch. Ich habe so etwas noch nie gehört.

Aus Nancy ist nicht herauszubekommen, was an ihrem

Mann auszusetzen war. Ich vermute, an ihm war überhaupt nichts auszusetzen. Jede Andeutung einer Diskussion in dieser Richtung wehrt sie ab, indem sie ihre Augen blau werden läßt, kühl und blau, und zum Fenster hinaus auf die Boote blickt. Ich habe da so meinen Verdacht. Goldberg schien viel zu entzückt über den kleinen Jungen, ja, viel zu weltfremd, um so etwas zustande zu bringen.

– Ich glaube nicht, daß er auch nur eine Spur originell war.

– Wer?

– Van de Rouwers. Im Grunde hatte er das meiste von Husserl und Heidegger, vermischt natürlich mit einer ziemlich nachlässigen Lektüre von Alexandre Kojèves Hegelvorlesungen.

– Keineswegs, sage ich. Ich finde es außerordentlich originell, wenn man seine Karriere als nationalsozialistischer Agitator im besetzten Holland beginnt, sich mit List und Tücke hier einschleicht und den Rest seines Lebens als inspirierter Morallehrer verbringt. Du weißt, daß er seinen moralphilosophischen Studenten gern die Aufgabe stellte, Slumlords in Houston und San Antonio zu interviewen?

– Tatsächlich?

– In der Tat. Ich gehörte zu denen, die er losschickte, als ich meine Hauptseminararbeit schreiben mußte.

– Sieh mal an. Davon habe ich nie etwas gehört. Und was für Fragen solltest du stellen?

– Zu ihren moralischen Prioritäten. Was sie davon hielten, Geld zu scheffeln, indem sie bettelarmen Mietern durch die wöchentlichen Zahlungen mehr Miete abnahmen als der Mittelschicht. Die Oberschicht wohnt ja bekanntlich in den meisten Ländern umsonst...

– Hast du Antworten bekommen?

– In Ausnahmefällen warf man mich hinaus, aber meistens wurde ich sehr höflich empfangen. Mehrere von diesen berüchtigten Slumlords fanden es höchst interessant, diese Probleme erörtern zu können. Erstaunlich viele sagten, sie hätten noch nie darüber nachgedacht, aber ich hätte sie tatsächlich darauf aufmerksam gemacht, daß ihre Tätigkeit einen ethischen Aspekt habe. Das hat mich etwas gelehrt, was für mich am Konkursgericht von einem gewissen Nutzen ist.

– Du glaubst nicht, daß es überhaupt gute Menschen gibt?

– Tja, was soll man nach der Geschichte mit van de Rouwers sagen? Aber eins ist sicher, wer das Talent dazu hat, kann heutzutage ein *professionell* guter Mensch werden. Im diplomatischen Leben gibt es sogar einen technischen Begriff dafür. *Humanitarian personality*. Wenn es dir gelingt, dich als *humanitarian personality* zu etablieren, kannst du verschiedene Grenzen passieren, Stacheldrahtzonen, wo nicht einmal die frechsten Journalisten durchkommen. Selbst überaus böswillige Diktatoren müssen dich mit einer gewissen Höflichkeit behandeln. Wenn du so bist wie Mutter Theresa oder Henri Dunant. Spezialist für hungernde Kinder oder Aids oder ein Freund der Flüchtlinge. Du solltest natürlich vermeiden, ein Gebiet zu wählen, das bereits überetabliert ist. Aids ist fast schon ein bißchen überetabliert. Und dann mußt du sehr aufpassen, daß du nichts tust oder sagst, was als politisch gelten könnte. Sonst wirst du schnell kaltgestellt. Und du mußt den Mund halten können. Bleibt natürlich immer das Risiko, als Geisel genommen zu werden. Heutzutage gibt es Gruppen, die nicht einmal mehr Respekt vor guten Menschen haben. Sie betrachten sie lediglich als Tauschwert.

– Bist du schon mal einer *humanitarian personality* begegnet?

– Nun ja. Einer wirklich großen eigentlich nicht. Ich vermute, sie sind alle machtgierig und dominant und es ist überhaupt unangenehm, mit ihnen zu tun zu haben.

– Aber verwechselst du nicht *gute* Menschen mit *angenehmen* Menschen? Das kann doch nicht ganz dasselbe sein?

Mitten in dieser – ich muß sagen ziemlich unterhaltsamen – Debatte, bricht Claire plötzlich ihr Schweigen. Und sagt – man hat fast das Gefühl, sie habe das schon die ganze letzte halbe Stunde sagen wollen, sich aber immerzu auf die Lippen gebissen –

– Aber das hat doch jeder gesehen, daß van de Rouwers sonderbar war. Er hatte doch eine so *kolossal* merkwürdige Frau.

– Was weißt du darüber?

– Van de Rouwers' Frau ist neun oder zehn Jahre vor ihm gestorben. Ich habe versucht, mit ihr zu reden, wie man es unter Nachbarn tut. Das heißt, die ersten Jahre. Dann habe ich aufgegeben. Sie war ein ganz unmöglicher Mensch. Ich bin überzeugt, das wirkliche Problem im Leben dieses Mannes war seine Frau.

– War sie Amerikanerin?

– Ja, das war sie. Sie war eine von seinen Studentinnen am Hamilton College aus seinen ersten Jahren. Übrigens wurde er ihretwegen gefeuert.

– Woher weißt du das?

– Ich kann mich nicht erinnern. Irgend jemand, mit dem ich darüber sprach, hat es mir erzählt. Tatsache ist, daß er Frau und Kinder hatte, als er nach Amerika kam. Frau und Kinder, die in Mexiko saßen und auf die Einreisegenehmigung warteten. Inzwischen verführt er also eine seiner Studentinnen. Und ist vermutlich bereits mit ihr verlobt, als seine Frau und die Kinder endlich ihre Einreisegenehmigung erhalten. Ich glaube, dieser junge Holländer war nahe dran, wegen Bigamie ins Gefängnis zu kommen, wie man es nur sein kann, ohne sie wirklich zu begehen. Man hat einen Skandal vermieden, um den Preis, daß er kündigte.

– Was geschah mit seiner ersten Familie?

– Ich habe keine Ahnung.

– Aber seine zweite Frau hat sich offenbar zu einem wahren Alptraum entwickelt?

– Na ja, jedenfalls hat sie ungern mit anderen Menschen geredet. Soviel ist sicher. Mit den Jahren ist sie völlig verstummt.

– Hör mal. Wenn Tom und ich uns jetzt beeilen würden, hätten wir tatsächlich eine *kleine* Chance, eine Stunde im North Cross Mall Schlittschuh zu laufen und trotzdem rechtzeitig zum Essen zurück zu sein.

– Warum fragst du ihn nicht?

21.
Die Schlittschuhläufer

So nahm ich ihn denn mit, den kleinen Jungen. Zu einem Schlittschuhausflug. Und seine Schlittschuhe. Und Socken zum Wechseln. Und sogar die Wollhandschuhe, die ich ihm kürzlich gekauft habe. Er mag es nicht, wenn er auf der Bahn hinfällt und Eiskristalle an die Hände bekommt. Jetzt, im April, beginnt die Sommerwärme, und es ist ein bißchen komisch, einen kleinen Jungen neben sich auf dem Vordersitz zu haben, der Wollhandschuhe trägt, während es draußen glühend heiß ist. Aber Tom fühlt sich wie ein Auserwählter, wenn er sie anhaben darf.

Er lernt sehr schnell. Ich hatte zuerst Angst, er könnte stürzen. Schreckensvorstellungen, daß er sich den Hinterkopf anschlägt. Anfangs hielt ich ihn an beiden Händen, was dazu führte, daß ich selbst fast gestürzt wäre. Ich hatte vergessen, daß man den Schnürsenkel ein paarmal um das Fußgelenk wickeln muß, damit er nicht unter den Schlittschuh gerät. Mit einer Vollbremsung als Folge. Tom mag es nicht, wenn man ihn auf diese Weise hält. Er will, wie er sagt, »selber laufen«. Der Junge ist wirklich erstaunlich. Als wir das erstemal hier waren, umrundete er die ganze Bahn, indem er sich an der Bande festhielt; er stolperte sozusagen vorwärts. Beim zweitenmal legte er praktisch los wie ein Eishockeyspieler, lief in einer Art von lustig hastendem Stil quer über die Bahn. Er beschleunigt jedesmal, wenn er kurz vor dem Sturz ist, und rennt beinahe auf seinen kurzen kleinen Beinen, und ich habe die allergrößte Mühe, ihn einzuholen. Bevor er bremst, indem er direkt in die Bande auf der gegenüberliegenden Seite fährt. Könnte ich ihm doch wenigstens beibringen, wie man bremst! Manchmal, wenn er das Gleichgewicht verliert, vollführt er eine Reihe von Körperbewegungen, die so halsbrecherisch, so unglaublich sind, daß man meint, einen kleinen Zirkusclown vor sich zu haben. (Und einige von den Zuschauern, die im Café immer über der Einzäunung hängen, haben tatsächlich applaudiert.)

Scheußliche Dinge passieren. Als wir das erstemal da waren, sahen wir, wie ein anderer kleiner Junge, dem das Blut aus dem Mund floß, von der Bahn zu seiner völlig verzweifelten Mutter gebracht wurde, zu einer dieser unbestimmt eleganten Mütter, die es vorziehen, strickend an der Einzäunung zu sitzen, statt ihre Kinder auf die Bahn zu begleiten. Der Junge hatte sich offenbar einen Vorderzahn ausgeschlagen, als er – genau wie Tom – zum Bremsen direkt in die Bande lief. Die Mutter befand sich in einem Zustand der Auflösung, der Aufseher oder Besitzer der Bahn, ein gemütlicher Herr, war völlig außer sich, und ich – ausgerechnet ich – übernahm es, den Zahn zu suchen. Ich weiß nicht, warum alle es so wichtig fanden, ihn zu finden, der Junge war schließlich nicht älter als Tom, daher kann es kaum etwas anderes gewesen sein als ein Milchzahn. In langsamem Tempo und mit Tom an der Hand lief ich rings um die Bahn herum und suchte immer an der Bande entlang. Natürlich fand ich den kleinen Jungenzahn, ganz weiß und fein und eigentümlich unschuldig, wie er da neben einem kleineren Blutfleck auf dem Eis lag, und wir, Tom und ich, überreichten ihn der Mutter, eingewickelt in unser bestes Taschentuch. Genau wie ich es erwartet hatte, wurde die Mutter nur noch hysterischer, als sie den kleinen weißen Zahn ihres Sohnes bekam. Ich war schon immer gut darin, kleine Gegenstände zu finden, die zu Boden gefallen sind, vielleicht, weil ich den Blicken der Menschen normalerweise ausweiche. Da gerät man statt dessen an die Dinge.

Tom war ziemlich erschüttert, glaube ich. Auf der ganzen Heimfahrt sprachen wir viel über dieses Unfaßbare: daß kleine Jungen sozusagen aus verschiedenen Teilen bestehen.

Wir überlegten, ob man möglicherweise einen ganzen Jungen aus verschiedenen Reserveteilen zusammensetzen könnte, falls er kaputtginge, und ich sagte, ich sei mir nicht so sicher, ich sei nicht sicher, ob es wieder genauso gut würde. Wie der ursprüngliche Junge also.

Ja, ich merkte, daß er über vieles nachdachte, während wir durch die plötzliche Hitze und den Stoßverkehr des Nachmittags heimfuhren, was nach dem Frieden der Schlittschuhbahn jedesmal wieder ein Schock war.

Menschen wie ich haben eigentlich nicht die geringste Ahnung von dem eigentümlichen Leben, das sich draußen in den Einkaufszentren der Vorstädte abspielt. Diese alten Rentner, die Stunde um Stunde, fast als wären sie Türken oder Griechen, relativ sicher vor Verbrechern und Schrotkugeln im Shopping-Mall sitzen, eine kleine Kaffeetasse vor sich haben und wie schläfrige Hunde auf das wenige blicken, was sich um sie her bewegt.

Diese harten jungen Männer in Lederjacken, nicht alle schwarz, die anscheinend nichts anderes zu tun haben, als mitten am hellichten Nachmittag durch die Einkaufspassagen zu schlendern. Sind es Diebe oder jüngere Bankbeamte, die unterwegs sind, um ein Pfand zu taxieren? Die sonderbaren kleinen Läden mit ihrem Kram: eine wahre Flut von bizarren Gegenständen, die zu kaufen zumindest mir nie einfallen würde. Tom hat mich schon in mehrere hineingelotst. Wir haben einen großen Wecker gekauft, ein – wie ich vermute – taiwanesisches oder koreanisches Fabrikat, das genauso aussieht wie die Wecker in meiner Kinderzeit. Groß, rund, aus Messing, mit zwei Hämmerchen, die an eine Messingglocke schlagen, wenn es Zeit ist. Ich weiß nicht, ob er funktioniert, aber Tom war glücklich, als wir ihn mit nach Hause nahmen. Er behauptet, der Rosarote Panther besitze etwas Ähnliches.

Den habe ich jetzt auch gesehen. Wir haben angefangen, zwischen sechs und sieben Uhr Filme auf Kanal sechzehn zu sehen, und liegen dabei zusammen im Seezimmer auf dem Sofa. Nancy sagt, er würde mit mir zu viel fernsehen. Er liegt in meinen Armen und möchte eigentlich nur mit mir zusammensein. Das ist offenbar wichtiger als die Filme.

Wir gingen wieder Schlittschuh laufen und drehten ein paar Runden; Tom voran, mit diesem eigentümlich hastenden, schlenkernden Stil, den er sich beim letztenmal zugelegt hatte, und ich hinterher, so schnell ich konnte, aber in einem bedeutend würdevolleren Stil. Ich versuchte ihm klarzumachen, daß es beim Schlittschuhlaufen reicht, wenn man das Gewicht von einer Seite zur anderen verlagert. Tom macht Dinge, die ich eigentlich auf einer Schlittschuhbahn für unmöglich halte, er schlängelt sich zwischen den pirouettierenden Damen durch, so daß sie für einen Augenblick die Fassung zu verlieren scheinen, vermeidet es in letzter Sekunde, in den Zaun zu laufen, indem er, praktisch ohne zu bremsen, eine Kehrtwendung macht, und stößt dabei ein fröhliches kleines Gelächter aus.

Er hat eine so frische und mutige Art, sich auf seinen

Schlittschuhen vorwärts zu werfen, daß die Leute auf der Ostseite des Cafés ihm zusehen, lachen und applaudieren.

Aber heute ist er plötzlich gelangweilt. Er gleicht mir insofern, als auch bei ihm Enthusiasmus und Spleen Wand an Wand liegen. Jetzt also Schluß mit den Schlittschuhen. Ich helfe ihm, sie auszuziehen, und er reibt die Kufen mit einem mitgebrachten Handtuch trocken. Er hat nämlich gesehen, daß die Eisprinzessinnen es so machen. Gewöhnlich bekommt er im Café an der Bahn einen Hamburger und eine Cola, aber da es so kurz vorm Abendessen ist, beschließe ich, es bei der Cola zu belassen. Für Tom und mich. Der Hamburger würde den Appetit verderben und seine Mutter verärgern.

Das ist natürlich ein Fehler. Seine Augen füllen sich rasch mit Tränen, und er weint so heftig, daß es peinlich wird. Die eigentümlich formlosen Mütter, die den ganzen Tag rings um die Bahn sitzen, fangen an mitleidige Blicke zu werfen. Und die alten Rentner lachen mich unverhohlen aus. Vielleicht, um sich *kollegial* zu zeigen: jawohl, auch ich habe Enkel. Und plötzlich stehe ich dem kleinen Jungen, der gerade noch auf meiner Seite war, allein gegenüber. Ich bin ich, und er ist etwas ganz anderes; ein kleines schluchzendes und weinendes und wimmerndes *Problem*, das nicht begreifen kann, wieso es keinen Hamburger bekommt.

Verräter, der ich nun geworden bin, nehme ich ihn auf den Arm. Es ist nicht ganz leicht, ihn zu tragen, zumal ich die Schlittschuhe um den Hals hängen habe. Und dann wird mir der kleine Junge allmählich unbequem, ich bin verschwitzt, und er wird mir schwer. Ich hoffe, daß mich kein Bekannter sieht. Ich habe eine vage Erinnerung, daß es an einem der Ausgänge des Mall ein Zoogeschäft gibt. Ich bin sicher, Goldfische und Hamster und vielleicht Schildkröten werden seine Laune verbessern.

Diese verdammten Einkaufspassagen sind seit den sechziger Jahren kreuzförmig – diese heißt ja sogar North Cross Mall – und also abscheulich symmetrisch. Als ich um die ganze Eisbahn einmal herumgelaufen bin, immer mit dem kleinen Jungen auf den Schultern und in den Hals schneidenden Schlittschuhen (denn die runden kleinen Beine des Jungen drücken dagegen und pressen sie gegen die Halsvenen, und ich meine zu ersticken), entdecke ich natürlich, daß ich auf der Südseite bin statt auf der Nordseite und mich so weit wie nur irgend möglich von dem Zoogeschäft entfernt habe.

Erneuter Versuch, um die andere Seite der Bahn herum, falls hier ein Bekannter ist, wird er kaum umhinkönnen, mich zu sehen, und der Junge brüllt noch immer, als wäre er eine Art Alarmsirene. Kaum habe ich die Einzäunung zum zweitenmal umrundet – der Junge auf den Schultern ist immer noch genauso bitterböse –, da begegne ich einem alten Mann, einem Mann im Anzug (allerdings trist und ausgebeult), der wie ein Rentner wirkt. Ich entwische ihm nicht; er hat mich bereits erkannt. Natürlich hat er sich in den Kopf gesetzt, mit mir zu reden. Vermutlich ist es einer, der den ganzen Tag hier herumsitzt und sich langweilt. Und pensioniert ist. Und auf die Bahn hinausblickt. Und den Mädchen zusieht, wie sie mit ihren eleganten, langen Schenkeln Pirouetten drehen. Und über irgendwas nachdenkt, was keiner versteht.

Das schlimmste ist, wenn man solche Leute trifft, daß man ihnen bei Gericht begegnet sein kann. Vielleicht ist man ihr Schicksal. Vielleicht hat man ihren schlimmsten

Feind bei dem einen oder anderen Konkurs verdonnert und steht nun da wie die Gerechtigkeit in Person. Oder man hat sie selber verdonnert und steht da wie ein Dämon. In keinem dieser Fälle möchte man gern mit ihnen reden.

– Ach, guten Tag, sind Sie nicht Konkursrichter Caldwell? Mit einem Enkelkind, wie ich sehe?

Ich nicke, denn ich habe nicht genug Luft, um mit dem ewigen Gebrüll des Jungen zu konkurrieren.

– Ein bißchen müde und traurig? Zuviel Schlittschuh gelaufen? Er hat sich doch nicht weh getan?

Erschöpft schüttele ich den Kopf. Beim Anblick dieses Fremden verstummt der Junge natürlich. Ob aus Neugier oder vor Entsetzen, weiß ich nicht, denn ich kann sein Gesicht nicht sehen. Am liebsten würde ich jetzt zu diesem verdammten Zoogeschäft gehen, bleibe aber – auf dämliche Art – stehen.

– Tja, lange nicht gesehen.

Ich nicke noch immer.

– Nun, ich weiß nicht, ob Sie sich erinnern, Richter Caldwell. Es war in Lockhart, Anfang der achtziger Jahre.

– Aha, quetsche ich mit Mühe heraus. (Während der Junge seine runden kleinen Schenkel immer fester gegen meine Halsmuskeln preßt.)

– Ja, das war eine eigentümliche Geschichte mit dem Protokollführer, nicht wahr? Es ist wohl nie richtig aufgeklärt worden? Oder doch?

– Ach ja?

– Ich war damals bei der Bank, Buchhalter bei der Sparkasse. Und wir waren ja in gewisser Weise in die Sache verwickelt.

– Tatsächlich?

– Ja, wir wurden ja dann bundesstaatlich übernommen. Vom FDIC.

– Ich habe davon gehört. Aber ich hatte nichts mit der Sache zu tun.

Ich beiße mir auf die Lippen. Ich habe keinen Grund, mich vor diesem Gauner zu rechtfertigen, wer zum Teufel er auch sei. Aber es ist interessant zu erfahren, daß das Hinscheiden des alten Protokollführers etwas mit dem Kollaps der Sparkasse zu tun hatte. Vermutlich hätte es manch einen brennend interessiert, diese Geschichte zu hören. Ich selbst bin daran nicht mehr so interessiert.

– Ich bin sicher, jemand von der Sparkasse hat es getan, sagte der Rentner. Ich habe dort gearbeitet, als das alles passierte, fuhr er mit der Hartnäckigkeit dessen fort, der sich für wahnsinnig wichtig hält. Ich weiß, warum sie ihn loswerden wollten.

– Wen?

– Den Elefanten natürlich.

– Der alte Richter ist jetzt auch tot, versuche ich das Gespräch in weniger brisante Bahnen zu lenken.

– Ja, er hat ihn nicht lange überlebt.

– Na, ich glaube, dieser kleine Junge wird jetzt ungeduldig. Ich hatte vor, mit ihm das Zoogeschäft zu besuchen. Es war nett, Sie zu sehen.

– Ja. Ich will Ihre Zeit nicht länger in Anspruch nehmen. Es war, wie gesagt, ein nettes Wiedersehen. Ärgerlich, das mit dem Hund, übrigens.

Wir waren schon tief in das Zoogeschäft vorgedrungen, wo Tom nach überwundener Enttäuschung wieder ganz glücklich war und völlig damit beschäftigt, ein weißes Kaninchen mit roten Augen aus seinem Gehäuse zu heben, als mir einfiel, daß etwas Sonderbares an diesem alten Mann gewesen war. Dann schnappte der Gedanke zu wie die Stahlfeder in einer Mausefalle! Was konnte er über den Hund wissen? Und über welchen Hund? Den, den ich eines Morgens im letzten Herbst im Jähzorn totgeschlagen habe? Oder den *anderen*?

(Was ich nun mit »dem anderen« meine, weiß ich nicht. Es kam mir nur in den Sinn, daß es *einen anderen* gibt.)

22.
Die Tierhandlung; die Schildkröte

Tiere gab es reichlich, natürlich, denn diese ganze Erzählung wimmelt, gewollt oder ungewollt, von Tieren.

Wir besichtigten alle möglichen Tiere in Käfigen, in Aquarien, in Terrarien, von den weißen Kaninchen bis zu den Schleierfischen. Es war wirklich ein reichhaltiges Angebot, und voll von Kindern und Eltern jeden Alters, und Tom, der alles genauso wunderbar fand, ging vom einen Aquarium zum nächsten, von Käfig zu Käfig. Niedliche Welpen gab es, Schildkröten, Katzen, große, dämliche Papageien. Und sogar eine Schlange, die man offenbar von Zeit zu Zeit mit weißen Mäusen fütterte.

Tom nahm das mit Gelassenheit.

– Sie fressen Mäuse, sagte er nur. Es muß so sein. Wenn sie keine kriegen, werden sie krank und sterben.

Wir sprachen davon, wie viele eigentümliche Tiere es auf der Welt gibt, und wir diskutierten tatsächlich darüber, ob sie alle von ein und demselben Gott geschaffen sein könnten. Der kleine Tom interessierte sich sehr für Gott, er behauptete, er habe im Fernsehen von ihm gehört. Seiner atheistischen Mutter würde es natürlich nie und nimmer einfallen, ihm solche Märchen zu erzählen. Und der Junge – der in Cambridge ganze Nachmittage unter der Obhut einer sprachunkundigen Ecuadorianerin sich selbst überlassen war – hatte natürlich angefangen, alle möglichen merkwürdigen Kanäle und Sendungen anzusehen, die nicht für ihn gedacht sind. Science-fiction, abstruse Prediger und Sektierer: welch wunderliche Slums, Bodenströmungen und Absonderlichkeiten gibt es doch auf den höheren Frequenzen des Kabelfernsehmenüs! Kürzlich führte er mit mir eine eingehende Diskussion über den Ersten Weltkrieg, den er offenbar in einer Dokumentarserie studiert hat. Er konnte nicht verstehen, worum es eigentlich ging. Ich sagte ihm, auch ich hätte nie verstanden, worum es eigentlich ging. Und nun stellte er im Grunde die gleiche Frage wie William Blake in seinem Gedicht über den Tiger: Kann derselbe Gott, der den Tiger gemacht hat, auch die Schlangen, Eidechsen, Schildkröten gemacht haben?

Die Diskussion war tatsächlich so fesselnd, daß ich die Anspielung auf den Hund vergaß. Tom fragte, ob es möglich sei, daß konkurrierende Götter die Welt erschaffen hätten, mit verschiedenen Tierarten zu ihrem Gedächtnis. (Und ich glaube, ich fügte hinzu: unter Hinterlassung verschiedener Naturgesetze.) Es ist lustig, sich vorzustellen, ein sehr alter Gott, der sich längst zurückgezogen hat, habe die Schwerkraft hinterlassen. Grau und unsichtbar und auf eigentümliche Weise unmodern, umspannt diese Kraft die ganze Welt. Während die elektromagnetischen Feldgesetze, die von Maxwell und anderen erforscht wurden, einen ganz anderen Stil repräsentieren. Beschränkte Physiker, Einstein an der Spitze, die sich darauf versteift haben, es gäbe nur einen Gott, zerbrechen sich den Kopf über die Unmöglichkeit, die Kräfte zu vereinen. Aber sie lassen sich nicht vereinen, das ist die simple Wahrheit. Sie sind völlig verschiedenen Ursprungs, dienen unterschiedlichen Zwecken, ja, genaugenommen gehören sie zu ganz verschiedenen Welten.

Wenn jeder der konkurrierenden Götter sich eigene Naturgesetze leistet, muß man sich vielleicht vorstellen, daß jeder Gott sich auch eine eigene Ethik leistet. Genau, so muß es sein! In der einen Ethik haben die Reptilien recht, in der anderen die Mäuse. In der einen Ethik ist es richtig, frei streunende Hunde totzuschlagen, deren Körper schwer werden, aber auch weich und fügsam, und in der Ethik eines anderen Gottes ist das falsch, grundfalsch. Angenommen, für den einen Gott wäre es richtig, daß mit einer gewissen zyklischen Regelmäßigkeit Vieh und kleine afrikanische Bauern verhungern und in Wolken von Fliegen auf der geborstenen Erde liegenbleiben, und für einen anderen wäre das ein Ärgernis. Was sich normalerweise als Philosophie ausgibt, ist kaum etwas anderes als die Weigerung, sich mit den wichtigsten Problemen abzugeben.

Ich glaube, wir sind mindestens eine Stunde in dem Geschäft geblieben. Ich, der pittoreske, gepflegte weißhaarige Mann im Nadelstreifenanzug, und Tom, der pittoreske kleine Junge im T-Shirt mit aufgedruckter Katze und blauen Shorts, erregten einiges Aufsehen. Von Zeit zu Zeit näherte sich uns freundlich eine der Verkäuferinnen, überwiegend entzückende junge Mädchen, die sogar eine Art Uniform trugen. Ich winkte ebenso freundlich ab: Wir seien noch auf der Suche.

Man dürfe nicht allzu lange suchen, versuchte ich Tom zu erklären. Je mehr man sich beim Suchen verausgabe, um so phantasieloser würden die Wünsche. An ihn war das jedoch vergeudet.

Schließlich ist er erst sechs Jahre alt. Er kann es sich leisten. Nachdem er nahe daran gewesen war, zuerst drei Goldfische und dann einen riesigen chinesischen Kaulkopf zu kaufen (den ich ihm in letzter Sekunde ausreden konnte, denn das Tier verlangte offenbar ein Salzwasseraquarium mit einer speziellen Filteranlage für mehrere hundert Dollar, die ich nicht die geringste Lust hatte auszugeben; außerdem weiß ich nicht, ob »Kaulkopf« die richtige Bezeichnung für dieses fette, eigentümlich träge und kontemplativ umhertreibende Teufelszeug ist, aber irgendwie muß ich es ja nennen), begann er sich für eine zahme Ratte mit langem rosa Schwanz zu interessieren, die mich mit ihrem langen, hängenden Schnurrbart tatsächlich an den Protokollführer von Lubbuck erinnerte. Ein richtig unappetitliches Tier, das Tom wunderbar fand.

Nach alledem und einigem anderen, woran ich mich nicht mehr erinnere, entschieden wir uns für eine kleine, gelbliche Landschildkröte. Langsam, schläfrig, passiv – ich versichere, es war das unpersönlichste, langweiligste Tier der ganzen Kollektion. Aber genau das und kein anderes wollte er haben.

Wir brachten sie in einem kleinen Karton plus einer Anleitung für die Pflege nach Hause – der Laden hat offenbar für jedes Tier eine besondere Pflegeanleitung (vielleicht sogar auch für Menschen) – und setzten sie zum einhelligen Entsetzen meiner Frau und Mama Nancys auf den Küchentisch, wo sie bald widerliche Fäkalien hinterließ, schmierig gelb und merkwürdig, in denen sich die abscheulichsten kleinen Würmer krümmten. Mit einer sehr kritischen Miene, die bei ihr ungewöhnlich ist, warf meine liebe Frau das ganze Tischtuch in die Waschmaschine. Und ich merkte, am liebsten hätte sie es verbrannt. Wie das Problem gelöst wurde, weiß ich nicht mehr genau. Aber Tom weinte, und ich flüchtete in meine Bibliothek, um einen lange vernachlässigten Fall zu studieren. Die Schildkröte landete in einem großen Plastikbehälter (Modell

Post) im Garten, mit Wasserschale und Salat. Letzteres ein Detail, auf das ich zurückkommen werde.

Nancy ist sonderbar. Ich kann nicht begreifen, wie sie mir so fremd werden konnte. Eine grundsätzlich unzufriedene Person, anscheinend ständig irgendwohin unterwegs, die nicht sieht, was sie hat (Tom, den sie sträflich vernachlässigt und immerzu auf andere abwälzt, wie ich meine), und irgend etwas nachjagt, was sie nicht hat (einem Mann, nehme ich an, fürchte aber, daß sie sich eigentlich eine Geliebte wünscht), und immer beschäftigt mit Fragen, Bewegungen, Ansichten: der Postmoderne, dem Dekonstruktivismus, dem Feminismus, dem bevorstehenden Untergang der USA. All das ist, wie mir scheint, weniger Ausdruck einer durchdachten Politik, sondern eher der jeweilige Ausdruck einer destruktiven Bitterkeit, einer Art von zerstörerischer, unakademischer Jugendbewegung, einer backfischhaften Raserei, die bei einer dreißigjährigen Frau nicht gerade angenehm ist. Unterwegs von einem Mann zum anderen (der eine berühmter als sein Vorgänger, auf eine Art, die sich bisher als ihrer Karriere recht zuträglich erwiesen hat), von Universität zu Universität, auch diese von Mal zu Mal immer angesehener, hat sie es geschickt vermieden, eine eigene Persönlichkeit zu entwickeln. Sie ist nichts anderes als ein willfähriger Spiegel für die Ideen, die verschiedene Menschen in ihrem Umkreis, vor allem berühmte Männer, über seine Oberfläche wandern lassen.

Der kleine Tom hat sich an wechselnde Väter, die in den verschiedenen Wohnungen seiner Mutter einziehen und wieder ausziehen, bereits gewöhnt. Nach einer Weile jedenfalls. Nach Gott weiß welchen Szenen, welchen Streitigkeiten, die der kleine Junge mitbekommen haben muß. (Wir reden nicht über so etwas, Tom und ich. Er redet überhaupt nicht über sein Leben mit Nancy. Vielleicht findet er das alles völlig selbstverständlich. Das soll ja bei Kindern so sein.) Jetzt sitzen wir jedenfalls alle beieinander und unterhalten uns, Claire, Nancy und ich – Tom auf meinem Schoß, wo er oft einschläft, während die Motorboote draußen vor den Fenstern ihre Navigationslampen einschalten und die Kielwasserfurchen im Mondschein zu glitzern beginnen. Seit langem meide ich politische Diskussionen mit Nancy. Sie kann nichts anderes artikulieren als ihren totalen Mangel an Verständnis für die wirklichen Probleme. Beispielsweise glaubt sie, die Probleme der Frauen in den USA gehörten zu den großen, entscheidenden, wo doch jeder vernünftige Mensch erkennt, daß das größte Problem darin besteht, daß wir dabei sind, die Kontrolle über die ethnischen Gruppen der Großstadtkerne und die von ihnen ausgehende, zwanghafte, dritte-Welt-artige Kriminalität zu verlieren. Dieses Land repräsentiert jetzt Lebensstile, die so weit voneinander entfernt sind, daß sich die Probleme nicht einmal mehr in derselben Sprache formulieren lassen.

Aber einige ihrer Ideen finde ich tatsächlich unterhaltsam. Eine davon ist, das amerikanische Volk lebe nicht in seiner eigenen Zeit, sondern fünfundzwanzig Jahre zurück, in einer Art von später Fünfziger- oder früher Sechziger-Jahre-Idylle, die das Fernsehen mit seinen überholten Serien ständig reproduziere und die kaum etwas mit der Gegenwart zu tun habe. Ganz Amerika in freundlichen Reihenhaussiedlungen für die Mittelschicht, die die heutige Mittelschicht sich gar nicht mehr leisten könne. Schwarze würden rasch integriert, auch sie auf dem Weg in die Mittelschicht, und bevölkerten dann diese fiktiven Siedlungen, während gleichzeitig die schwarzen Slums in der Wirklichkeit ans Unmenschliche grenzten. Und hin und wieder in blindem Aufruhr in Flammen aufgingen.

Diese Fernsehwelt, sagt Nancy, sei dabei, die wirkliche zu ersetzen.

23.
Der intelligenteste Mann

Ich wußte, daß der Bootshafen brennen würde! Ich habe es im voraus gewußt. Fragt mich nicht, woher, aber ich wußte es.

Es ist ein bißchen peinlich, aber ich kann mich nicht erinnern, ob mir Mr. Douglas Melvin Smith vor oder nach dem Brand im Bootshafen begegnet ist. Der intelligenteste Mann, wie ich ihn nenne.

Vielleicht ist es tatsächlich so, daß mein Gedächtnis allmählich nachläßt. Weniger in juristischen Fragen. Die sind mir sozusagen in Fleisch und Blut übergegangen. Eher im Privaten. Und während ich mehr und mehr vom Vergangenen vergesse, bekomme ich zugleich mehr und mehr Vorahnungen vom Zukünftigen. Ein prekäres Gleichgewicht! Ich frage mich, wie das möglich ist. Ich *wußte*, daß der Bootshafen brennen würde, bevor es geschah! Fragt jetzt nicht – das verwirrt mich nur. Es war wie eine Art vager Erinnerung, lange bevor es geschah, eine diffuse Selbstverständlichkeit, über die ich nicht einmal besonders viel nachgedacht habe.

Gibt es zukünftige Erinnerungen? Vielleicht hat unsere Seele – nein, über die Seele wissen wir nichts –, unsere *Psyche* eine so komplizierte Struktur, daß sie sich tatsächlich ein Stück weit außerhalb der Zeit bewegt? Angenommen, nur als Gedankenspiel, jemand würde immer vergeßlicher, während zugleich seine Erinnerungen an das Künftige stärker und deutlicher würden. Zu was für einem *gräßlichen* Zustand könnte das führen, wenn man nicht mehr die *Richtung* weiß, weil man das Künftige besser kennt als das Vergangene.

Welches ist im übrigen die Richtung?

Aber es muß wohl ungefähr so gewesen sein: Mein alter Freund, der Dekan, Professor Paul Chapman, meldet sich bei mir. Paul ruft an und redet über alles mögliche. Unter anderem fragt er plötzlich, ob ich nicht einem Komitee von ehemaligen Studenten beitreten will, um mitzuhelfen, Geld für eine neue kunsthistorische Bibliothek zu sammeln. Ich frage etwas in der Art von *Was zum Teufel ist an der alten auszusetzen*? Paul kommt mit einer Menge Erklärungen, die ich mittlerweile vergessen habe. Wir wissen schließlich, das sind nur Scheingefechte. Die ehemaligen Studenten, die es im Leben zu etwas gebracht haben, und das habe ich ja (auch wenn ich mich mittlerweile fürchterlich langweile und in meinem angstdünstenden, überfüllten Gericht, in dem sich die Fälle anscheinend immer mehr gleichen, tatsächlich die Stunden zähle), sitzen selbstverständlich in solchen Komitees. Eine solche Aufforderung abzulehnen gehört zu den Dingen, die man einfach nicht tut. Paul war der Ansicht, es wäre gut, wenn die Gerichtsjuristen zahlreicher vertreten wären. Das würde dem Universitätsrektor imponieren, sagte er. Mein Vorgänger ist Mitglied gewesen, jedoch genauso spurlos aus dem Komitee verschwunden, wie er gelebt hat.

Ich hätte mich nie darauf eingelassen, wenn ich nicht seit jeher ein Faible für den Westcampus gehabt hätte. Ganz besonders im dicht belaubten, dunklen und etwas feuchten Monat Juni. Junge Menschen bewegen sich zärtlich umschlungen bis spätabends in den schmalen Straßen unter den großen, schweren Kronen der Laubbäume auf und ab. Schwärme von Fahrrädern sirren durch die Tunnel aus

Grün. An derselben Straßenecke spielen junge Männer Baseball und diskutieren über Gödels Beweis. Einige trinken Wein auf einem Balkon, der sich fast in der Krone einer Eiche befindet. Andere scheinen einfach nur durch die Gegend zu radeln, berauscht vom Duft von Geißblatt und Magnolie.

Ach du meine Güte. Das ist ja die Lösung des Problems! Es war im *Juni* letzten Jahres, also lange bevor der Bootshafen im September abgebrannt ist. Im Juni ist mir Der intelligenteste Mann begegnet, Mr. Douglas Melvin Smith.

Ja, ich werde also gern an den Komiteesitzungen für *The Friends of the Art Library* teilnehmen. Ich habe so selten Gelegenheit, dort hinzukommen, und alles ist so anders als der sterile Stadtteil, in dem ich meine Brötchen verdiene im Zentrum von Austin, zwischen Gerichtsgebäuden und Ministerien. Zur Universität hinüberfahren, das ist fast wie eine kleine Reise. Vielleicht eine in die Vergangenheit. Der Geruch nach Kalkstein in den alten Gebäuden im spanischen Stil, der Geruch nach Chlor in den Toiletten, seltsame Formeln, seltsame Worte, in Kreide an Wandtafeln geschrieben, die noch nicht abgewischt wurden, all das erinnert mich an meine Jugend. Damals hat mich das alles froh gemacht.

Die Mixtur aus intellektuellen und anderen Abenteuern, der schwere schwarze Zopf eines Mädchens vor mir im Seminar, und an der Wandtafel Bertrand Russells Theorie für Beschreibungen. Bestimmt war es eine glückliche Zeit. Jetzt ist es viel langweiliger. Seit dreißig Jahren mit derselben Frau verheiratet, die obendrein kurz geschnittene Haare hat, und mit Konkursverhandlungen statt philosophischen Diskussionen beschäftigt, kann man sich verständlicherweise dabei ertappen, sich nach dem grünen Licht unter den riesigen Eichen zurückzusehnen.

Man hätte meinen können, daß ich The New Music Building finde, wo sich das Komitee treffen und konstituieren wollte, aber mit diesen neuen Gebäuden aus den siebziger Jahren kenne ich mich nicht so gut aus. Erst nachdem ich also – in der feuchten Juniwärme – einen langen, sentimentalen Spaziergang zu The Old Music Building gemacht hatte, wo ich nur ein mageres, bebrilltes Mädchen im Büro des Französischen Instituts antraf, die mir einen ziemlich wirren Plan zeichnete, wandte ich mich der Anweisung entsprechend nach Westen, in Richtung des Westlichen Springbrunnens, aber unterwegs überkam mich ein starkes Bedürfnis zu pinkeln, und so machte ich, obwohl die Zeit schon drängte, eine Pause in dem alten, heruntergekommenen Pissoir des Klassischen Instituts im Erdgeschoß der Waggener Hall.

Öffentliche Pissoirs habe ich nie gemocht. Nicht nur, weil sie in der Regel unsauber sind und schlecht riechen und obendrein mit vulgären Graffiti vollgeschmiert sind, sondern auch, weil es mir mißfällt, so intim Seite an Seite mit anderen zu pinkeln. Ein Richter pinkelt nie neben Anwälten und Klienten. Er hat seine eigene Toilette neben seinem Amtszimmer. Und auf dem Flughafen bin ich so gut wie nie. Weder meine Frau noch ich lieben das Reisen. Möglicherweise machen wir in der Osterzeit die eine oder andere Autofahrt durch *The Hill Country*, um uns die Blütenpracht anzusehen. Das ist alles. Ansonsten haben wir unser Haus, unseren Garten und unseren See, solange im Sommer die Wasserskifahrer nicht überhandnehmen. Im November und Dezember können wir uns zumindest einreden, daß er uns gehört.

Ja, jetzt erinnere ich mich tatsächlich ein bißchen besser – es war also im Juni, lange bevor der Bootshafen brannte und Der alte Mann starb und der Hund verschwand und, kurz gesagt, alles anfing, daß mir Mr. Douglas Melvin Smith im Pissoir im Erdgeschoß der Waggener Hall begegnete. Es war ein einsamer Abend, denn alle waren im Wochenende, und es war tatsächlich äußerst unwahrscheinlich, dort auf irgendeinen Menschen zu stoßen.

Aber genau dort traf ich Den intelligentesten Mann. Ich stehe also da und will pinkeln. Mit einem Blick auf die Uhr, denn ich wollte mich zu dieser ersten Komiteesitzung nicht unhöflicherweise verspäten. Während ich das tue – und da ich schon älter bin, fünfundsechzig bin ich dieses Jahr geworden, dauert es ein bißchen länger –, erscheint ein langer, schlaksiger Mann mit Goldrandbrille und etwas angespannten, irgendwie trippelnden Schritten, offenbar auch in der ehrenwerten Absicht zu pinkeln. Doch er hat ein Gepäckstück dabei, das man in einem Pissoir nicht so leicht ablegen kann.

Der Mann, der etwa zehn Jahre zu alt für einen Studenten ist, hat seine liebe Not. Und zwar deshalb, weil er mehrere kolossale Ledermappen mitschleppt, die aussehen wie mißgestaltete – in meiner Jugend hätte man gesagt, mit Chromosomen behandelte – Aktentaschen. Ich meine diese Sorte zur Unterbringung von richtig großen Zeichnungen, Grundrissen, Diagrammen, Kunstwerken – was weiß ich. Aber für ein Pissoir sind sie denkbar ungeeignet, soviel steht fest. Es wäre unsinnig, sie gegen die Wand zu lehnen, denn da können sie vollgespritzt werden, und auf die Ablage über den Waschbecken kann man sie auch nicht stellen, denn da würden sie herunterfallen. Mit seinem vermutlich dringenden Bedürfnis zu pinkeln verstrickt sich dieser Mann in einen immer ungleicheren Kampf mit seinen riesigen Mappen. Es gehört nicht gerade zu meinen Gewohnheiten, in öffentlichen Pissoirs Gespräche anzuknüpfen, aber dieser Mann ist so offensichtlich in Bedrängnis, von seiner Bürde überfordert und rundum desorientiert, daß ich mich, nun selber leicht und ledig, erbiete, ihm seine Sachen für einen Augenblick abzunehmen. Die ganz gewöhnliche, simple Hilfsbereitschaft (falls in der Welt, in der wir leben, für so etwas überhaupt noch Platz ist, was ich oft bezweifle) sagt einem, daß man einem Menschen in dieser Situation ganz einfach beistehen *muß*.

Nur mit äußerstem Zögern, ja, ich würde sogar sagen: Argwohn, vertraut er mir seine Mappen an. Vielleicht ist er ein Forscher, der an einem geheimen Projekt arbeitet? An der Universität gibt es natürlich solche Projekte. Vielleicht heckt er unter Geheimhaltung irgend etwas für *Aerospace* aus? Oder für *Electrical Engineering*? Aber warum muß er dann zum Pinkeln vom Ostcampus bis hierher zum Westcampus kommen? Als er fertig ist, bekommt er seine großen Zeichenmappen von mir zurück. Er nimmt sie mit der Würde eines Fürsten entgegen. Eine leicht bizarre Situation, würde ich sagen. Statt mir für die Hilfe zu danken, überrascht er mich nicht wenig (wir sind beide auf dem Weg durch die Tür, mit einer gewissen Unsicherheit, wer den Vortritt haben soll), indem er sich tiefernst vorstellt:

– Mein Name ist Douglas Melvin Smith. Ich bin hier, um mir die Universität ein wenig anzusehen.

Es war natürlich völlig unmöglich, das zu kommentieren.

– Eine nette Idee. Sie sind vielleicht ein Gastprofessor?

– Nein. Ich bin hier eher als – intelligenter Beobachter.

Ich bin nämlich der intelligenteste Mann der Vereinigten Staaten.

Und darauf war so leicht nicht etwas zu erwidern.

– Nein. Sie irren sich, Mr. Melvin Smith. Der intelligenteste Mann bin ich. Fragen Sie meine Frau!

– Ich meine das rein *technisch*. Ich habe den höchsten Intelligenzquotienten, der je in einem Test ermittelt wurde. Ich bin Mitglied in verschiedenen Clubs für Personen mit extrem hohen Intelligenzquotienten. In einem bin ich sogar Vorsitzender, bei *The Octophilandreans*.

– Was für ein phantastischer Name! Was mag er wohl bedeuten?

– Das ist ein Geheimnis.

– Und was tun Sie bei Ihren Treffen? Neue, raffinierte Tests füreinander ausklügeln?

– Das tun wir tatsächlich manchmal. Aber wir machen auch anderes. Unter uns gibt es viele Unverheiratete, die vor allem zu den Treffen kommen, um einen Partner zu finden. Intelligente Menschen sind oft einsam.

– Tatsächlich?

Inzwischen gingen wir die Treppe zur östlichen Erdgeschoßebene der Waggener Hall hinunter, die ein Stockwerk tiefer liegt als die westliche, und ich fragte mich ernstlich, wie dieses Gespräch fortzusetzen sei. Obwohl ich wußte, daß das Komitee drüben im New Music Building meine Verspätung registrieren und sie womöglich als Zeichen der Geringschätzung betrachten würde, konnte ich nicht umhin, unsere Unterhaltung um einen Augenblick zu verlängern.

– Darf ich fragen, sagte ich, was ein so intelligenter Mann an einem so schönen Sommerabend an der Universität von Austin vorhaben kann?

Statt einer Antwort klappte er vor mir auf der Treppe eine seiner großen Mappen auf. Das eigentümliche Diagramm, das zum Vorschein kam, war tatsächlich sehr schön. Fünf konzentrische Kreise waren in verschiedenen Tintenfarben gezeichnet, rot, blau, und so weiter. An die Einzelheiten erinnere ich mich nicht mehr genau. Und jeder Kreis war mit gestochen scharfen kleinen Worten vollgeschrieben. Ich beugte mich vor, um es genau zu sehen. Mir schien, jedes Wort stehe für einen allgemeinen Begriff. Im Zentrum standen die richtig großen, extensiven Oberbegriffe wie *Raum* und *Zeit*, und je weiter man an die Peripherie der Kreise kam, um so spezieller wurden sie. Ganz außen entdeckte ich sowohl *Restaurant* und *Raumfahrt* wie auch *Coitus interruptus*. Ließ man diese Kreise rotieren, würden diese Begriffe zahllose neue Kombinationen bilden; sie würden gleichsam anfangen, selbständig zu denken.

– Na, das sieht ja ganz nach Raimundus Lullus aus, sagte ich. Das sind ja die Lullischen Kreise.

– Verzeihung, wie bitte?

Ich konnte mir nicht vorstellen, daß der Mann noch nie etwas von Raimundus Lullus und seiner *Ars combinandi* gehört hatte, von der Raimundischen Kunst und wie man es sonst noch genannt hat.

Der alte Mann hat sich zufällig gerade für die sozusagen kabbalistische Seite der modernen Logik interessiert, für den kombinatorischen Zug, die Numerierung mit Primalpotenzen in Gödels Beweis, die Fragen der effektiven Kalkulierbarkeit, die Turingmaschine, und damit letzten Endes – für eine artifizielle Intelligenz. Tatsächlich war er sehr früh dran, über diese Dinge zu reden. Das gesamte Lullische Drehen und Rotieren der Begriffe, an sich nichts anderes als ein christlicher Kabbalismus, hatte für ihn eine natürliche Ähnlichkeit mit modernen beweis- und modelltheoretischen Problemen.

War nicht die Gödelsche Numerierung genau das, womit sich die Kabbalisten beschäftigten? Und eigentlich aus genau demselben Grund, der Kurt Gödel dazu gebracht hatte? Sie wollten wissen, ob es eine mechanische, praktisch kalkulierbare Methode gäbe, den Sinn der Thora voll zu erfassen, das heißt den wahren Namen Gottes. Das hat van de Rouwers immer gesagt.

– Wollen Sie sagen, Sie haben noch nie etwas von Raimundus Lullus gehört? sagte ich.

Wie ich später noch erzählen werde, sollte er mich bald fürchterlich hassen. Für diesen Haß gab es verschiedene Gründe oder Erklärungen. Aber ich glaube, es war *das*, was wirklich den Haß in ihm entfachte.

– Nein, wer ist das? sagte Mr. Melvin Douglas Smith und musterte mich mit ehrlichem Entsetzen, als dächte er sich, es sei vielleicht irgendein Typ aus Chicago oder Los Angeles, den er kennen *sollte*. Vermutlich ein Mitglied einer mit den *concept people* konkurrierenden Sekte oder jedenfalls etwas in dieser Richtung.

– Die Absicht ist, wie ich sehe, diese Kreise umeinander rotieren zu lassen. Und dann sollen aus den verschiedenen Kombinationen neue Ideen entstehen? Es ist eine Kreativitätsmaschine.

Er sah mich völlig fassungslos an, ungefähr so, als hätte ich ein Geheimnis offenbart.

– *Woher* können Sie das wissen?

– Ach du meine Güte, sagte ich. Ich habe doch gesagt, ich bin Der intelligenteste Mann der Vereinigten Staaten. Außerdem erfordert es keine besondere Intelligenz, dieses

System zu durchschauen. Es ist doch so simpel, daß ein Kind es begreifen würde. Es ist Raimundus Lullus, und nichts anderes. Es ist sogar schon längst bewiesen, warum es nicht funktioniert. Wollten Sie es jemandem verkaufen? Als Spielzeug für Vorschulkinder vielleicht?

– Keineswegs, sagte er pikiert. Über dieses System spreche ich nur mit Instituten für sehr avancierte Forschung. Aber da kommt mir die Frage, fuhr Mr. Douglas Melvin Smith fort und fixierte mich mit einem überaus durchdringenden Blick (er war offenbar sehr kurzsichtig, was bekanntlich einen sehr durchdringenden Blick erzeugt), *wie können Sie Einblick in mein System haben*.

Irgend etwas an diesem Mann reizte mich ganz gewaltig, ohne daß ich mir richtig darüber im klaren war, was es war. Vielleicht seine Impertinenz? Seine Unwissenheit? Seine dumme, ahnungslose Selbstbezogenheit?

– Aber das alles ist doch allgemein bekannt, sagte ich. Vielleicht sind Sie über normale ideengeschichtliche Fakten ganz einfach nur erschütternd schlecht informiert. Es gibt kaum einen Studenten mit einer Ahnung von Ideengeschichte, der davon nicht Kenntnis hätte. Das gehört schließlich zur Geschichte der Logik. *Ars magna* stammt von 1305, wenn ich mich recht erinnere. Ich bin kein Experte, ich erwähne nur, was ich noch von meinem Anfängerstudium in der Geschichte der Logik weiß.

– Wie, sagten Sie, hieß der Verfasser? fragte Mr. Douglas Melvin Smith, die Makrointelligenz, kleinmütig.

Ich hatte das Gefühl, sein massives Selbstbewußtsein ein wenig erschüttert zu haben.

– Raimundus Lullus, sagte ich. Troubadour, Philosoph, Mystiker. Spanier, gestorben auf Mallorca. Zeitgenosse von Thomas von Aquin und Albertus Magnus. Im Jahre

1272 hatte er ein mystisches Erlebnis, man könnte vielleicht sagen, ein Gotteserlebnis, und dieses hat er wohl für den Rest seines Lebens zu formulieren versucht. Daß jedes Wissen eine Art göttlichen Zusammenhang bildet, den man überschauen kann, wenn man den richtigen Dreh findet. Bei Lullus bewegt man sich in solchen Kombinationen von einer Begriffssphäre zur anderen. Aber wenn ich mich recht erinnere, gibt es ein *Aufsteigen*, von konkreten Begriffen zu immer universelleren und abstrakteren, und dann muß man die Leiter wieder hinuntersteigen, hinunter in die konkrete Welt. Ich glaube, eins seiner Bücher heißt tatsächlich *Liber de Ascendi et Descendi*.

Der intelligenteste Mann betrachtete mich mit einer Mischung aus aufrichtiger Bewunderung und ebenso aufrichtigem Abscheu.

– Ich muß annehmen, sagte er, daß dies etwas ist, was ich hätte wissen müssen. Man hätte mich darüber unterrichten müssen. Wenn man es versäumt hat, mich darüber zu unterrichten, dann ist es, ich bin sicher, in der Absicht geschehen, meine Arbeit zu sabotieren.

Er verschwand so schnell in der lauen Juninacht, daß ich es nicht mehr schaffte, den letzten Nagel in den Sarg seines perversen, impertinenten Selbstbewußtseins zu schlagen.

Natürlich hielt ich die Sache damit für erledigt. Doch etwa eine Woche später rief mich abends Paul an und erzählte mir aus Spaß, was dann geschah. Als er nach dem Alumnustreffen als einer der letzten in seinen Wagen steigen wollte, wurde er von Professor McFarlane aufgehalten, der die Forderung nach multikulturellen Seminaren mit ihm erörtern wollte. Als er den geschwätzigen alten Mann schließlich losgeworden war, löste sich eine wunderliche, mit irgendwelchen gigantischen Zeichenmappen beladene Gestalt aus dem Schatten der Bäume und fing an, ihn über mich auszufragen. Paul war nicht gerade ängstlich, er war Soldat und Anfang der sechziger Jahre Geheimdienstoffizier in Vietnam gewesen, und ein Mensch, der die ganze Zeit mit riesigen Mappen kämpft, die in verschiedene Richtungen rutschen und fallen, stellt ja wohl kaum eine größere Gefahr dar, aber trotzdem war Paul etwas verwirrt. Immerhin ist er als Dekan daran gewöhnt, daß ihn die Leute mit einem gewissen Respekt behandeln und nicht einfach in der nächtlichen Dunkelheit auf ihn zustürmen.

Mr. Douglas Melvin Smith hatte bei verschiedenen Personen auf dem Campus herumgeschnüffelt und es irgendwie geschafft, meinen Namen herauszufinden, und jetzt wollte er wissen, wer ich sei. Und Paul, der ja ein höflicher Mensch ist, aber nicht unbedingt blauäugig, fragte natürlich, weshalb er das wissen wollte.

Wie sich dann zeigte, hegte Der intelligenteste Mann den Verdacht, ich sei möglicherweise ein von IBM, der CIA, dem FBI oder möglicherweise vom Finanzamt ausgesandter Spion. (Heutzutage stehen viele Akronyme zur Auswahl.) Mit dem Auftrag, sich seine neuen, geheimnisvollen und penibel patentierten begriffskombinatorischen Methoden und Programme unter den Nagel zu reißen. Paul konnte sich das Vergnügen nicht versagen, ihm zu erzählen, daß ich seit einigen Jahrzehnten Konkursrichter in Austin bin. Das schien Den intelligentesten Mann zu beruhigen, der statt dessen sofort die Frage stellte, ob er an dem jährlichen Sommerpicknick des Philosophischen Instituts im Zilker Park teilnehmen könne.

Das hatte er herausbekommen, indem er heimlich das Schwarze Brett studierte, vermutlich auf dem Gang des

Philosophischen Instituts im dritten Stock der Waggener. Es stand wohl außer Zweifel, daß wir es mit einem ziemlich unternehmungslustigen Herrn zu tun hatten.

Paul hatte gefragt, warum, und Der intelligenteste Mann hatte geantwortet, er versuche stets, Eingang in Kreise zu finden, wo er intelligente junge Damen kennenlernen könne. Seine eigene Intelligenz habe irgendwie alle seine Versuche behindert, eine passende Lebensgefährtin zu finden, aber ein Frühlingspicknick des Philosophischen Instituts sei für ihn bestimmt das richtige.

Paul hatte das Gespräch freundlich, aber entschieden abgebrochen. Er meinte wohl, er sei mit Etats, multikulturellen Programmen und anderen Unannehmlichkeiten beschäftigt und es könne wohl kaum seine Aufgabe sein, Außenstehende mit Mädchen zu versorgen. Doch er hatte immerhin am nächsten Tag den Leiter des Philosophischen Instituts angerufen und ihn diskret gebeten, die Mädchen vorzuwarnen. Die Folge war natürlich, daß all die schönen und intelligenten jungen Doktorandinnen im Zilker Park entweder mit hysterischem Geschrei oder mit kraftvollen feministischen Sprüchen reagierten, sobald der unglückliche Mr. Douglas Melvin Smith sich ihnen näherte.

Drei Tage später rief er mich an, unverschämterweise um zehn Uhr abends, und beschuldigte mich, sein Leben zerstört zu haben. Er werde sich rächen. Ich hätte nicht nur seine Aussichten vereitelt, unter den liebenswerten jungen Doktorandinnen des Philosophischen Instituts eine Ehefrau zu finden, ich hätte ihm obendrein auch deutlich gemacht, was für ein fürchterlich lächerlicher Mensch er im Grunde sei. Ich sei schuld, daß er sich nun als albernen Clown sehe, und ich hätte ihm einen Schimpf angetan, den er nur sühnen könne, indem er tötete, entweder sich selbst oder mich. Ich lachte. Das war unklug.

Ungefähr ein Monat verging, und ich war überzeugt, der Mann habe die Stadt verlassen. Der einzige, der sich an ihn erinnerte, war Paul, der manchmal – aus welchem Grund auch immer – fragte, ob ich etwas von ihm gehört hätte. Da erfahre ich plötzlich, daß er bei Gericht nach mir gefragt hat! Er hatte während der laufenden Verhandlung einen Zettel in den Gerichtssaal geschickt, auf dem er fragte, wie es mit dem Hund stehe. Ich schrieb auf denselben Zettel, was in verschiedener Hinsicht ziemlich dumm war, er solle sich bloß in acht nehmen, einen Bundesrichter im Dienst zu belästigen, und ich könne durchaus noch am selben Tag einen Haftbefehl gegen ihn erwirken, wenn er sich nicht zum Teufel schere. Nach ein paar Tagen war der Zettel verschwunden. Er hatte ihn abgeholt.

Man könnte nun meinen, die Geschichte sei damit zu Ende, aber das stimmt nicht ganz.

24.
Die alte Dame mit den Puppen

Seit ein paar Tagen ist nicht nur weniger Wasser im Fluß. Es gibt jetzt auch weniger Konkurse. Es ist, als sei die große Welle nach der Sparkassenkrise und den Baupleiten der achtziger Jahre verebbt. Ich merke, daß ich jetzt hin und wieder vor Einbruch der Dunkelheit nach Hause komme. Die Fälle sind spärlicher und unkomplizierter. Oder haben wir vielleicht inzwischen einfach gelernt, mit den meisten Varianten umzugehen? Vieles sieht nach Wiederholung aus.

Kaum sind Nancy und Tom hier eingetroffen, schon kommen die Dinge ins Rollen.

Tom spielt nachmittags mit einem kleinen Mädchen namens Erin, das weiter unten an der Straße zu Hause ist. Ziemlich brave Spiele, die nicht viele Probleme machen. Mir ist es am liebsten, wenn sie drüben bei den Johnsons sind, denn die haben zum Fluß hin einen Zaun. Man weiß nie, was alles passieren kann, und Kinder und Ufergrundstücke passen nun mal nicht gut zusammen.

Die jüngeren Johnsons haben ein Kindermädchen, Felicia. Sie hat offenbar eine Menge Vorzüge, jedoch nicht den, Englisch zu sprechen, und das erklärt möglicherweise, wie es zu dem Vorfall kam.

Heute klingelt irgendwann am frühen Nachmittag eine alte Dame an der Tür und stellt sich als Mutter der Großmutter des kleinen Tom vor. Felicia, die natürlich keine Ahnung hat, daß Toms Urgroßmutter, meine Schwiegermutter Judith, vor Jahrzehnten in Boston gestorben ist, läßt die alte Dame herein, die es sich gemütlich macht und die Spiele der Kinder im Garten beobachtet. Offensichtlich mit einem etwas abwesenden Blick. Nach einer Weile fängt sie an, mit den Kindern zu spielen, gruppiert die Puppen um, bindet ihnen die Bänder neu ins Haar, führt sogar einen kleinen Tanz mit ihnen auf. Die Spiele werden immer lebhafter, die Kinder immer aufgedrehter, wie es leicht geschieht, wenn man zu lebhafte Spiele mit ihnen spielt.

Gegen vier kommt Erins Mutter vom Friseur nach Hause und will natürlich wissen, wer die sonderbare alte Dame ist, die mit Tom und Erin im Garten Ringelreihen tanzt. Und bekommt zur Antwort, es sei Toms Urgroßmutter. Für eine Weile begnügt sie sich mit dieser Auskunft; sie hat eine Menge Lebensmittel in den Kühlschrank zu stellen, verschiedene Anrufe zu machen, damit ist sie sicher eine halbe Stunde beschäftigt.

Als sie das nächste Mal aus dem Fenster sieht, wird sie ziemlich blaß. Denn unter dem Jubel der Kinder schneidet die alte Dame einer Puppe nach der anderen mit einer offenbar mitgebrachten Stickschere den Kopf ab. Erins Mutter stürzt hinaus, peinlich berührt, und merkt, daß man mit Toms Urgroßmutter nicht reden kann. Sie antwortet auf die Anrede nur mit einem in sich gekehrten Lächeln und will keineswegs damit aufhören, den Puppen der Kinder die Köpfe abzuschneiden.

Sie ist flink mit der Schere und lächelt angesichts ihres Werkes still und versonnen vor sich hin.

Erschrocken bringt Erins Mutter – sie heißt übrigens Linda, falls das jemanden interessiert, eine große, schöne blonde und mütterliche Frau deutscher Abstammung – die

Kinder in der Küche in Sicherheit und ruft Claire an, um ihr, etwas verlegen, vom bizarren Verhalten ihrer Großmutter zu berichten. Linda fragt sich natürlich – mit einem gewissen Recht –, wann diese milde lächelnde alte Frau anfangen wird, den Kindern die Köpfe abzuschneiden. Wenn die letzte Puppe enthauptet ist?

– O mein Gott, sagt Claire am Telefon. Das muß ein Mißverständnis sein. Es gibt keine Urgroßmutter, weder mütterlicherseits noch väterlicherseits. Meine Mutter ist seit Jahrzehnten tot. Es kann also nicht die Mutter der Großmutter des kleinen Tom sein. Ich hoffe nur, daß da nicht eine wirklich gefährliche Person am Werk ist. Sicherheitshalber komme ich gleich vorbei und schau sie mir an. – Ach so, die Polizei rufen? Ja, das solltest du vielleicht tun. Schaff vor allem die Kinder weg.

Mit einer gewissen irrationalen Angst vor Gespenstern wirft sich meine liebe Claire eine Strickjacke um und rennt hinüber zu Linda Johnsons Haus. Es wird doch nicht etwa ihre gräßliche, tyrannische alte Mutter sein, die *spukt* und jetzt dabei ist, den kleinen Kindern beizubringen, wie man Puppen enthauptet?

Eiskalt vor Grauen geht sie schnurstracks durch Lindas Küche, nimmt sich kaum die Zeit, ihre Nachbarin zu begrüßen, und entdeckt – natürlich –, daß diese Verwandte eine wildfremde, offenbar senile Frau ist. Oder was immer. Eine Minute nach Claire trifft die Polizei ein, die sofort weiß, um wen es sich handelt. Die letzten zwei Stunden ist nämlich ein Streifenwagen auf der Jagd nach einer alten Alzheimerdame herumgefahren, die aus einem Pflegeheim in der Nähe ausgerissen ist. Das Auto ist blitzschnell da, die alte Dame wird in angemessen behutsamer Form abgeführt, und nur die beiden Kinder,

Erin und Tom, stehen fragend am Gartentor und sehen dieser wunderlichen Urgroßmutter nach, die so schnell in ihr Leben getreten und wieder daraus verschwunden ist.

25.
Erinnerungen an die Zeit der Zweiten Sintflut

Mitte April haben wieder starke Regenfälle eingesetzt. Zu dieser Jahreszeit sind hier ziemlich heftige Gewitter üblich, aber etwas Derartiges habe ich wirklich noch nie erlebt. Es kommt herunter wie ein Wasserfall, überflutet die Straßen und spült fast die Rasenflächen fort. Uralte, ausgetrocknete Flußbetten, die gerade mal eine schwach angedeutete Vertiefung in der Erde waren, verwandeln sich in reißende Bäche zum See hinunter. Sie sind das, was die alten Mexikaner *torrentes* nannten, Flußbetten, die nur bei starken Wolkenbrüchen zu Flüssen werden. Ohne Rücksicht auf moderne Veränderungen, auf Häuser und Rasenflächen durchqueren sie plötzlich die Grundstücke. Mein Nachbar, der immer so besorgt um seinen Rasen war, ist jetzt ziemlich traurig. Denn das meiste von der Gartenerde auf der Vorderseite des Hauses wurde in den Fluß gespült, der jetzt brauner und höher ist als im Winter. Und eine Menge davon hat sich als eine Art Uferwall vor meiner Garage abgelagert, so daß ich meinen Wagen nicht mehr einstellen kann.

Tom!

Der Junge steht nachts auf und irrt herum. Irgend etwas beunruhigt ihn, er schlüpft aus dem Zimmer seiner Mutter am Ende des Flurs, wo er in einem alten ausklappbaren Gästebett an ihrem Fußende schläft, und geht im ganzen Haus herum wie ein Wichtel. Oder ein ruheloser Geist.

Ich hätte es nie bemerkt, hätte ich nicht selbst eine meiner unruhigen Perioden gehabt, in denen ich herumwandere. In der Bibliothek in Papieren blättere, dem Poolreiniger einen Besuch abstatte (der jedoch nicht ganz so gesprächig ist wie sonst), mir fünf Minuten lang einen dieser nächtlichen Gruselfilme im Fernsehen ansehe (von denen ich oft noch aufgescheuchter und deprimierter werde) und versuche, mit Hilfe von drei, vier leichten Beruhigungstabletten und einem großen Glas Milch in den Schlaf zurückzufinden.

Jetzt bin ich – bei diesen nächtlichen Streifzügen – überall im Haus zu meiner Überraschung auf den kleinen Tom gestoßen. Beim erstenmal habe ich einen Schreck bekommen. Er geht mit einer kleinen Taschenlampe herum, die er von mir bekommen hat, als wir eines Tages auf dem Speicher nach einer Modelleisenbahn gesucht haben, die sich dort angeblich einmal befunden hat. Der Junge ist für sein Alter sehr zielstrebig, macht sich mit den Dingen vertraut, denkt nach und erforscht die neue Welt, in die er geraten ist, ohne darum gebeten zu haben. Ich argwöhne, daß das, worüber er nachdenkt, die Scheidung der Eltern ist. Aber das gehört nicht zu den Dingen, die er mir anvertraut. Im übrigen reden wir tatsächlich ziemlich viel miteinander.

Apropos diese Sache mit unseren Feinden und Freunden unter den Tieren und dem Tod von Tieren: In der Küche – da wir nun schon mal auf und hellwach waren (und in einer entsprechend aufgekratzten Horrorlaune) – machte ich ihn auf eine grausige, aber interessante Tatsache aufmerksam: wie enorm viel mehr Kakerlaken es in einem sauberen und gepflegten texanischen Haus gibt, als man tagsüber sieht. Sie verstecken sich in Spalten und Winkeln, in der Ecke hinter der Brottrommel, unter der Spüle, hinter dem Toaster. Nachts, wenn sie sich sicher fühlen und auf die Jagd gehen, kann man sie überraschen. Der Lichtkegel der Taschenlampe fängt plötzlich das für seinen klobigen Körper eigentümlich schnelle Insekt, es erstarrt, macht kehrt und rennt in die entgegengesetzte Richtung. Kakerlaken sind abscheulich intelligente Tiere. Sie scheinen davon überzeugt zu sein, daß sie entwischen werden.

Ich erzählte ihm, wie ich sie gewöhnlich jage. Ich gebe vor, mit der Kehrschaufel aus einer bestimmten Richtung zu kommen, und erledige sie mit dem tödlichen Schlag einer zusammengefalteten Zeitung, wenn sie in die falsche Richtung rasen. Und ich zeigte ihm auch, daß die Tiere tatsächlich zu über fünfzig Prozent richtig raten. Sie haben ein widerliches Gespür dafür, wo man den Schlag landen will. Hätten sie es nicht, gäbe es nicht so viele Kakerlaken auf der Welt. Ich hasse sie grenzenlos und verfolge sie bis zu ihrem Tod, was nicht immer einfach ist. Manchmal muß man ihnen wirklich auflauern, das Licht ausschalten und so tun, als sei man weggegangen.

Ich habe einen ziemlichen Ekel davor, die Kadaver mit den Fingern anzufassen, und ich benutze dazu oft Haushaltspapier. Das hat seinen guten Grund. In der *New York Times* habe ich gelesen, daß sie ungefähr dreißig verschiedene Krankheiten übertragen. Manchmal werfe ich sie lebendig in den Mülleimer mit einer Grausamkeit, die wie ein schwarzer Strudel in mir emporquillt.

Manchmal frage ich mich, wie die Kakerlaken *mich* sehen. Vielleicht als einen ungeheuer grausamen Gott, der sich auf sie stürzt, wenn sie es am wenigsten ahnen. Woher sollen sie wissen, daß es kein Gott ist, mit dem sie es zu tun haben?

Mit dem Bösen, das wir wollen, haben wir Erfolg. Wollen wir helfen, ja, dann erkennen wir nur zu bald, daß wir nicht allen Menschen helfen können. Aber es gibt ein schlimmeres Stadium, und zwar wenn wir unschlüssig sind, ob wir einem einzigen Menschen helfen können.

Schlußfolgerung? Es geht eine Wunde, eine eitrige Wunde durch die gesunde, dumme Oberfläche der Welt.

Wem Gott zustößt, der wird niemals mit Bestimmtheit wissen, daß es Gott war, der ihm zustieß.

Tom findet das offenbar sehr beruhigend. Ich nicht.

Tom und ich haben abends mit Vorlesen angefangen. Vor kurzem, als ich nichts anderes zur Hand hatte, nahm ich die Bibel und las die Geschichte vom Turmbau zu Babel. Ich war ein bißchen besorgt, der kleine Junge könne sie merkwürdig finden – denn merkwürdig ist sie ja. Aber keineswegs! Kinder lieben Geschichten, die eine Erklärung enthalten, woher der Fisch seine Flossen hat und wozu der Affe seinen langen Schwanz braucht. Und diese Geschichte erklärt, warum es viele verschiedene Nationen und Sprachen gibt. Der kleine Tom ist nicht dumm. Er ist sehr aufmerksam und kapiert sofort, daß Gott in dieser Geschichte vom ersten Augenblick an als Feind der Menschheit auftritt, als Neider und Verhinderer. Alle Menschen haben dieselbe Sprache. Nachdem sie erschaffen und aus Eden hinausgeworfen worden sind, ziehen sie gen Osten und finden in Sinear ein Tal, wo sie sich niederlassen. Sie arbeiten gut zusammen und bauen ihren Turm. Die übliche babylonische Turmstadt, den Archäologen wohlbekannt.

Da kommt Gott, neidisch und böswillig, und sagt: »Das ist nur der Anfang. Jetzt ist ihnen nichts mehr unmöglich, was sie sich auch vornehmen. Wir (was heißt »wir«? fragt der kleine Tom, und das ist wahrlich nicht leicht zu beantworten) steigen herab und stiften Verwirrung in ihrer Sprache, so daß der eine nicht mehr versteht, was der andere sagt.«

Tom findet, das sei richtig gemein und könne nur dem Neid entsprungen sein. Daran habe ich noch nie gedacht, aber der Junge hat natürlich recht. So spricht keine freundlich gesinnte Macht, das ist klar. Das Thema ist gnostisch, viele Jahrhunderte vor dem Gnostizismus, genau wie die Geschichte vom Baum der Erkenntnis, in der es auch darum geht, daß die Menschen auf dem Teppich bleiben, vor allem im Hinblick darauf, daß sie nicht am Baum des Lebens herumfingern. Gibt es in den ältesten Schriften einen Gnostizismus, der so offenbar ist, daß keiner ihn erkannt hat? Tom hat ihn sofort erkannt. Liest nach Voltaire überhaupt noch irgend jemand diese Schriften? Oder behauptet man nur, sie zu lesen?

Es hat mich so sehr interessiert, daß ich die *Encyclopedia Judaica* aufschlug. Genau wie ich vermutet hatte, gehört die Geschichte vom Turmbau zu Babel zu einem anderen Urtext als der Hauptteil des Textes, zur sogenannten Quelle J.

Wer treibt hier Scherze?

Kann man Menschen ernst nehmen, die mit dem Anspruch auftreten, diese Schriften zu kennen oder zu verstehen? Oder die behaupten, daran zu glauben. Was würde es bedeuten, an die Geschichte vom Turmbau zu Babel zu glauben?

Tom sagt, er sei felsenfest davon überzeugt, daß Gott gegen uns sei. Sonst hätte er ihm niemals seinen Vater weggenommen.

26.
Diluvio von unbekanntem Künstler

Tom und ich stehen am Fenster und beobachten, wie das Wasser steigt. Claire hat sich in die Küche zurückgezogen, da diese keine Fenster zum Fluß hat. Sie findet es unheimlich. In Radio und Fernsehen ist viel die Rede vom Regen, der nicht enden will, und von größeren Überschwemmungen weiter oben am Fluß. Am Lake Travis haben offenbar viele ihre Häuser draußen auf den Landzungen verlassen müssen, und die Segelboote liegen in Baumwipfeln vertäut, sofern die Besitzer es nicht geschafft haben, sie auf Anhängern an Land zu bringen. Die alten Ankerplätze sind von den Überschwemmungen des Winters zerstört. Das Clubhaus ist angeblich noch immer voller Schlamm. Mich beunruhigen diese Überschwemmungen. Haben sie vielleicht doch recht, diese Spinner, mit ihrem Gerede von der rasch abnehmenden Ozonschicht und der Klimaverschlechterung?

Tom hingegen findet das alles sehr spannend. Stundenlang steht er am Fenster und sieht sich an, was der Fluß alles mitbringt. Wichtig ist nur, ihn daran zu hindern, zum Wasser hinunterzugehen. Und ehrlich gesagt frage selbst ich mich allmählich, obwohl ich doch nach vielen Jahren am Fluß das Schlimmste gewöhnt bin, wie das enden soll. Anfangs waren es meist losgerissene Boote, aber heute sind tatsächlich ganze Bäume mit Wurzeln und Krone und allem Drum und Dran vorbeigetrieben, und das mit beträchtlicher Geschwindigkeit.

Von unserem eigenen Steg ist nichts mehr übrig, doch,

ein paar Pfähle. Darum herum bildet das schnelle braune Wasser seine Strudel. Unsere Boote stehen aufgebockt im Bootshaus (schon lange bevor der Regen kam, in drei Tagen haben wir ja schon Weihnachten), jetzt ist nur die Frage, wie lange das Bootshaus noch hält.

Ganz zu schweigen von den Stegen, die in verschiedenen Größen vorbeitreiben. Und es werden immer mehr. Allmählich fragt man sich, ob oben am Mansfield-Damm irgendwas Besonderes passiert ist. Sollte der Damm insgesamt nachgeben, was ich für völlig unmöglich halte, es sei denn, Terroristen sprengen Breschen hinein, würde sich unser Haus innerhalb von zwanzig Minuten dreißig oder vierzig Fuß unter Wasser befinden. Das ist ein Gedanke, der mich bisher eigentlich noch nie beunruhigt hat. Aber in den letzten Tagen ist er mir tatsächlich manchmal gekommen.

ICH KÖNNTE MICH PLÖTZLICH IN DREISSIG METER TIEFE BEFINDEN.

Heute ist Samstag: ich muß erst wieder zur Montagssitzung ins Gericht. Ich hoffe, die Straße ist bis dahin wieder befahrbar; ich habe gerade vom Nachbarn gehört, daß von hier bis zur zweiten Kurve fast alles unter Wasser steht.

Und das Boot wird man kaum benutzen können. Jeglicher Bootsverkehr ist verboten und offenbar lebensgefährlich. Im Mansfield-Damm hat man sechs Stauklappen geöffnet, hieß es im Radio. Damit die Menschen am oberen Lake Travis nicht ertrinken wie die Katzen. Das ist ja alles schön und gut, aber jetzt sieht es fast so aus, als würden wir hier am unteren See ertrinken. Und ich? Ich schreibe. Schreibe über etwas, was mir schon seit Monaten im Kopf herumgeht, ohne daß ich die Ruhe gefunden hätte, es niederzuschreiben. Es ist nicht ganz einfach, es in Worte zu fassen:

Anselm von Canterbury hat im Jahre 1070 in seinem Werk *Proslogion* seinen Beweis für die Existenz Gottes vorgelegt, und kaum hatte er ihn niedergeschrieben, fingen seine Zeitgenossen auch schon an, ihn zu widerlegen. Der erste in der Reihe war der Mönch Gaunilo. Im Lauf der Jahrhunderte folgten ihm einer nach dem anderen, Descartes, Leibniz, Kant.

Der Beweis läuft kurz gesagt darauf hinaus, daß Gott existieren muß, wenn Gott denkbar ist. Denn ein existierendes Wesen ist besser als eines, das nicht existiert.

Dies ist, wie Kant bemerkt hat, der blanke Unsinn. Selbstverständlich sind fünfzig Dollar in meiner Tasche viel besser als fünfzig Dollar in meiner Vorstellung. Aber fünfzig Dollar in meiner Vorstellung sehen ja nicht anders aus. Ich kann sie mir sogar in meiner Tasche vorstellen. Die Existenz, hieß es in meiner Jugend im Philosophieseminar, ist keine Eigenschaft. Eigenschaften existieren. Die Existenz existiert nicht. Mir fallen eine Menge weiterer guter Argumente gegen Anselm ein, und zwar Argumente, die ich eigentlich noch von keinem anderen gehört habe. Warum sollte es feiner sein, zu existieren, als nicht zu existieren? Es versteht sich doch von selbst, daß ein Virus, der nicht existiert, besser ist als einer, der existiert. (Wie ist es mit bösen Menschen? Ist ein böser Mensch, der nicht existiert, besser als einer, der existiert? Hier geraten wir schnell auf schwankenden Boden, will mir scheinen, aber sei's drum.) Man kann sich beispielsweise fragen, warum ein Hund, der existiert, mehr wert sein sollte als einer, der nicht existiert? Oder warum ein Gott, der existiert, mehr wert sein sollte als einer, der es nicht tut.

Ich habe nicht einmal den Eindruck, daß meine eigene Existenz etwas besonders Bemerkenswertes darstellt.

Das Vakuum, die Dunkelheit jenseits der Galaxien, von der Theresas Mann Anthony T. Winnicott offenbar in *Die Eroberer* schrieb, dieses einfallsreiche, blitzende Vakuum muß doch, mit all seinen unverwirklichten Möglichkeiten, mehr wert sein als diese Welt, in der alles bereits verwirklicht ist?

Der alte Mann hat also mich und Paul und viele andere in unserer Jugend unterrichtet und viel Wesens darum gemacht. Was er uns besonders eintrichterte, mit einer gewissen Eintönigkeit, muß man wohl sagen, war, daß Descartes, Leibniz und Kant allesamt unrecht hatten. Sie hätten den Beweis nur so gelesen, wie er im *Proslogion II* vorgebracht wird, was nicht der richtige Beweis sei, sondern nur eine oberflächliche Präsentation. Der eigentliche Beweis komme erst in *III* und *IV*.

Gott könne nicht umhin zu existieren, denn ein Gott, der nicht existierte, sei ein Widerspruch in sich. Gott müsse sozusagen eine notwendige Idee sein. Gott könne nicht aus Zufall dasein. Gott könne nicht gegen etwas genau Gleichartiges austauschbar sein. Er könne nicht etwas sein, das kopierbar sei. Und könne nichts sein, was aus einem Zufall entstanden sei. Könnte eine Naturkatastrophe, beispielsweise die Entstehung des Universums, einen Gott hervorbringen? Uns würde das *Zufällige* an einem solchen Gott nicht gefallen. *Leider*, sagte Der alte Mann (der zu diesem Zeitpunkt noch nicht so alt war: es ist scheußlich, sich vorzustellen, daß er, als wir wie verzaubert seinen Vorlesungen lauschten, gerade mal vor elf Jahren seine ganz andere Tätigkeit als Nazipropagandist und Verfasser antisemitischer Hetzartikel beendet hatte). *Nur elf Jahre!*

Wer sich mit dem *richtigen* Beweis in *Proslogion III* auseinandersetze, müsse wohl früher oder später den richtigen Schluß daraus ziehen: Der arme Anselm habe den falschen Gott bewiesen! Oder, mit einer moderneren Formulierung: Es könne kein biblischer Gott existieren, keine wohlwollende oder zornige Persönlichkeit, die sich in die Angelegenheiten der Welt einmische und zum richtigen Zeitpunkt an den richtigen Ort »einen Mann schickt«. Denn ein solcher Gott würde niemals die strengen Forderungen erfüllen, die Anselm an »ein notwendiges Wesen« stelle. Die moderne logische Analyse zeige, daß kein Gegenstand mit Notwendigkeit existieren könne. Das könne nur eine abstrakte Entität.

Es sei möglich, daß es etwas gebe, was aus der Welt nicht wegzudenken sei, aber das seien in dem Fall allgemeine, abstrakte Dinge, Formen, Qualitäten (wie Ausdehnung oder Zeit) und Ideen. Nichts Konkretes. Die Griechen hätten bei Anselm mit ihrem abstrakten Gott sozusagen einen entscheidenden Sieg über den persönlichen Gott der Juden davongetragen, jedoch nur zum Preis einer ungeheuren Verwässerung des Ganzen.

Dieses »Wesen, dessen Existenz aus seinem Begriff nicht wegzudenken war«, sei wirklich von keinem großen Nutzen. Und der immanente Gott sei hinfort auf sich selbst angewiesen. Die Frage sei nicht nur, ob Anselm sich in den Labyrinthen der Ontologie verirrt habe. Die Frage sei viel peinlicher: ob er nicht aus purem Versehen den Beweis erbracht habe, daß Gott undenkbar sei.

Ich habe ein wenig über Theresas Mann nachgedacht, ihn, der Gott gesehen hat, und sogar einige seiner Bücher gelesen. Sie sind talentiert, geben aber keine wirklichen Anhaltspunkte. Eigentlich schreibt er immerzu nur über dasselbe: was es bedeutet, ein Mensch zu sein, oft in der Form raffinierter Geschichten über immer kompliziertere Roboter und andere menschenähnliche Wesen. Außerdem schreibt er viel über diese Sache, jemand *Besonderes* zu sein.

Woher wissen wir, daß wir das sind? Das gewöhnliche Einsamkeitsproblem, ich nenne es das Einsamkeitsproblem, ich weiß nicht, wie es die Philosophen nennen – ist das, was ich sehe, *dasselbe* wie das, wovon du gesprochen hast? –, wird unendlich vervielfacht, scheint mir, wenn jemand sich einbildet, er habe Gott gesehen. Schließlich muß er irgendwie versuchen festzustellen, *welchen* Gott er gesehen hat.

Theresas Mann, der Verrückte, Mr. Anthony T. Winnicott (komischerweise hat sie mir nie ein Foto von ihm zeigen wollen), hat etwas Ungeheuerliches erlebt. Sein Verstand, so wie er nun einmal war, war von etwas überschwemmt worden, was ihm als überlegene, wohlwollende, enorme Intelligenz erschien. Sein erster Gedanke war: Mit *wem* habe ich es zu tun?

Das zeigt, scheint mir, daß dieser seltsame Mann es ernst meinte.

In seinem offenbar letzten und unvollendeten Roman *Geh leise! Sprich nicht mit den Fliegen!* hat er eine ganz wahnsinnige und schöne Passage, in der ungefähr folgendes steht:

»Das erste, was man fragt, wenn einem etwas begegnet, das anscheinend eine übermenschliche Intelligenz ist, die unsere eigene einschließt und ihr Sinn verleiht, ist natürlich nicht ›Existierst du‹ oder etwas Ähnliches. Die große brennende Frage muß vielmehr lauten: ›Bist du der, welchen die anderen meinten? Oder bist du etwas ganz Neues, auf

das bisher noch niemand gestoßen ist?‹ Angelica erkannte, daß sich diese Frage niemals würde beantworten lassen, und wies sie nachdrücklich zurück.«

Und der kleine Tom hüpft auf und nieder; wenn etwas richtig Spannendes vorbeitreibt, kommt er angerannt und holt mich vom Eßtisch weg, an dem ich gerade sitze und schreibe.

Muß man wirklich an dieses ganze ermüdende Gerede von *global warming* und Klimaveränderung glauben? Wenn wir nun wirklich in eine neue meteorologische Ära einträten, in der Texas das Klima von Indien bekommt, mit einer Monsunperiode statt unserer trockenen angenehmen Winter. Kakerlaken und Tausendfüßler wandern gen Norden, habe ich kürzlich in der Zeitung gelesen. Große Kakerlaken, diese kleinen Dämonen, auf die ich so gern nachts mit Tom Jagd mache, finden sich jetzt in Teppichböden bis hinauf nach Chicago. Vielleicht sind wir unterwegs in ein neues Zeitalter, in dem nichts mehr stimmt. Wo die großen amerikanischen Städte sich selbst vernichten und verlassen werden, wo ein neues Klima neue Wüsten und neue landwirtschaftliche Zonen schafft, wo die alten Regeln nicht mehr gelten. Vielleicht eine Übergangszeit wie die zwischen den Römern und der Zeit der Völkerwanderung? In der keine unserer Regeln gelten?

O Theresa, wie weit wird dieser Fluß noch steigen?

Warum nehmen alle Menschen das alles so ruhig hin? Sehen sie denn nicht, daß die Welt dabei ist, sich zu verwandeln?

Tom ruft mich wieder, und diesmal lohnt es sich tatsächlich: ein ganzes kleines Haus – sehr klein, eins von denen, worin man Ruder und Hellegatt verwahrt, aber immerhin ein Haus – ist mit überraschender Geschwindigkeit den Strom hinabgeschwommen.

– Aber noch keine Toten, stellt Tom fest, mit dem denkbar leichtesten Ton von Enttäuschung.

27.
Science-fiction

Ich muß sagen, es wird allmählich ungemütlich.

Plötzlich fühle ich mich unwohl. Von allen Seiten bedroht. Ich wußte, der späte April würde eine Krise bringen. Es drängt sich mir auf. Jemand ist hinter mir her. Und ich weiß, wer es ist.

Als ich in den Gerichtssaal zurückkehrte, hatte meine Sekretärin nicht weniger als vier telefonische Mitteilungen von einem Herrn bekommen, der sich später wieder melden wollte. Die Nachricht lautete, er *wolle mir einen Hund zurückverkaufen.*

Später am Tag bei Theresa, meinem einzigen Engel, in ihrem Buchladen, diesmal nach Ladenschluß. Wie klein und dünn sie ist! Was für schlanke, straffe Beine! Diese Taille, die ich fast mit den Händen umspannen kann!

– Hast du noch was gehört?

– Von wem?

– Von Winnicott. Deinem S-f-Schriftsteller.

– Ich habe nichts mehr von ihm gehört. Um ehrlich zu sein, es ist drei Jahre her, seit ich zum letztenmal etwas von ihm gehört habe. Ich habe dich angeschwindelt. Ich wollte nicht allzu einsam erscheinen. Es ist *möglich*, daß er tot ist. Aber ich habe das Gefühl, er lebt noch. Du weißt doch, daß er mir diesen Buchladen geschenkt hat?

– Nein, das habe ich nicht gewußt.

– Eins von seinen Büchern wurde verfilmt. Plötzlich hatte er eine Menge Geld, was keiner von uns gewöhnt war.

– Wie habt ihr denn vorher gelebt?

(Es rührte mich, daß sie sich wie instinktiv an mich schmiegte, ganz eng, fast in meine Achselhöhle kroch, als suche sie Schutz vor einer bösen Welt.)

– Schlecht. Die Bücher haben so gut wie nichts gebracht. Ich habe den Verdacht, daß man ihn ziemlich angeschmiert hat. Eine Weile haben wir zusammen Silberschmuck hergestellt. Schmuck, wie er in der Guadeloupe Street verkauft wird, *The Drag*, du weißt.

– Soweit ich weiß, ist das das Drogenmilieu.

– Also hör mal, Anthony Winnicott war wirklich ein Junkie. Er ist, falls er noch lebt, achtzehn Jahre älter als ich. Er hat die großen ekstatischen sechziger Jahre erlebt. Als die Halluzinogene im Schwang waren. Nicht zuletzt hier in Austin. Viele von seinen Freunden wurden wirklich fürs Leben geschädigt. Es war nicht immer ganz leicht, mit ihm zu leben, verstehst du. Zeitweilig wurde er ziemlich paranoid. Er war felsenfest davon überzeugt, daß FBI und die CIA hinter ihm her seien. Als einer seiner S-f-Kollegen einer völlig berechtigten Steuerprüfung unterzogen wurde (er hatte seit zehn Jahren keine Steuererklärung gemacht), dachte er, das Finanzamt würde auch ihm auflauern. Seitdem hat er für alle seine Bücher Bargeld verlangt. Es kam schließlich per Federal Express, und er hat das Geld immer hier im Buchladen versteckt. »Kein Amerikaner klaut Bücher«, hat er immer gesagt.

Nun ja, er war sehr paranoid.

Eine Weile habe ich als Kellnerin in der Bar eines italienischen Restaurants gearbeitet. Es war draußen am Flughafen, eins von diesen Pizzarestaurants, das kaum etwas mit Italien oder Italienern zu tun hat. Das Personal war so unitalienisch, daß es nicht wußte, was auf der Speisekarte stand. Es war genauso texanisch wie die Gäste. Aber Anthony konnte die Vorstellung nicht ertragen, daß ich in einem italienischen Restaurant bediente. Er hatte in der Zeitung von der Banco Ambrosiano gelesen und fürchtete, die Kurie oder die Mafia oder die Kurienmafia, was weiß ich, könnte mich engagieren, um ihn zu bespitzeln. Er fürchtete tatsächlich, der Heilige Stuhl sei hinter ihm her. Das ist sogar für einen Paranoiker ziemlich originell.

– Lieber Himmel, warum denn das?

– Das war die Zeit, als er anfing, mit Gott zu verkehren. Oder jedenfalls seine Ahnungen hatte, daß es vielleicht einen Gott gäbe – seinen gnostischen Gott, der mit dem Gott dieser Welt verfeindet war – und daß dieser Gott versuchte, mit ihm in Kontakt zu treten. Später wurde er ruhiger, viel ruhiger, nachdem er Das Zeichen bekommen hatte. Aber ich mußte trotzdem Knall auf Fall in dieser italienischen Kneipe aufhören. Wegen der möglichen Kontakte mit Rom. Denn wenn es so war, wie er vermutete, daß nämlich die offizielle katholische Kirche eine grobe geschichtliche Fälschung dessen verwaltete, was eigentlich eine gnostische Wahrheit über die Welt war, ja, dann mußte Rom ein Interesse ersten Ranges haben, ihn loszuwerden.

Erzähl noch ein bißchen von den Büchern, sage ich. *Der Tag, an dem der letzte Mensch tot ist* und die anderen? Oh, es gab so viele, sagt sie. Eins hieß beispielsweise *Geh leise! Sprich nicht mit den Fliegen!* Es ist nie veröffentlicht worden, aber ich habe es gelesen. Es beginnt, wenn ich mich recht erinnere, hoch oben in einem alten Turm, einem Gewölbe mit eiförmiger Decke. Es ist eine alte Burg in der

Toskana. Schwer zu sagen, wozu der Raum gedient hat. Vielleicht als Folterkammer. Vielleicht als Laboratorium eines Alchemisten.

Diesen Raum betreten ein amerikanischer Tourist und seine Frau. Angelica heißt sie. Die Frau sagt sofort: In diesem Raum bin ich schon mal gewesen. Unmöglich, sagt er. Aber sie besteht darauf. Sie sei schon hier gewesen. Es erschreckt ihn. Sie streiten sich. Plötzlich lockert die Frau behutsam einen Stein und holt, als habe sie schon immer gewußt, daß es da lag, ein zusammengefaltetes Stück Papier heraus. Ihr Mann, der Gott weiß was fürchtet, vielleicht, daß der Wächter kommt, flüstert und zischelt auf sie ein, es zurückzulegen. Sie gibt nicht nach und faltet das Papier auseinander. Es ist ein altes beschriebenes Pergament. Darauf sind eine Reihe von üblichen alchemistischen Symbolen, Mars, Saturn und so weiter, in einer bestimmten Reihenfolge angeordnet, mit Zahlen dazwischen. Vielleicht enthält das Papier eine astrologische Berechnung. Aber das kannst du doch nicht einfach nehmen, sagt ihr Mann, als die Frau Anstalten macht, das Pergament einzustecken. Natürlich kann ich das, sagt sie. Hier steht doch, daß es für mich bestimmt ist. Sie faltet es wieder auseinander. In feiner italienischer Schrift steht ganz oben auf dem Pergament:

Angelica B. Smith, al suo arrivo in Castello.

Was für eine Idee! In diesem Stil geht es weiter. Er hatte massenhaft solche Ideen. *Sprich nicht mit den Fliegen* ist ja nur ein Fragment – es ist nicht ganz einfach zu erkennen, in welche Richtung er gehen wollte. Aber immer hatte er diese Originalität. Es gibt beispielsweise eine unvollendete Geschichte, *Die Eroberer*, die irgendwo weit draußen in der Tiefe des Alls spielt und buchstäblich total polytheistisch ist. Die Welt ist nicht von einem, sondern von mehreren Göttern erschaffen worden, die einander bekriegen. Die großen Naturkräfte sind unmöglich in einer einzigen Formel zu vereinen – wie Einstein es wollte –, aus dem einfachen Grund, daß sie nicht das geringste miteinander zu tun haben. Irgendein uralter, längst besiegter Gott hat die Schwerkraft eingeführt und damit jüngeren Ursupatoren den Boden bereitet, die die elektromagnetische Energie einführen konnten. Aus einer Welt aus lauter Plasmen schuf eine dritte Gruppe von Göttern den festen Zustand, indem sie die starke und die schwache Interaktion einführten und damit die Atompartikel ermöglichten. Jetzt ist irgendein neuer Gott dabei, draußen im Vakuum Gestalt anzunehmen, in diesem blitzenden und einfallsreichen Vakuum, das sich jenseits der Galaxien befindet, er macht sich bereit, der nächste Eroberer zu sein, mit vielleicht völlig neuen Naturgesetzen, und mit ganz neuen, unvorstellbaren Zuständen und Entwicklungen als Folge.

Das Universum ist die archäologische Hinterlassenschaft der Götter, und jeder neue Eroberer muß sich damit abfinden, auf dem alten aufzubauen. Und die alten Mächte tun alles, was sie können, um dieses Neue zu verhindern, das von den Außenbezirken des Vakuums herandringt.

Ja, das war der Ausgangspunkt für ein unterhaltsames Buch. Als er allmählich mit seinen Büchern Geld verdiente und nicht mehr unbedingt eins pro Monat schreiben mußte, hatte er die Tendenz, mit sehr guten Einfällen anzufangen, die er dann nicht zu Ende führte. Ich weiß nicht recht, warum es so wurde. Er war sehr rastlos. *Die Eroberer* war wohl das letzte, an dem er arbeitete, bevor er Das Zeichen bekam und sich davonmachte. Nachdem er Das

Zeichen bekommen hatte, war er viel ruhiger, beinahe glücklich. Wie verwandelt, könnte man sagen. Das Paranoide verschwand völlig. Als habe er nicht mehr dieses merkwürdige Bedürfnis, sich einzureden, er werde ständig beobachtet. Wenn du seine Bücher liest, wirst du merken, daß das dort auch vorkommt, dieses Gefühl, man werde beobachtet. Immerzu.

– Wohin ist er gefahren?

Sie schmiegte sich auf dem schmalen, abgenutzten Sofa der Buchhandlung noch enger an mich. Draußen hörte man überaus klar und deutlich eine Amsel im Baum, dann wurde sie jedoch von einer Polizeisirene übertönt, die sich auf der Fünfunddreißig näherte. Nie ist es in dieser Stadt richtig still, dachte ich. Wohin soll man fahren, wo findet man noch die vollständige Stille?

– *Er wolle irgendwohin fahren, wo er eine vollständige Stille finden könne*, hat er immer gesagt. Ich weiß nicht, ob er damit den Tod meinte oder einen fernen Ort in Arizona oder in Washington State. Ehrlich gesagt, ich weiß nicht, ob es mich überhaupt noch so sehr interessiert. Ich habe mein gerüttelt Maß von Anthony T. Winnicott bekommen. Du bist nicht so verrückt, oder? Du bist ein ganz normaler Mann, nicht wahr?

Behutsam streichelte sie meine Wange.

– Was war das eigentlich für ein *Zeichen*?

– Ich weiß nicht. Er hat es nie auf eine begreifliche Art beschreiben können. Oder besser gesagt: er hat es jedesmal auf eine andere Art beschrieben. Manchmal klang es so, als spreche er von einem epileptischen Anfall, dann wieder eher, als habe er ein Prinzip gefunden. Ein Prinzip, das nicht leicht zu erklären war, das für ihn aber offenbar die Welt sinnvoll machte. Er fühlte sich wie ein Text in einem Buch, wenn dieser Text erkannt hätte, daß er in einem Buch stand. Verstehst du, was ich meine?

– Nein. Das verstehe ich wirklich nicht. Aber noch nie in meinem ganzen Leben habe ich mir so stark gewünscht, verstehen zu können, wovon du redest.

28.
Der böse Zauberer

Jetzt hat der kleine Tom in der Nachbarschaft Freunde gefunden; er hat mit entsprechender Erlaubnis bei Johnsons am oberen Ende der Straße Fußball gespielt, einer netten Familie, die offenbar Kinder aus der ganzen Umgebung anzieht. Vielleicht, weil die erwachsenen Mitglieder freundlich und immer bereit sind, mitzuspielen. Und dann haben sie einen besonders niedrigen Korbballständer für Kinder, so daß jeder eine gerechte Chance hat, den Ball hineinzuwerfen. Johnsons Kinder sind drei kleine Mädchen, Erin, Vicky und Elsie. Elsie, die Kleinste, hatte gerade ihren dritten Geburtstag und durfte alle ihre Freunde einladen. Auch Tom.

Ich fürchtete bis zuletzt, daß Toms Mutter irgendein radikales oder poststrukturalistisches oder feministisches Argument gegen Geburtstage erfinden würde, ich meine Geburtstage mit Torte und Eis und Piñata (dieser kleine Papiermann, den man in einen Baum hängt und den die Kinder mit einem Stock schlagen, bis Bonbons aus seinem gewaltsam geöffneten Körper quellen). Aber wie sich zeigte, fanden Kindergeburtstage ihre ideologische Billigung.

Sie hatte nichts dagegen, unter der Bedingung, daß ich mitging. Sie selbst hatte irgendeinen Frauenkreis gefunden, der sich Sonntag nachmittags irgendwo auf dem Campus traf. Also ging ich mit. Bei Kindergeburtstagen gibt es ja immer ein paar Erwachsene, mit denen man sich unterhalten kann, sofern man überhaupt die Möglichkeit hat, zwischen all den notwendigen Ermahnungen und Naseputzen und Friedensverhandlungen ein Wort zu wechseln. Und es waren ja alte Nachbarn, auch wenn meine Generation, die der Großeltern, nicht so stark repräsentiert war wie die der Kinder und Enkel. Mein Gott, dachte ich, als ich einige von diesen schlanken, großen, eleganten und durchtrainierten Oberschichtfrauen mit ihren kleinen Lieblingen beschäftigt sah, mein Gott, es ist gar nicht so lange her, daß ich die Mütter auf ihren Dreirädern die Straße hinunterfahren sah. Und der einen oder anderen habe ich vermutlich vor der nahenden Müllabfuhr das Leben gerettet.

Vor etwa zwanzig, fünfundzwanzig Jahren.

Tom war von Anfang an mächtig gespannt auf die Sache, auf dem ganzen Weg dorthin hielt er meine Hand in seiner kleinen und stets ein wenig angespannten Hand. Denn es hatte geheißen, es würde einen Zauberer geben. In dieser Gegend muß bei Kindergeburtstagen entweder ein Pony oder ein Zauberer her. Das Pony ist fast immer dasselbe und wird von einem sehr zuverlässigen Herrn namens Jimmy oder so ähnlich vorsichtig, nein, lethargisch auf dem Rasen herumgeführt. Ich glaube, wir haben ihn schon engagiert, als Toms Mutter noch klein war. Sowohl das Pony als auch Jim wirken ziemlich unverwüstlich.

Zauberer sind weniger zuverlässig. Als meine Kinder klein waren, gab es zumindest einen, der sich zwischen den Vorstellungen hinter den Kulissen aus einem Flachmann stärkte. Ein anderer, an den ich mich erinnere, roch so penetrant nach Zigarrenrauch, daß man zurückschreckte, wenn man ihm seine zwanzig Dollar, oder was es damals gekostet hat, bezahlen wollte. Er war einer der geschicktesten. Er rief immer ein paar Tage vorher an und erkundigte sich, ob die Familie Kaninchen hatte. Und wenn das der Fall war, kam eine ganze Perlenkette von Kaninchen aus seinem Hut, Kaninchen, die ganz banal und wohlbekannt wirkten, bis dieser listige und irgendwie eigentümlich nervöse Kettenraucher sie in Tauben verwandelte, große blaue Tauben, die zum Entzücken der Kinder im Zimmer umherflatterten. (Und etliche Spuren auf dem Teppich hinterließen.)

Ich will nicht behaupten, daß ich heutzutage ein häufiger Gast auf Kindergeburtstagen bin. Der mit Tom muß der erste seit vielen Jahren gewesen sein.

Ich muß schon sagen, es wurde eine sonderbare Veranstaltung. Der Zauberer, bleich, mit leicht eingesunkenen Wangen, Brille und einem vorstehenden Spitzbart, wirkte irgendwie merkwürdig. Seine Vorbereitungen zogen sich endlos in die Länge, und bis er endlich im Wohnzimmer der Familie Johnson seine Koffer angeschleppt und die dunkelblaue Draperie aufgehängt hatte, waren die Kinder schrecklich ungeduldig, wie sie da in einer erwartungsvollen Schar auf dem Teppich vor der Draperie hockten. Ganz vorn saß der kleine Tom zusammen mit einem auffallend zarten Jungen, vielleicht hatte er irgendeine Behinderung, die ich von meinem Platz aus nicht erkennen konnte – Asthma oder einen leichten Hirnschaden –, Tatsache war, daß Tom diesen kleinen Jungen die ganze Zeit an der Hand hielt. Als bedürfe er irgendwie des Schutzes. Er machte kleine, unruhige Bewegungen, warf den Kopf in unregelmäßigen Abständen von einer Seite auf die andere, als versuche er irgend etwas Unangenehmes abzuschütteln.

Der Zauberer zog seine Vorstellung durch, all die alten wohlbekannten Verwandlungstricks, Karten, die die Farbe wechselten, Kaninchen, die zu Tauben wurden, und Tauben, die wieder zu Kaninchen wurden, und Halstücher, die schließlich ein ganzes langes Flaggenspiel aus aneinandergeknoteten amerikanischen Flaggen bildeten. Er machte das alles mit einer gewissen abwesenden, etwas aggressiven Energie, die auf die Erwachsenen, die im Hintergrund saßen und eine wohlwollende Aufmerksamkeit aufzubringen versuchten, offensichtlich verstimmend wirkte. Das steckte auch die Kinder an: sie waren sehr aufgedreht, ein bißchen zu aufgedreht. Sie kicherten auch in den Pausen, wo es eigentlich nichts zu kichern gab.

Irgendwas stimmte nicht, aber es war nicht leicht zu sagen, was. Es lag in der Luft.

Der Höhepunkt solcher Zaubererauftritte bei Kindergeburtstagen ist, daß der Zauberer bunte Ballons aufbläst und daraus wunderbare Figuren knotet, Tiergestalten, kleine Schwerter, seltsame Hüte. Als er das tat, standen die Kinder Schlange und trampelten vor Eifer, um die Luftballons zu bekommen, die er für sie aufblies und knotete, einen nach dem anderen. Es ist nicht zu leugnen, daß er die Figuren auf eine sehr phantasievolle Art schuf, ja, mit düsterer Präzision quollen sie in den Raum. Die Kinder tanzten glücklich damit herum.

Schließlich kam die Reihe an Tom und seinen neuen Freund, den zarten Jungen, den er an der Hand hielt.

Ich traute meinen Augen nicht, als der Zauberer ohne weiteres, sehr resolut und als wäre es eine Selbstverständlichkeit, die beiden an das Ende der Schlange verwies. Was war los? Hatten die Jungen sich etwa vorgedrängt? War das der Grund für diese Zurechtweisung?

Geduldig stehen sie noch einmal an, eine Menge Kinder bekommen Ballons, ja manche sogar einen zweiten. Aber als meine kleinen Freunde drankommen, winkt der Zauberer ab: die Ballons sind aus.

Daran kann er leider nichts ändern, versteht sich. Aus! Basta! Demonstrativ reibt er seine leeren Hände aneinander. Der kleine Zarte weint untröstlich. Tom, der ja wirklich wunderbar sein kann, hält ihn umarmt, als wolle er ihn schützen.

Ich kann es nicht anders sehen, als daß ich stiller Zeuge einer ganz abscheulichen Schikane geworden bin, eines Aktes von sinnloser Brutalität, ja von wirklich massiver Bosheit. Doch kein anderer von den Erwachsenen scheint es bemerkt zu haben; vielmehr sprechen sie lobend über diesen bösen Zauberer und seinen satanischen Auftritt. Der kleine Zarte weint noch immer hemmungslos. Als seine Mutter, eine von den durchtrainierten, schlanken Tennisspielerinnen aus der Nachbarschaft, später ihren Jungen holen kommt, begreift sie überhaupt nicht, was vorgefallen ist. Auf meine höflichen Erklärungsversuche hört sie nicht, sie gehört zu diesen modernen Leuten, die mit dem Tag und Nacht im Wohnzimmer dröhnenden Fernseher aufgewachsen sind und es sich abgewöhnt haben, anderen zuzuhören.

Ich erbiete mich, die beiden Jungen in ein gutes Spielzeuggeschäft am Exposition Boulevard mitzunehmen, *Ultimate Toys*, um ihnen Luftballons zu besorgen. Die Mutter lehnt ohne den geringsten Versuch der Höflichkeit ab. Sie möchte nur mit ihrem schwierigen, untröstlichen Kind nach Hause.

Was macht man mit einem bösen Zauberer? Ich wollte tatsächlich ein Wörtchen mit ihm reden, auch auf die Gefahr hin, als unbeherrscht, ja vielleicht sogar exzentrisch zu erscheinen, aber als ich von meinen fruchtlosen Versuchen abließ, mich der Mutter des zarten Jungen verständlich zu machen, hatte der Dämon bereits seine Sachen gepackt und war verschwunden.

Das Unheimliche war, daß ich ein ganz deutliches, bis zum kalten Schaudern deutliches Gefühl hatte, es mit einem wirklich bösen Menschen zu tun zu haben. Ein andermal wird er ein Kind umbringen. Ich weiß es.

Was war es, das mich bei ihm an Den intelligentesten Mann erinnerte? Sie hatten keinerlei *physische* Ähnlichkeit, die Ähnlichkeit zwischen ihnen bestand eher in meinen Reaktionen. Es gibt Menschen, die bei mir einen fast irrsinnigen Zorn auslösen, und zwar nicht die Gauner und Betrüger oder die diebischen Bankdirektoren und die illoyalen Verwandten am Konkursgericht – nein, die nicht! Die sind eher Natur. Vielmehr eine Art von schmalen, kalten Menschen, die schnurgerade durch die Welt gehen, als gäbe es sie nicht, und alles niedertrampeln, was ihnen unterwegs begegnet, weil sie es ganz einfach nicht sehen. Nein. Das stimmt auch nicht – es ist schwierig, es zu erklären, auch mir selber. Ihr größtes Verbrechen ist, daß sie mich nicht sehen. Aber das klingt doch verrückt! Bin ich wirklich so selbstsüchtig? Auch das ist falsch. Das ist es nicht, was ich ihnen vorwerfe. Sie richten dieselbe kalte Gleichgültigkeit gegen alle Menschen. Aber ich bin zufällig der, der das spürt.

(Bizarrer Gedanke, der möglicherweise darauf schließen läßt, daß ich dabei bin, verrückt zu werden; angenommen, dies ist etwas Neues, das uns in aller Stille invadiert. *Body snatchers* – wie es in dem fabelhaften alten Science-fiction-Film hieß. Der intelligenteste Mann und Der böse Zauberer haben etwas gemein, aber ich komme bei Gott nicht darauf, was. Wenn ich noch einen finde, fange ich an, daran zu glauben! Das ist übrigens genau die Idee, die Theresas Mann, den armen Kerl, bestimmt interessiert hätte! Ich meine: für diese typische metaphysische und aparte Science-fiction, die er schrieb. Ich frage mich: Ob er noch am Leben ist?

Auf dem Heimweg mit dem noch immer fragenden und befremdeten Tom, der nicht verstehen konnte, warum der Zauberer ihm und Willie, ausgerechnet ihnen, keinen Ballon geben wollte, fiel mir ein, daß ich mir bei den Gastgebern anhand der Visitenkarte leicht Namen und Adresse des bösen Mannes hätte beschaffen können. Man weiß ja nicht, was noch alles passiert. Gottlob bin ich nicht Staatsanwalt – ich glaube, ich würde ganz nach Intuition Anklage erheben.

– Das, sagte ich zu Tom, das war ein richtig böser Mensch. Die kommen tatsächlich selten vor. Kleine Bösewichter gibt es überall. Aber die richtig Bösen sind so selten, daß nicht jeder Mensch in seinem Leben die Chance hat, einen kennenzulernen.

– Wie die Klapperschlangen?

– Noch seltener, erwiderte ich. Erheblich seltener. Aber genauso wirklich.

29.
Die Karten liegen auf dem Tisch

Zunächst hatte ich keine Ahnung, daß er mich derartig haßte. Ich meine natürlich meinen wirklichen Feind, Mr. Douglas Melvin Smith, derzeit der intelligenteste Mann der Vereinigten Staaten.

Anfangs kamen sie etwas unregelmäßig, später im Abstand von genau acht Tagen. Ich spreche – es wird keinen überraschen – von den Ansichtskarten, die mir Der intelligenteste Mann schickte.

Manchmal kamen sie zu mir nach Hause, manchmal in die Kanzlei des Gerichts, und zuerst beschäftigten sie mich nicht besonders. Einige waren ganz harmlos, eine in San Antonio abgestempelt und eine andere in Cincinnati. (Er bewegte sich offenbar mit erstaunlicher Geschwindigkeit von einem Ort zum anderen. Zuweilen schien er an ein und demselben Tag zwischen Orten wie Anchorage, Alaska, Tau in New Mexico und Cayman Islands im Karibischen Meer zu wechseln. Als hätte er einen Privatjet zur Verfügung. Oder Helfer, die für ihn die Karten einwarfen.) Die Grüße waren völlig banal, und die Ansichtskarten hatten nichts mit dem jeweiligen Ort zu tun. Die aus Cincinnati war die Reproduktion einer Straßenansicht aus dem Berlin der frühen dreißiger Jahre. Über einem Kanal hängt eine silberglänzende Zigarre: ein Luftschiff.

Am häufigsten waren indessen die Karten aus Galveston. Mit der Zeit pendelte sich der Rhythmus (ich habe Unterlagen, denn alles, was mit der Post ins Gericht kommt, wird penibel registriert) bei einer Karte pro Woche ein. Waren das die ersten mit einem aggressiven Ton? Ich glaube, ja. Natürlich kommt es darauf an, was man unter »aggressiv« versteht. Es sei eine kulturelle Übereinkunft, was aggressiv ist und was nicht, sagt eine meiner Assistentinnen, eine intelligente, aber leider nur zeitweilige Mitarbeiterin, der ich mich anvertraut habe. (Nicht voll und ganz anvertraut, aber ein bißchen.)

Der Stier, diese Ansichtskarte, die in Westtexas jede Papierhandlung und jeder Lebensmittelladen führt, der langgehörnte Stier. Es gibt ihn hier, diesen merkwürdigen Stierkult. Man könnte meinen, es seien archaische Juden: bei ihnen taucht ebenfalls ein Stier auf, jenes goldene Kalb, das sie auf einen Pfahl stecken, um Moses zu feiern, der (mit Hörnern auf dem Kopf) mit den Gesetzestafeln vom Berg herabsteigt. Ich habe das alles als kleiner Junge bei Doré gesehen und nichts davon begriffen. Aber jeder hier in Austin kennt das Stierkalb Bevo, das Maskottchen der Fußballmannschaft der Universität, ein nettes und sehr maskulines kleines Stück Vieh, das auf fast rituelle Weise vor jedem Spiel der Saison um den Platz herumgeführt wird. Ach ja! Unsere Freunde, die Tiere, sind überall! (Wenn man es recht bedenkt, stehen sie fast im Kreis um uns herum und starren uns an.)

Dieser Stier sagte nichts. Er kam pünktlich jede Woche. Es stand nichts auf der Rückseite. Nur meine Adresse. Und diese Karte immer ans Gericht, versteht sich. Er stand ganz still, aber trotzdem war mir, als würde er mit jedem Mal einen weiteren Schritt auf mich zukommen. Die anderen sahen es nicht, aber ich. (Und ich ergriff auf einer weniger sichtbaren Ebene meine Gegenmaßnahmen.) Mittlerweile sind es so viele, daß meine Sekretärin mich fragt, wo sie sie unterbringen soll.

Ich schlug vor, in einer besonderen Akte, unter dem Zeichen DIM – fürs erste. Man weiß ja nie, was kommt. Offensichtlich habe ich diesen Mann zutiefst verletzt, und er ist auf dem Kriegspfad.

– Man kann ja nie wissen, sage ich.

– Nein, sagt meine Sekretärin. Man kann nie wissen. Es geschehen sonderbare Dinge. Immerzu, eigentlich.

Dann änderte sich plötzlich der Rhythmus. Ganz überraschend, gerade als ich mich sozusagen an diese seltsame Aufwartung gewöhnt hatte. Aus heiterem Himmel – muß man wohl sagen – kam eine Karte vom Londoner Tower. Vermutlich stammte sie aus einem Antiquariat, denn sie machte keinen Hehl aus ihrem Druckjahr: 1951. Sie war sepiagetönt, und ich denke, die Touristen haben sie damals, im Jahr 1951, mit einem gewissen lustvollen Gruseln gekauft. Damals, als der Zweite Weltkrieg mit seinen zahllosen Schrecken noch gegenwärtig war, besaß sie ja noch Wirklichkeit.

Die Karte stellte den Richtblock des Tower dar. Ja, den echten alten Richtblock mit dem enormen halbmondförmigen Beil, schwer und massiv und tief ins Holz gerammt.

Aber jetzt ist das Maß voll.

Heute morgen.

Um acht Uhr dreißig, gerade als der Gerichtsdiener den Hammer auf den Tisch schlagen will und die Parteien sich erheben sollen, entdecke ich vor mir auf dem Tisch einen unfrankierten Umschlag, adressiert an *US Bankruptcy Judge Erwin Caldwell.* Da es schrecklich schwierig ist, etwas in die Tasche zu stecken, wenn man den schwarzen Umhang trägt, lasse ich ihn dort liegen.

Ich muß nicht noch mehr von dem Zeug öffnen.

Es ist auch so schon verwirrend genug.

Denn jetzt weiß ich, wo ich diese Ansichtskarten schon einmal gesehen habe. Sowohl das Luftschiff über Berlin als auch dieses scheußliche Henkersbeil hat man direkt vor der Nase, wenn man Theresas Buchhandlung betritt. Mr. Melvin Douglas Smith hat sich dort offenbar mit einem Vorrat eingedeckt.

Was weiß er eigentlich von mir? Wie weit würde er gehen, um mir zu schaden? Langsam beschleicht mich eine leichte Panik. Und im Gefolge dieser Panik vielleicht so etwas wie der Beginn einer Handlung.

30.
Am Ende des Beweises

Ich wußte schon seit ein paar Stunden, die Lösung würde am nächsten Tag kommen. Sie würde bald kommen, und sie würde mich nicht besonders überraschen. Ich hatte nämlich, unversehens und ohne jedes Verschulden, einige interne Informationen bekommen, *Insiderinformationen*, wie man heutzutage wohl dazu sagt.

Es überraschte mich, den Staatsanwalt an einem so friedlichen Ort wie dem *Café Mozart* zu sehen. Er und seine Sachverständigen hatten einen ganzen Tisch besetzt, was in einem so engen Lokal nicht wenig heißen will. Dort sitzen sonst nur elegant getönte Damen aus Tarrytown, die ihre Vormittage damit verbringen, im teuren Markendreß Tennis zu spielen oder in Cafés miteinander zu tratschen. Sie gehören alle zu diesen blonden Mädchen, die in ihrer Jugend bei Schulbällen großen Erfolg hatten. Und jetzt sind sie in den Vierzigern und sehen sich alle verwirrend ähnlich in ihrer falschen Mädchenhaftigkeit, mit ihren vom Alkohol leicht geröteten Wangen, ihren Lidschatten und den harten, scharfen Linien um den Mund, die von erotischen Enttäuschungen zeugen.

Sonst war niemand da, und vor allem niemand aus Downtown. Deswegen hatte ich mich hier mit Theresa verabredet. Doch Theresa kam nicht, ich weiß bis heute nicht, warum. Sie geht nicht ans Telefon. Und auch kein Student geht dran. Ich hatte keine Zeit, hinzufahren und nachzusehen, ob der Laden geöffnet oder geschlossen ist. Aber irgend etwas ist merkwürdig. Wenn ich es recht bedenke, habe ich sie ganze zehn Tage nicht gesehen. Als ich mich setzte, entdeckte ich am Nebentisch den Staatsanwalt, einen großen, schlanken, sanft priesterlichen Mann, den ich kenne, seit er ein junges, radikal demokratisches Mitglied unseres Repräsentantenhauses war. Strikt gegen den Vietnamkrieg damals, und sehr radikal. Das Priesterliche hat er behalten. Das Radikale vielleicht auch.

Seine Mitarbeiter kamen der Reihe nach hereingeschlendert: der stellvertretende Polizeipräsident, der Sheriff und die Hauptkommissare. Ich vermute, sie sahen mich nicht mit freundlichen Augen. Schließlich hatten sie nicht den ganzen Weg vom Polizeipräsidium in dieses abgelegene Damencafé zurückgelegt, weil sie sich darauf freuten, einen Richter, wenn auch nur einen Konkursrichter, als interessiertes Publikum am Nebentisch zu haben.

Sie schienen jedoch völlig absorbiert von ihren eigenen Problemen, die sie lebhaft, aber mit leisen Stimmen zu diskutieren begannen. Interne Intrigen, vermute ich. Es stank kilometerweit nach internen Intrigen: jemand drohte der Rausschmiß. Vermutlich dem Polizeichef. Die bleiben heutzutage selten lange. Das ist gut so, denn sie haben die unangenehme Tendenz, allzu viele Geheimnisse über die Vorgänge in der Stadt zu speichern. Nicht nur die Geheimnisse der Kriminellen. Auch die Geheimnisse der feinen und guten Menschen.

Ich bin der letzte, der sich dafür interessieren würde. Aber ich hatte ein sehr aufschlußreiches Gespräch mit Tony, wie er heißt, unser ausgezeichneter, effektiver und zugleich sehr menschlicher Staatsanwalt. Daraus und aus dem, was ich später in den Nachrichten hörte – der Staatsanwalt wußte natürlich eine Menge scheußlicher Einzelheiten, die nicht an die Presse und ans Fernsehen gingen –, schloß ich, daß sie ihn an einem bewaldeten Hang auf dieser Seite des Sees gefunden hatten, aber von uns aus gesehen sehr viel weiter oben. Bestimmt acht- oder neunhundert Fuß weiter oben, an einem der kleinen Wege. Ein Nordhang zu einem Bachbett hinunter. Ich kenne die Stelle sehr gut; zumindest vor zehn Jahren wuchsen dort noch Pfifferlinge.

Der Ortsunkundige glaubt es nicht, aber es gibt hier in *The Hill Country* tatsächlich eine Menge Stellen, wo Pfifferlinge wachsen. Sie werden nicht so groß wie oben in Washington State (wo man sich auch sehr viel mehr für sie interessiert, wo man sie sammelt und verkauft und wo kein Mensch annimmt, sie würden Halluzinationen erzeugen). Sie erscheinen in den ersten Junitagen oder Ende Mai, es heißt also achtgeben. Sie wachsen an Nordhängen, wo sich der Morgennebel an sonnigen Frühsommertagen noch etwas länger hält.

Das heißt, sie wissen offenbar nicht, wer er war, oder sie wollen es vielleicht in diesem Stadium der Ermittlungen noch nicht publik machen. Dafür muß man schließlich Verständnis haben.

Aber ich weiß es.

Er saß auf einem Holzstuhl, mit kräftigen Stricken, wie man sie bei Segelbooten und überhaupt bei Booten findet, an Sitz und Lehne gefesselt. Man hatte ihm einen Knebel in den Mund gestopft, und dieser Knebel war offenbar mit einer Substanz getränkt, vielleicht mit Chloroform, und daran war er gestorben. Ob der Zweck dieses Knebels wirklich war, ihn zu töten, oder ob es aus Versehen geschehen war, ist nicht leicht zu sagen. Man hatte ihn offenbar auf dem Stuhl sitzend den Hang hinuntergekippt. Wieder eins von diesen wirklich brutalen Verbrechen, die im letzten halben Jahr die Öffentlichkeit bewegt haben. Nach dem Mord an den drei Mädchen im Yoghurtladen und dem armen Mädchen, das aus der Autowaschanlage entführt wurde, hatte man wohl auf eine längere Pause gehofft.

Vor zehn Jahren war dies ja noch ein ruhiger und vernünftiger Ort. Natürlich kamen Verbrechen vor, aber nicht in diesem Ausmaß und nicht so dicht hintereinander. Ja, die Grausamkeit hat wahrlich große Reserven. Es ist, als holte sie sich heimliche Kräfte von einem grausamen Gott.

Woher weiß ich, daß es sich um Mr. Douglas Melvin Smith handelte, Den intelligentesten Mann? Ganz einfach, mein lieber Watson, ganz einfach, mein lieber Staatsanwalt. Ja, ganz einfach, denn um ihn herum waren seine großen Papierbögen verstreut, die Papiere mit den Lullischen Diagrammen. All diese merkwürdigen Kreise, die ineinander rotieren. Woher ich das weiß? Der Staatsanwalt hat es mir im *Café Mozart* erzählt. Ja, und dann war da noch etwas... etwas, das ich erzählen wollte, aber immerzu vergesse. Ach ja: *Endlich* komme ich mit dem *Beweis* zurecht! Seht, was ich herausgefunden habe:

Der intelligenteste Mann der Vereinigten Staaten muß existieren. Denn der Intelligenteste ist so beschaffen, daß kein Intelligenterer als er existiert. Wenn er also nicht existiert, ist er also auch nicht der Intelligenteste. Und ist er der Intelligenteste, dann ist er das, wenn – und nur wenn – er existiert. Ein intelligentester Mann, der nicht existiert, ist also nicht denkbar. Nun ist der intelligenteste Mann der Vereinigten Staaten ein denkbarer Begriff. Also existiert Der intelligenteste Mann.

Ich denke, dies ist, so wie die Dinge jetzt stehen, ein

ziemlich unpassender Witz. Trotzdem macht er mich auf sonderbare Weise glücklich. Ich werde Theresa anrufen und ihn ihr erzählen, sobald sie zurück ist. Von ihrer Reise. Mr. Douglas Melvin Smith hieß er. Und nicht anders.

31.
Die Schildkröte ist immer vor Achilles da

Heute morgen vor einer Woche habe ich Nancy und Tom zum Flugplatz gefahren. Seither ist nichts mehr so, wie es war. Hier ist es einsam und langweilig, und mir ist, als seien alle Menschen, die mich irgendwie interessiert haben, plötzlich verschwunden. Und ich selbst bin nicht mehr bei mir. Ich bin trocken und leer, und das heimliche Feuer rast nicht mehr in mir. (Es stimmt also, daß Dämonen manchmal zu Besuch kommen und wieder gehen?)

Ich ertappe mich bei stillen Albernheiten ganz neuer Art. Lade eine Gewohnheit ein, und sogleich wird sie bleiben und es sich gemütlich machen.

Ich habe angefangen, die Zeitschriften auf dem Tisch vor dem Wohnzimmersofa zu sortieren, worum ich mich früher nie gekümmert habe. *The New Yorker* mit seinen fröhlichen, verrückten Umschlägen auf einem Stapel für sich, *The American Bar Journal* für sich, zwischen *Texas Monthly* und *The New York Review of Books*. Das wirkt gleich viel seriöser, fast wie in einer Bibliothek. Vielleicht werde ich auf diese Weise auch mehr Zeit finden, sie zu lesen?

Tom fehlt mir. Ja, das tut er wirklich. Bis zuletzt habe ich darum gekämpft, daß der kleine Tom bis auf weiteres hierbleibt. Das heißt, bis seine Mutter ihre Situation in Ordnung gebracht hat, was immer das heißt. Ich habe sogar die Montessorischule in der Alpine Road angerufen, wo ich alte Beziehungen habe, und nach einem Platz für ihn gefragt. Sie hatten einen. Alles war geregelt. Eine Dame aus der Nachbarschaft, die ihre Kinder in derselben Schule hat, hätte ihn jeden Tag im Auto mitgenommen. Er hätte das Zimmer neben Claires und meinem Schlafzimmer bekommen, so daß er nachts zu einem von uns hätte laufen können, wenn ihn unruhige Träume quälten, was in diesen Sommerwochen öfter der Fall war. Ich glaubte zu erraten, daß Tom sich das wünschte. Der Abschied von ihm war sehr schwer. Er machte mir die Feder einer Elster zum Geschenk, die er im Garten gefunden hatte. Er drehte ein bleiches kleines Gesicht nach uns um, bevor er im Gang der Maschine nach Boston verschwand. Seine Mutter zog ihn weiter, als wisse sie besser als jeder andere, was er brauchte und was ihn erwartete.

Dieser plötzlich auftretende Ordnungsdrang läßt mir keine Ruhe. Ich war unten im Keller und habe meine Angelgeräte durchgesehen. Habe die Fliegenruten und die Spinnruten jeweils an eigene Haken gehängt, die Wobbler und Löffelblinker und Nymphen in verschiedene Plastikfächer einsortiert, die alten Vorfachknoten der Fliegenruten überprüft und sogar das Paddelboot an zwei Stricken unter der Decke aufgehängt. Paddelboote sollen hängen und nicht auf altem Holz im Keller stehen. Das hat mein Vater mir beigebracht. Heutzutage kann man nur kurze Zeit im Jahr auf dem Fluß paddeln. Eigentlich nur ein paar Tage zwischen Weihnachten und Neujahr, wenn der Motorbootverkehr aufhört. Ich räume und räume, und trotzdem finde ich immerzu neue Sachen in meinem Keller.

Heute, acht Tage nach Nancys und Toms Abreise, habe

ich die Schildkröte in ihrer Schachtel gefunden. Tot wie ein Stein und voller Ameisen, die sie bereits fast bis aufs Skelett aufgefressen haben. Übrig war kaum mehr als der Panzer und ein kleiner, klappernder Knochenhaufen.

Ich glaube, sie hat bis zuletzt zu klettern versucht, aber die steilen Wände nicht bewältigt. Wir hatten sie am letzten Tag nach dem Frühstück in die Schachtel gelegt, Tom und ich, damit sie nicht unter dem Zaun durchkroch, während ich ihn und seine Mutter zum Flugplatz fuhr. Natürlich mit der Absicht, sie wieder herauszulassen, sobald ich zurückkam, in ihr gewohntes kleines Gartenleben. Aber da Tom nicht mehr da war, hatte die Schildkröte wohl für mich nicht mehr soviel Wirklichkeit.

Zuerst begriff ich nicht, daß es unsere Schildkröte war. So vertrocknet war sie. Der Panzer glanzlos und tot, die Extremitäten von Tausenden böser kleiner Ameisen skelettiert, die Augen nur noch leere Höhlen. In denen noch Fliegen in Trauben saßen. In all ihrer Kleinheit, ihrer pappartigen, vertrockneten Bedeutungslosigkeit keine unbedeutende Erinnerung an die Nichtigkeit des Todes, an diese ungeheure Beleidigung, die darin liegt: daß wir zu nichts werden können. Und das nur, weil jemand aufgehört hat, uns zu lieben.

Wie konnte ich sie nur so total vergessen! Ich muß gedacht haben, das arme unschuldige Tier hätte aufgehört zu existieren, nur weil Tom abgereist ist. Wenn ich ihm irgendwann einen Brief schreibe, muß ich ihn belügen und Abenteuer für eine jämmerliche, von Ameisen zerfressene Schildkröte erfinden, deren letzte Stunden in der Schachtel ein Inferno gewesen sein müssen. Wieviel unnötiges Leiden muß sich in dieser Welt ansammeln, bevor sie vollendet ist? Vielleicht ist es wie in dem sonderbaren Buch von Theresas Mann, dem vergessenen Science-fiction-Autor: »Wenn erst der letzte Mensch tot ist, wieviel freier und fröhlicher ist dann das ganze Sonnensystem?«

Abendnachrichten. Herbstliche Dunkelheit. Graue Reiher sitzen ganz still in den Flußbäumen. Viel zu viele graue Reiher. Sie werden allmählich zu einer Plage. Aber endlich eine Wendung in diesen Mordgeschichten, die uns alle den ganzen Herbst über so zugesetzt haben. Ich empfinde eine tiefe moralische Befriedigung, in den Nachrichten zu hören: Jetzt haben sie den Mann. Ein zu »lebenslänglich« verurteilter Sexualverbrecher, der in den siebziger Jahren auf Probe entlassen wurde. Man hat ihn in Oregon gefunden, auf einem Parkplatz für Wohnmobile, wo er das letzte halbe Jahr gelebt hat. Er hat sich als Müllfahrer versorgt, und es war offenbar der pure Zufall, daß er festgenommen wurde, weil herauskam, daß er keinen gültigen Führerschein besaß. Anscheinend ist er bereits einer ganzen Reihe von merkwürdigen Morden in Travis County verdächtig. Ich habe entgegen meiner Gewohnheit meinen alten Freund Tony, den Staatsanwalt, angerufen, der behauptet, es gebe kein Halten für alles, was dieser Mann bekennt. Eine junge Frau, spurlos aus einer Autowaschanlage verschwunden, drei Mädchen, eine Minute vor Ladenschluß in einem Yoghurtshop erschossen. Vieles, vor allem Einzelheiten bei der Vorgehensweise, darin waren Tony und ich uns einig, deutet darauf hin, daß er auch hinter dem sinnlosen und unheimlichen Mord an dem harmlosen Mann steckt, der sich Der intelligenteste Mann nannte. Wer sonst hätte ihm Böses gewollt?

Das Grausige ist also, daß der Mörder, den man jetzt

gefunden hat, in den sechziger Jahren wegen mehrerer ähnlicher Wahnsinnsverbrechen einsaß, aber offenbar nach nur sieben Jahren von irgendeiner dämlichen Begnadigungsjury freigelassen wurde. Nun ja. Die Politik hat sich seither verändert. Diesmal wird er nicht so schnell wieder herauskommen.

Ich empfinde eine tiefe moralische Befriedigung, ja eine Erleichterung darüber, daß der Mörder Des intelligentesten Mannes einem Gerichtsverfahren und Urteil entgegengeht. Ich hatte, wie komisch das auch klingen mag, seinetwegen ein furchtbar schlechtes Gewissen. Er hat mich gehaßt und mich mit seinen blödsinnigen Drohbriefen wegen des Hundes verfolgt. Wie er von der Sache mit dem Hund wissen konnte, ist und bleibt ein Mysterium. Manchmal spiele ich mit dem Gedanken, ich selbst hätte ihm an dem Sommernachmittag, an dem wir uns begegnet sind, davon erzählt. Aber allein dieser Gedanke erscheint mir so bizarr, daß ich ihn sofort verwerfe. Vielleicht lag doch eine Spur Wahrheit in seiner Vorstellung, ich hätte ihm sein Leben verpfuscht.

Es war völlig überflüssig, die Studentinnen vor ihm zu warnen. Andererseits hätte ihnen etwas Schlimmes passieren können. Es war nur so, daß man ihn unmöglich ernst nehmen konnte. Ihn zum Freund zu haben muß noch schlimmer gewesen sein, als ihn zum Feind zu haben.

(Um diesen widerlichen Hund habe ich wirklich nicht getrauert. Dieses kleine Tier aber betrauere ich. Ja, zum erstenmal in dieser Erzählung empfinde ich etwas, das von fern einem Schuldgefühl gleicht. Dir hilft das nichts, arme Schildkröte, ausgerechnet du, von allen verlassenen Tieren!

Wie entsetzlich müssen sich die hohen Wände der

Schachtel über dir aufgetürmt haben, je mehr Tage vergingen und der Durst in deinem kleinen, vertrocknenden Körper zu einem glühenden Brand anwuchs. Höhere und höhere Wände empor zu einem blauen, leeren und unüberwindlichen Himmel, und ein Durst, der durch nichts mehr zu löschen ist.)

Inhalt

Geh leise!
Sprich nicht mit den Fliegen!